39,00

AFRICÆ
nova descriptio.

Auct: Guiljelmo Blaeuw.

*Partes de
África*

OUTRAS OBRAS DO AUTOR

Poesia e ficção

VESPERAL
Lisboa, Folhas de Poesia, 1957

DAS FRONTEIRAS
Covilhã, Pedras Brancas, 1962

POESIA 1957-1968
Lisboa Moraes Editores, 1969,1971

POESIA 1957-1977
Lisboa Moraes Editores, 1979

VIAGEM DE INVERNO
Lisboa, Editorial Presença, 1994

PEDRO E PAULA
Lisboa, Editorial Presença, 1998
Rio de Janeiro, Record, 1999

Ensaio

NÓS, UMA LEITURA DE CESÁRIO VERDE
Lisboa, Plátano Editora, 1975, 1978
Lisboa, Publicações Dom Quixote, 1986
Lisboa, Editorial Presença, 1990, 1999

DO CANCIONEIRO DE AMIGO (em colaboração com Stephen Reckert)
Lisboa, Assírio e Alvim, 1976, 1979, 1996

CAMÕES: SOME POEMS (com Jonathan Griffin e Jorge de Sena)
Londres, Menard Press, 1976, 1978

DO SIGNIFICADO OCULTO DA MENINA E MOÇA (Prêmio da Academia das Ciências de Lisboa, 1977)
Lisboa, Moraes Editores, 1977
Lisboa, Guimarães Editores, 1999

CONTEMPORARY PORTUGUESE POETRY (com a colaboração de E. M. de Melo e Castro)
Manchester, Carcanet Press, 1978

CAMÕES E A VIAGEM INICIÁTICA
Lisboa, Moraes Editores, 1980

CESÁRIO VERDE: O ROMÂNTICO E O FEROZ
Lisboa, & Etc, 1988

MENINA E MOÇA DE BERNADIM RIBEIRO
Lisboa, Publicações Dom Quixote, 1990, 1999

AS VIAGENS DO OLHAR: RETROSPECÇÃO, VISÃO E PROFECIA NO RENASCIMENTO PORTUGUÊS (com a colaboração de Fernando Gil – Prêmio Jacinto Prado Coelho/Associação Internacional de Críticos Literários/1999)
Porto, Campo das Letras, 1998

LEITURAS: DO ROMANTISMO AO MODERNISMO
Lisboa, Editorial Presença (publicação prevista para março/2000)

HELDER MACEDO

Partes de África

romance

EDITORA RECORD
RIO DE JANEIRO · SÃO PAULO
1999

CIP-Brasil. Catalogação-na-fonte
Sindicato Nacional dos Editores de Livros, RJ.

M121p
Macedo, Helder, 1935-
    Partes de África / Helder Macedo. -
Rio de Janeiro: Record, 1999.

ISBN 85-01-05671-5

1. Romance português. I. Título.

99-0772
CDD – 869.3
CDU – 869.0-3

A obra foi anteriormente publicada, em Lisboa, pela Editorial Presença.

Copyright © 1999 by Helder Macedo

Capa: mapa da África: *Africae Nova Descriptio*, cartografia de Johannes Blaeu.

Direitos exclusivos desta edição reservados pela
DISTRIBUIDORA RECORD DE SERVIÇOS DE IMPRENSA S.A.
Rua Argentina 171 – Rio de Janeiro, RJ – 20921-380 – Tel.: 585-2000

Impresso no Brasil

ISBN 85-01-05671-5

PEDIDOS PELO REEMBOLSO POSTAL
Caixa Postal 23.052
Rio de Janeiro, RJ – 20922-970

EDITORA AFILIADA

*Tem o tempo sua ordem já sabida.
O mundo não.*
                    LUÍS DE CAMÕES

SUMÁRIO

1. EM QUE O AUTOR SE DISSOCIA DE SI PRÓPRIO E DESDIZ O PROPÓSITO DO SEU LIVRO   9
2. DO CHAPÉU ÀS ENXAQUECAS E DAS AJUDAS AO DESTINO   13
3. A AUTORIDADE, O CINEMA E AS CONSEQÜÊNCIAS DOS FEITIOS   21
4. OS MALEFÍCIOS DA ARTE E A CONSOLAÇÃO DA FILOSOFIA   29
5. UM BESTIÁRIO RECUPERADO NA TEORIA DO MOSAICO   39
6. O SENHOR ROLA PEREIRA: RECORDAÇÃO DE UMA RECORDAÇÃO DE MÁRIO DE SÁ-CARNEIRO   45
7. METÁFORA E METONÍMIA, LIBERAIS E MIGUELISTAS   55
8. AS GAVETAS DO GOVERNADOR   69
9. UM CAPÍTULO QUE É MELHOR SER BREVE   77
10. *INCIDENTE DE CONSTANÇA* DO RELATÓRIO DO CHEFE DOS SERVIÇOS DA ADMINISTRAÇÃO CIVIL DA COLÓNIA DA GUINÉ. ANO DE 195...   83
11. O MUNDO ÀS AVESSAS E O AVESSO DAS AVESSAS   95
12. EM DEFESA DO AMADORISMO E DO AMOR QUE MATA   111

13. UM CAPÍTULO DE TRANSIÇÃO   133
14. LUÍS GARCIA DE MEDEIROS. *UM DRAMA JOCOSO —*
    2º ATO   137
    CENA 1   137
    CENA 2   144
    CENA 3   154
       PRIMEIRA INTERVENÇÃO DO NÃO-AUTOR   156
    CENA 4   158
    CENA 5 CORTE E CENA CORRESPONDENTE NA ÓPERA   167
    CENA 6   169
    CENA 7   175
    CENA 8   181
       SEGUNDA INTERVENÇÃO DO NÃO-AUTOR   184
    CENA 9   186
    CENA 10 CORTE E SUMÁRIO DA PASSAGEM CORTADA   195
    CENA 11   196
    CENA 12 OUTRO CORTE E SUMÁRIO COM UMA BREVE   197
           INTERVENÇÃO DO NÃO-AUTOR
    CENA 13   199
    CENA 14   201
    CENA 15   202
    CENA 16   204
    CENA 17   207
15. O FIM DO DRAMA JOCOSO E O LITERALISMO
    DA IMAGINAÇÃO   217
16. A RETÓRICA DA IMPOSSIBILIDADE E A DERIVA
    DA ESPERANÇA   221
17. RECONHECER O DESCONHECIDO   233
18. EM QUE O AUTOR SE DESPEDE DE SI PRÓPRIO
    E REAFIRMA O NÃO-PROPÓSITO DO SEU LIVRO   247

1

EM QUE O AUTOR SE DISSOCIA DE SI PRÓPRIO E DESDIZ O PROPÓSITO DO SEU LIVRO

Estou com cinqüenta e tal anos e em férias sabáticas, coisas que nunca me tinham acontecido ao mesmo tempo. E foi assim que pude aceitar a hospitalidade do meu bom amigo Bartolomeu Cid dos Santos, na sua bela casa mais amada do que usada, entre serras que não mudam nunca e águas do mar que nunca estão quedas. Exceto que, sendo Primavera e o mar ficando ainda longe, basta ir ao terraço para constatar que são as serras de Sintra que diariamente se transformam e as águas da Praia das Maçãs que parecem sempre fixas. Não se deve ter demasiada confiança nas metáforas em segunda mão. Em todo o caso já se sabe que as férias vão chegar ao fim logo que comece a habituar-me e a vida nem é bom pensar. Pobre Yorick. Tenho ao menos a consolação de ter trazido papel suficiente para durante alguns meses poder mandar Londres e a Cátedra Camões às urtigas.

A contemplação filosófica da paisagem e do papel em branco tem sido ocasionalmente complementada por visitas à galeria das sombras no que foi a casa dos meus pais, um largo corredor com as paredes quase totalmente cobertas por fotografias que refletem, como crônica minimalista de família, a história de uma boa parte do colonialismo português do último império. No escritório que dá para o corredor, agora com a má iluminação do desuso, há cópias empilhadas de relatórios, estantes com livros de leis anotados à margem, mapas de África com círculos a cores, outros vestígios da contribuição pública do meu pai a várias partes dessa mesma história.

Morreu lúcido, a saber que morria, com uma dessas doenças que atrofiam músculo após músculo. Tinha tido um corpo de atleta, amava a pompa das forças. A S., que via nele a imagem do pai que não encontrara no seu, tentou animá-lo pouco tempo antes lembrando-lhe a coragem que sempre mantivera nas situações mais difíceis. E ele, que já articulava com dificuldade e muitas vezes desistia a meio de uma frase, frustrado e impaciente consigo próprio, respondeu quase sem esforço, quase na voz clara de antigamente: "É fácil ter coragem quando o perigo vem de fora. Se vem de dentro e tu próprio és o teu inimigo, é mais difícil." Não era homem dado a metáforas e o seu estilo, que Stendhal aprovaria, era o caminho mais rápido entre um nome e um verbo. Mesmo esta guardou-a para o fim.

Bem sei que nunca ninguém voltou a existir por escrever nem por ser escrito, mas há sombras que a memória pode imaginar nos mapas entreabertos. Os mapas já se mudaram, trocados por outros os nomes dos sítios e mantidos os nomes dos sítios mudados. Poderei assim mudar também os nomes daqueles que nesses sítios existiram, as circunstâncias, as relações de família ou de amizade, atando as pontas das várias vidas reais e imaginadas com os nós verdadeiros dos laços fingidos. Eu próprio já não sou quem eles me teriam reconhecido e aquele que depois, por várias partes e diversos modos, me devo ter ido tornando, também já só esfumadamente os reconhece no longe em que se desfizeram comigo, antes de mim.

E agora, tendo definido as fronteiras ausentes desta minha grave viagem e, de novo poeta em anos de prosa, tendo prenunciado com os ecos literários pertinentes o verdadeiro não-propósito dos meus plurais romances, poderei começar, como cumpre, depois do princípio.

2

DO CHAPÉU ÀS ENXAQUECAS
E DAS AJUDAS AO DESTINO

Ao princípio era um espaço sem tempo e um tempo sem fronteiras. Já lá volto.

O espaço ficou tempo e o tempo fechou-se pela altura do episódio do chapéu. "Oh Bia, olhe que..." E o tio Pedro fez um gesto ainda assim discreto para o chapéu na mão do senhor. "Então, cubra-se, começa a arrefecer, já lhe tinha pedido que pusesse o seu chapéu."

Era um longo anoitecer de Setembro, ainda estava quente, e não tinha. Mas, menina de Odivelas (no tempo em que muitos dos professores ainda eram militares, e quando faltavam às aulas logo se suspeitava que havia revolução em Lisboa), rapidamente se lembrou da regra cavaleiresca depois de quase vinte anos de capacetes coloniais e cabelos refrescados pela cacimba da noite. O antigo ritual de vassalagem desbarretada sobrevivera intacto na pomposa respeitabilidade metropolitana no fim dos anos 40, à porta do Hotel Universo (onde o tio Pedro ficava sempre) ao fundo da Rua do Carmo, casas de banho no anexo em frente.

Bia para o meu pai e para os muito próximos. Para todos os outros Beatriz, a senhora dona Beatriz — "não, sem Maria" —

nome escolhido pelo meu avô republicano, *maçon* de barbas ruivas e olho camoniano perdido na Primeira Grande Guerra, numa fase de contaminação neoplatônica. "Maria é integralista, minha filha, nunca deixes que te chamem Maria Beatriz, que além do mais é um pleonasmo!" Ou assim se dizia que disse, como história cochichada entre sorrisos ainda cúmplices com a Primeira República, ou já em incrédulo Estado Novo. Morreu de cancro e de frustração revolucionária, atirado para os confins do Distrito do Congo, onde era voz corrente que havia recrudescências canibalísticas.

Eu teria então perto de cinco anos (ainda estávamos na Zambézia), não sabia bem o que fossem e ninguém me explicou. Mas as duas palavras juntas eram o bastante para me fazer ter imensa pena do Vovô, lá tão longe, sentado sempre como no retrato, a perna esquerda ligeiramente afastada a acentuar o seu porte realengo, bastão de cabo de prata, entre recrudescências canibalísticas. Gostava de palavras e ia aplicando as que não entendia a ver se o contexto lhes revelava o mistério. "Bravo, que bem que disseste!" E momentos depois, sorna: "Mãezinha, o que é que quer dizer recrudescências?" Ou "pleonasmo", ou "aluvião", ou "enxaqueca".

Numa das circunscrições anteriores havia pedras preciosas, as minas do Alto Ligonha, e pensava-se que também ouro de aluvião, que seria a primeira das duas principais susceptibilidades do médico local. A outra era as enxaquecas. Veio a ser diretor dos Serviços de Saúde e, pequeno obreiro do destino, preteriu a favor de um protegido branco o enfermeiro negro que tinha ficado em primeiro lugar no concurso para promoções. O qual tinha mau perder, demitiu-se e foi para a Tanzânia. Chamava-se Samora Machel.

Da primeira susceptibilidade (e se de fato sofria dela a geologia nunca foi pecado) não saberia então o meu pai, o administrador da circunscrição e, tal como o médico, em início de carreira. Só que quatro décadas mais tarde, ambos funcionários superiores aposentados com a mesma letra, não pôde deixar de contrastar a proliferação de prédios e mercedes ostentados por "esse mariola" com a sua própria sobriedade cautelosamente planeada de peugeot e casa na Outra Banda. Mas o mariola era bom médico e, nesse tempo, suficientemente dedicado para ter criado com o meu pai uma rede de leprosarias que ajudaram a estancar o pesadelo de narizes e membros mutilados nas populações da Zambézia. As enxaquecas, o meu pai curava-lhas com escalda-pés, aliás o seu tratamento para tudo, a que o médico, com o colega mais próximo a seiscentos quilômetros, quase cego e nauseado pelas dores, não conseguia propor alternativa nem resistir. A teoria era que fazia o sangue descer da cabeça. E como acabasse por funcionar, passei a perceber a etimologia certa e evidente da palavra "enxaqueca", já que o tratamento obviamente consistia em esvaziá-la.

Ou que não fosse. Ainda não era necessário distinguir entre o que era verdade por ter acontecido e o que era verdade sem ter de acontecer, entre o sonho da noite e o brincar da manhã. Havia coisas mais improváveis do que a fantasia e tudo ficou para sempre entrelaçado com o infalível fascínio de ouvir a minha mãe, uma adolescente de dezessete anos quando se casou, a contar aos dois filhos, como histórias, o que tínhamos dito ou feito na véspera, quatro meses ou cinco anos antes, e depois, até que começou a esquecer-se, há trinta, há quarenta anos. Cada novo dia era uma parte do brincarmos ao faz-de-conta, de riso em vôo livre, e o meu pai, embora só pouco mais velho do que ela, era o único adulto da casa, a oferecer aos três a infância que não teve.

É certo que havia também o Pimpão, mas esse era tão velho que até tinha sido soldado no tempo das capitanias e da revolta dos maganjas. Contava-me as histórias do namarrocolo com demoras pedagógicas de bardo, enumerando todos os bichos grandes de que o esperto coelhinho conseguia sempre triunfar: o imprevisível leopardo, o justiceiro leão, o paciente elefante, a sinistra quizumba a rondar, a rondar, e que queria comer a mãe do namarrocolo, mas quando acabou a refeição percebeu que o namarrocolo a enganara, e que tinha comido a própria mãe. Repetia cada frase várias vezes sempre com as mesmas palavras, imitava as vozes dos bichos, das plantas, do fogo, do vento, dos rios, conjurava os movimentos e as formas com as suas grandes mãos da cor da terra, acocorados ambos no jeito africano que ele me tinha ensinado e que era como o namarrocolo se sentava para contar e para ouvir histórias. O prêmio de cada aventura era uma cana-de-açúcar, repasto clandestino entre as refeições, que saboreávamos chupando e mastigando com estalidos ruidosos, como o namarrocolo gostava, às escondidas da minha mãe e do cozinheiro, o Coimbra, que tinha uma calva da testa à nuca que dizia ser a estrada para Lisboa.

Tínhamos chegado a Lisboa nessa tarde, no paquete *Colonial*, e não havia meio de anoitecer para o jantar. Aos doze anos, e apesar dos trinta dias de viagem e das perplexidades sucessivas que haviam sido o Cabo, Moçâmedes, Lobito, Luanda, São Tomé, Madeira, o meu relógio interior ainda tinha tudo bem programado: noite por volta das seis, jantar por volta das seis e meia; dia por volta das seis, mata-bicho por volta das seis e meia. Ou talvez que também dentro de mim o ritmo do tempo já tivesse começado a mudar, com um indefinido sentimento de injustiça que confusamente receava poder vir a corresponder a um novo modo de estar no mundo. Até então nunca houvera nada que eu não pudesse ser e precisasse de ter: a fonte de onde nascia o riacho ao fundo do quintal; a praia infinitamente vazia onde o Pimpão, que já precisava que alguém tomasse conta dele para poder continuar a tomar conta de mim, pela última vez me molhou a cabeça por causa do sol; a montanha de basalto onde eu deslizava pela vertente polida começando cada dia um pouco mais acima; as folhas que se fechavam ao anoitecer pouco antes de eu ir jantar; as pedras que atiradas contra as outras quando já estava escuro faziam faíscas como pirilampos. Mas o melhor de tudo foi quando viajamos de carro para o Sul do Save, através das zonas de guerra do Tanganica; pessoas com ramos de árvores a crescer dos ombros vieram ter conosco a dizer que eram soldados e se não sabíamos que era perigoso; no hotel de Blantyre bastava carregar num botão na parede para haver logo luz; e quando se abria a janela do quarto havia sempre um homem muito grande e muito quieto no meio da praça, que me explicaram ser um senhor inglês chamado Rodas mas que era de pedra. Oh vecchio buffonissimo!

O meu camarada em espanto pelo maravilhoso mundo novo, com gritinhos partilhados e risos simultâneos de mão à boca, era o magnífico escultor maconde de dentes afilados que ia conosco porque a minha mãe, nostálgica de Europa e atenta às responsabilidades civilizadoras que também lhe competiam, já tinha conseguido treiná-lo a esculpir figurinhas art déco, ânforas gregas, uma miniatura da fonte das pombas de Florença, e seria um desperdício deixá-lo na Zambézia para regredir às máscaras tribais.

É certo que nem tudo fora sempre assim de maravilha em maravilha, porque também tinha havido a filha do senhor Lopes dos correios e de uma senhora espevitada chamada Tina, a terrível Zezinha que mijava em tudo que era banco e eu tinha sempre o azar de me sentar onde ela tinha estado. Voltei a encontrar o senhor Lopes uma vez, no Texas Bar, envelhecido e cheio de copos, a queixar-se de que a filha tinha saído à mãe e a gabar-se de putas.

Logo que aprendi a descer as escadas de bicicleta, desafiei o cão para ir comigo à escola para aprendermos também o alfabeto e a tabuada, as linhas férreas e os rios de Portugal. Durante o alfabeto e a tabuada ele deixava-se ficar resignado debaixo de carteira, mas no Trofa a Fafe e Minho Mira começava a maçar-se: um ou dois bocejos veementes, comichão súbita, orelha arrebitada por algum ruído lá fora, às vezes uma cabeçada na esquina da carteira fazendo preceder por um ganido trapalhão o vigoroso latir com que saltava pela janela. O senhor professor então zangava-se: se eu queria o cão na aula, tinha de se portar bem, como toda a gente. E um dia até lhe recusou a entrada. Os ganidos na varanda foram tão insistentes, a solidariedade dos camaradas na sala de aulas tão unânime, que acabou por ser readmitido, não se esquecendo de ir primeiro agradecer-lhes, um a um, de cauda contente, antes de se enroscar de novo no seu lugar. Mas era congenitamente indisciplinado e safou-se à hora do costume. E depois da aula lá fomos ter com ele, à beira do Incomati, onde o encontrávamos sempre a espantar pássaros, a rosnar de longe aos jacarés espapaçados na areia e a comparar mentalmente tamanhos de rios.

Ao fim da tarde havia o futebol. Grupo Desportivo Leões de Magude: camisa de barras verticais azuis e vermelhas, calções azuis, meias vermelhas, caneleiras, botas. E pouco depois os primeiros versos, rimas em inho e em ão, mas algumas também em ado. Os meus amigos do futebol não se importavam com os versos mas a filha do professor, a Bebê, queria sempre ouvi-los e parece que estava muito crescida para a idade. Um dia perguntou-me se eu não tinha calor com tanto futebol e tanta bicicleta, se não me queria meter debaixo do chuveiro que ela não se importava de me secar depois, a mãe tinha ido à missão falar com o senhor padre e o pai estava na cantina do senhor Silva. Mas eu desconfiava dela.

Além de que isto não só foi depois de ter caído o Catalina da

RAF na Praia do Bilene, que me fez pró-aliado como os meus pais e a Bebê era pró-alemã como os dela, mas também foi antes de ter ido ao teatro pela primeira vez, que me fez entender que a mesma pessoa pode ser várias conforme as peças. Senão não sei o que teria acontecido.

    O teatro foi já em Lourenço Marques, quando chegou a grande companhia de Lisboa (Aura Abranches, Alfredo Ruas, Luís Filipe, Madalena Sotto, Alberto Ghira...) semideuses de novos mundos de faz-de-conta. Vi o *Frei Luís de Sousa* e todas as outras peças duas vezes, que era o número de matinês que havia para cada uma. Na segunda matinê comecei a suspeitar que o *Frei Luís de Sousa* era afinal uma história de fantasmas, estilo *A Mão da Múmia* que tinha acabado de ver no Scala, com o Romeiro invocado do outro mundo por todas aquelas pessoas muito zangadas e a falar verdade quando lhes disse que era ninguém. Talvez ainda dê direito a um artigo erudito (triangulação semântica com Henry James e Machado de Assis), ou se o João Vieira voltar a fazer encenações talvez o convença a ver o que acontece se o Romeiro não for visto em cena. "Oh vós, espectros fatais!" Por vezes é necessário acentuar o óbvio.

O senhor do chapéu agradeceu, pô-lo na cabeça, e continuou a falar sobre gente que não existia e que ainda por cima todos eles pareciam conhecer, até o meu irmão, que tinha vindo um ano antes para a universidade e já me prometera três vezes um gelado para me sossegar. Ainda havia tantos carros e tanta gente na rua, não havia maneira de o sol desaparecer para a gente ir jantar, ao menos a entrada na barra tinha sido bonita e não havia dúvida de que nem o Incomati podia ser maior do que o maior rio de Portugal. Mas não imaginava como iria conseguir viver ali, só sabia que dali em diante tudo ia ser muito diferente. Sentia-me gordo, os calções apertavam-me, tinham-me crescido pêlos nos sítios mais absurdos. O tio Pedro, quando ria, terminava o riso para dentro, com a cabeça atirada sobre as costas e mostrando demais o branco dos olhos azuis. Também ele sofria de enxaquecas, como descobri mais tarde, mas, com o seu mau feitio, deu dois berros à aproximação do escalda-pés e continuou de compressa molhada na cabeça, os olhos tão revirados que eram só branco. Não deviam ser graves.

3

A AUTORIDADE, O CINEMA
E AS CONSEQÜÊNCIAS DOS FEITIOS

Se o futuro torna inevitável o passado, o passado, antes de saber que o é, não se compadece com tais determinismos históricos e pode ser apenas uma questão de mau feitio, como com o tio Pedro durante a visita do senhor Tomás Vieira.

O tio Pedro era então secretário do meu avô republicano e o senhor Tomás Vieira fazia cinema, ou seja, projetava filmes. Era magríssimo, tinha sido ator do mudo nos anos 20, emigrara para Moçambique onde arranjou um camião arraçado de caravana blindada, e precedia as exibições com um sapateado de sapatos compridos, à palhaço, acompanhado por uma grafonola de campânula. Ia aonde o chamassem, às vezes ia sem o terem chamado, e era sempre uma grande excitação. Devo-lhe o meu primeiro filme, *O Capitão das Nuvens*. Quis logo ser aviador: pus uma cadeira em frente de outra com o cão de co-piloto na de trás e metralhamos os alemães. Morreu obscuramente em Lisboa em 1979, quando eu tinha acabado de ser nomeado para o Ministério da Cultura. Ninguém entendeu que sinistra intenção política me poderia ter feito desejar ir ao enterro.

O Avô, terminada a Guerra de 14-18, tinha entrado no quadro administrativo e estava como comissário dos Negócios Indígenas em Ressano Garcia. Era um posto particularmente delicado, pela fronteira com a África do Sul. A questão de Delagoa Bay ainda estava acesa, a memória do Ultimato mal apagada, a Guerra e a diplomacia da República teriam salvo as colônias portuguesas, mas havia também o acordo de exportação de mão-de-obra para as minas do Rand em troca dos caminhos-de-ferro e do porto de Lourenço Marques. Depois do armistício a Inglaterra tinha-se tornado de novo um mal necessário mas, cínica e impudente, não era, junqueirianamente, de confiar. No seu passado de rapaz em Lisboa o Avô tinha travado procissões, era amigo de Magalhães Lima e julgo que foi pela mão dele que entrou na Maçonaria; lutou contra as tropas de Von Lettow no Norte de Moçambique, perdeu o olho direito no combate de Negomano, alistou-se logo que pôde na Cruz Vermelha e já estava ao lado de Massano de Amorim na ofensiva de Angoche; foi dar "um fraternal abraço ao Brito Camacho" quando ele chegou como alto-comissário e agora, escudado pelas medalhas de Mérito Militar, Cruz de Malta e Ordem de Cristo, parecia ter sobrevivido à mudança de regime na Metrópole. Não era a ele que os ingleses comeriam as papas na cabeça.

Por exemplo:

Um vendilhão de pretos tinha tentado subverter o régulo da zona mais fronteiriça a troco de algumas libras de ouro. E como o régulo, "esse sim, um verdadeiro português!", tivesse resistido, mandou queimar-lhe a palhota para o encorajar da próxima vez que lá voltasse com as libras. O caso era grave, se o régulo dissesse pertencer ao lado de lá a soberania portuguesa sobre aquela ponta de território ficaria difícil de provar. O Avô releu os seus historiadores, pensou em Dom João II e no Marquês de Pombal, convidou o negreiro para um copioso almoço e congratulou-o por ter posto o régulo no devido lugar. Mas não bastava, era necessário uma demonstração de força militar. O negreiro, seguro de que os seus verdadeiros propósitos não tinham sido sequer suspeitados e de que uma intervenção militar injusta e desastrada antes os serviria, concordou logo com a sugestão, transferindo para o régulo os pormenores da sua própria perfídia: "um bandido, a soldo dos ingleses, um escravagista a querer roubar-nos populações e território". "Sendo assim, merece a morte!" Estaria ele disposto a levar, em mãos, as necessárias instruções confidenciais de modo a poder explicar verbalmente tudo o que sabia? Que sim, que sem dúvida. Foram redigidas em voz alta à sua frente e ele próprio ajudou a pôr o sinete no lacre. Exceto que as instruções que levou, em envelope idêntico previamente preparado, explicavam a traição do portador e terminavam de forma sucinta: "Liquide-se." Era a história favorita da viúva, já em anos de esclerose empobrecida. "Oh Mamã, então anda a dizer que o Papá mandou matar um homem?" "Mas foi, minha filha, então, ele tinha poder para isso e muito mais!"

    Teve certamente poder para mandar vir o senhor Tomás Vieira. A causa do acontecimento foi o feitio do tio Pedro. Andava de amores com "uma linda canarim, sabida como todas da sua raça, mas muito clara", que o trazia embeiçado e não dava nada sem casar. Ideologicamente o Avô nada teria contra, palavra de democrata!, mas o rapaz, um tímido, ainda acabava por cair na esparrela, andava olheirento e de monco baixo, já por duas ou três vezes se tinha emaranhado em circunlóquios românticos que só podiam significar intenções matrimoniais, era preciso dar-lhe uma ajuda na direção certa: uma sessão de cinema! Jantar e vinhos de escolha, luzes apagadas durante a projeção, baile a seguir no salão nobre, a rapariga bem temperada por tantas excitações novas, o Pedro finalmente ao ataque, e tudo resolvido numa noite. O plano de campanha foi implementado com os mesmos zelos de estratega devotados ao negreiro, e um mês depois já lá estava o senhor Tomás Vieira com o Rodolfo Valentino especificado pelo telégrafo e instruções rigorosas sobre a disposição dos lugares reservados: um cadeirão ao centro com um cartão apenso nas costas a dizer, em letras garrafais, AUTORIDADE; imediatamente à esquerda, sob o olho bom da autoridade, o tio Pedro; e em frente deles a rapariga. A qual, durante o jantar, começou a sorrir ao futuro que ali se desenhava, viu-o confirmado na reserva dos lugares para o filme, afastou o cabelo da nuca durante o sapateado, exibiu um pouco mais o lindo pescoço quando se baixou para enxugar uma lágrima durante o *Sheik Branco*... e o Pedro, nada! Donde o Avô, para didaticamente demonstrar o que se devia fazer em tais circunstâncias e pragmaticamente ir adiantando serviço, arrepanhou para trás os bigodes e a barba, inclinou-se majestosamente, e prestou ele a homenagem de beijos que aquele pescocinho há tanto tempo estava a exigir. E que se deixou, sinuoso, ser de novo e de novo homenageado pelos lábios que julgava (ou não?) do tio Pedro até as luzes da sala se acenderem de vez. Só que o tio Pedro se recusou a ir ao baile, continuou a não achar graça por mais que o Avô lha fizesse ver no dia seguinte — "se ela não consegue distinguir os lábios do Senhor Comissário dos meus..." — e decidiu pouco depois regressar a Portugal, onde casou com a menina mais virtuosa da cristandade e da Torre de Moncorvo. À despedida, em característico gesto nobre e sentimental, o Avô arrancou do dedo um anel de brilhantes e deu-lho antes do último abraço: "Sê feliz, meu rapaz! Foi para o teu bem!"

Nem o distante casamento transmontano se revelou o único inspirado pelo senhor Tomás Vieira. O irmão mais novo a quem esse meu futuro tio ficou a dever o nunca assaz reconhecido privilégio de o ter vindo a ser, tinha guiado todo o dia de Lourenço Marques, improvavelmente a pretexto de ver o filme e de fato para ver como a filha do Comissário tinha crescido. Ela tinha acabado de voltar de Odivelas e ele nunca esquecera a menina ruiva que para lá tinha partido uns anos antes. Gostou do que viu, ela também, casaram-se, ela com dezessete anos, ele com vinte e dois. "Um belo rapaz de grande futuro", como o Avô tinha dito várias vezes em frente dessa filha favorita, casualmente, como se falando para todos menos ela. Pelo que, começando agora a conhecer-lhe as manhas um pouco melhor, talvez seja de perguntar se o verdadeiro propósito do convite ao senhor Tomás Vieira terá sido apenas o bem do tio Pedro.

O Avô ainda conheceu o primeiro neto antes de seguir para a Ilha de Moçambique e para o auge do seu poder. Nomeado intendente, instalou-se nos nobres paços renascentistas como se os tivesse mandado fazer à medida: cais privativo, riquexó, um magnífico trono indo-português que dispensava quaisquer palavras para significar autoridade. Havia mesmo ali um peixe a que chamavam "intendências" por ter uma barba ruiva a imitar a sua. Déspota absoluto. Mas do gênero iluminado: odiava os jesuítas (para ele todos os padres) e procurou tornar a escolaridade obrigatória a todas as crianças do distrito "sem distinções de raça e incluindo as raparigas, que são as mães do progresso e do futuro". O projeto não foi considerado realista, mesmo que fosse não seria prioritário e as prioridades foram-lhe enumeradas pelo governador. Respondeu num ofício, parafraseando Mouzinho que "apesar de talassa, era um Homem": "Pedi escolas, não pedi conselhos." E assim, o mais que se lhe ficou a dever foi uma contribuição ativa, sem distinções de raça, para que as raparigas da ilha se tornassem futuras mães quando ali reinstituiu *de facto* o direito feudal de inaugurá-las que a sua ideologia jacobina teria combatido *de jure* até à última gota de sangue.

Mas em desafio público a "esses papa-hóstias agora no Poder" citava o programa de Brito Camacho, "o bom amigo que se tornou num mestre venerado": "Há que fazer a libertação da mulher indígena, escrava do pai, dos irmãos, do marido, não esquecendo que o seu ventre é a *fons vitae* em que se geram os futuros trabalhadores. Há que vestir o indígena... Há principalmente que instruir e educar o indígena, não para ser passivamente um animal que serve o dono mas para ser um colaborador prestimoso do branco, tão homem como ele, mais capaz do que ele, na ardida terra africana, de produzir riqueza." Em suma: os integralistas não lhe teriam dado o cargo de governador a que achava fazer jus, mas era com orgulho que pisava ali o mesmo chão, respirava o mesmo ar, aquecia-se ao mesmo sol que também tinham bastado para Luís de Camões e Diogo do Couto! Sol de pouca dura.

Tinha havido a Revolta dos Barcos na Metrópole, a repressão intensificara-se, passou pela Ilha de Moçambique uma leva de exilados políticos a caminho de Timor e, "como Diogo do Couto fez por Camões", o Avô organizou uma subscrição pública para os ajudar, com o seu nome, cargo e condecorações à cabeça. O azar foi que o ministro Vieira Machado estava de visita à colônia e dali mesmo o transferiu para Angola, despromovido e com ordens para que fosse colocado na circunscrição mais remota do Distrito do Congo.

O Avô ainda procurou resistir. Entrou em licença de saúde, passou alguns meses em Lisboa embrenhado nas intrigas colonialistas do Café Paço, esbanjou tudo o que tinha mais o que não tinha em abundantes jantaradas e copiosas coristas. Também noutras tentativas mais sóbrias de incitamento à revolução, mas os tempos tinham mudado e com eles os amigos que não estavam presos ou no exílio. Acabaram todos por desaparecer juntamente com os fundos, e lá se foi, finalmente quebrado e agora de fato doente, para as recrudescências do Distrito do Congo. Mal teve tempo para responder a uma consulta da Sociedade de Geografia sobre as bossas frenológicas dos canibais.

A sua antiga casa de Vilarandelo foi vendida para pagar parte das dívidas que deixou juntamente com uma viúva desatinada e meia dúzia de filhos ainda por educar. A casa era grande demais, ninguém a queria, acabou o Governo por comprá-la, a meio preço, para Casa do Povo. Depois do 25 de Abril passou a funcionar lá um Centro Cívico, com sala de cinema. Antes assim.

4

OS MALEFÍCIOS DA ARTE
E A CONSOLAÇÃO DA FILOSOFIA

Uns imaginam o mundo, outros constroem-no. São modos complementares de ser e ambos me merecem simpatia. Também há quem construa um mundo imaginário e, nesse caso, depende.

Pelo tempo em que o meu avô republicano ainda imaginava e o meu pai começava a construir, direi que havia algures na mais remota Alta Zambézia, a meio caminho entre eles, um colega cuja vida era a ópera. Tinha um nome de genial ancestralidade literária — ponhamos, Gomes Leal — freqüentara um seminário e nunca conhecera mulher, nem mesmo como a despersonalizada higiene substituta da tradicional lavadeira indígena das misoginias tropicais. Também não era para ele o coletivismo fantasmático dos espelhos itinerantes, como os disseminados pelo senhor Tomás Vieira. Preferia habitá-los no seu quotidiano intransitivo depois de os haver construído ele próprio, de carne e osso.

Além da ópera, só gostava de touradas. Mas como a voz da Poncelle ou da Supervia não estivessem ao seu alcance e não houvesse gado bovino na região, teve de treinar os criados. A sua ópera favorita era, naturalmente, a *Carmen*, e das italianas apreciava sobretudo a *Tosca*, que entendia em termos de uma transposta simbologia tauromáquica: "morreu a vaca mas matou os bois". Os criados preferiam Bizet a Puccini, em dias de Scarpia receavam o pior.

Só dois deles alguma vez o satisfizeram inteiramente: um cozinheiro gordo e já antigo, e um jovem criado de dentro com finas feições mouriscas que rapidamente adquiriu considerável prestígio e não poucos privilégios, incluindo o uso de um longo avental espanhol com rendas aplicadas ("só te faltam as castanholas, seu brejeiro!"), graças à facilidade natural com que aprendeu a adaptação de "Là bas, là bas, dans la montagne" ao dueto que invariavelmente devia preceder o serviço das refeições: "Já está, já está, já está na mesa"... "E o que vai ser que vais servir-me?"... "Galinha assada com batata"... E assim por diante. Gomes Leal tinha uma voz alta e bem modulada, de tenor de igreja, o criado era um barítono leve, combinavam bem. O cozinheiro sabia todos os papéis mas, como basso profondo e corpulento, tinha-se especializado na marcha do toreador e em fazer de touro. Era um truque que o administrador refinara à custa de vários serviços de louça: ao último acorde da marcha, também transformada em diálogo doméstico entre a sala de jantar e a cozinha, puxava de um só golpe a toalha da mesa posta deixando ficar tudo no seu devido lugar com artes de prestidigitador, e o velho Escamillo investia porta dentro, curvado e bufando grosso com as mãos espetadas em cima da cabeça, para ser capeado pelo patrão.

Levou muitos meses de treino, levou anos de procura até conseguir o alto nível de perfeição destes dois. E a busca continuava, para os papéis secundários — mainato, jardineiro, motorista — e como precaução para o futuro, não sendo poucos os criados que, antes e depois dos atuais, sem talento lírico para sequer varrerem o quintal ou carregarem lenha para o fogão, tinham acabado as suas breves carreiras nas capinagens de sol a sol, depois de meia dúzia de palmatoadas em cada mão os ter paternalmente degradado do mundo das artes: "Estás triste ou estás contente, meu amigo? Estás triste, que eu bem vejo na tua cara. Bem sei que a culpa não é tua se não tens voz nem ouvido, mas hás-de concordar que também não é minha, e o que tem de ser tem muita força." "Sim patrão, desculpa patrão." Mas Scarpia não desculpava: "Meia dúzia em cada!" E logo lhe eram enviados mais candidatos da missão católica, escolhidos de entre os que já tivessem algum treino básico nas litanias.

Ora acontece que o administrador Gomes Leal também sofria da mais torturada prisão de ventre. E um dia em que o que tinha de ser estava a ser feito a um promissor mas finalmente irredimível Michaela, um rapazinho com grandes olhos assustados e um sorriso hesitante de culpa que não conhece a causa, sentiu um suave calor que significava que os seus nós interiores se tinham começado a desatar. O rapazito lucrou, porque o ritual ficou só pela mão direita enquanto o senhor administrador ia lá dentro e já voltava; o administrador lucrou, porque se sentiu tão reconfortado que já lhe não apeteceu voltar para presidir à mão esquerda, mandou ordem ao sipai para despachar sozinho o assunto e cantou ao Carmen que servisse o almoço mais cedo; e até o sipai lucrou, porque embora aceitasse a necessidade da palmatória como parte legítima das suas funções quando havia culpa manifesta, não gostava de bater de graça: disse ao mufana que desse mais seis berros sincronizados enquanto espancava o estofo da cadeira do senhor administrador e mandou-o rapidamente ir capinar.

Dado o inegável lucro geral, a cadeira açoitada passou a ser substituída, nas sessões de justiça, por um "leão da Zambézia", tipo de penico muito em uso para as necessidades maiores e julgo que assim chamado porque, sendo de tripla altura, formava uma ampla caixa de som capaz de transformar em ameaçadores rugidos os sopros mais timoratos. Sentado por detrás da secretária, com o impecável casaco da farda branca abotoado até ao pescoço e os galões nos ombros, mas as calças invisivelmente caídas aos pés, daí em diante as palmatoadas passaram a terminar logo que o leão rugia. E embora de início fosse por vezes necessário continuar até as mãos justiçadas estalarem em sangue, os ritmos do administrador Gomes Leal acabaram por se tornar angelicamente regulares, para o alívio de todos.

E angélica teria achado que foi de fato a origem de tal mudança porque, com o precedente que talvez desconhecesse, e certamente o seu incontaminado catolicismo repudiaria, de Lutero em posição semelhante, certa manhã de chuva torrencial teve subitamente uma visão mística que o fez perceber qual a sua sagrada missão: os pretos eram a carne feia de Babel contra a qual era necessário prevalecer com disciplina crua, fazendo neles as mesmas nódoas que a carne fazia na alma. A prova é que tinham nascido já com a cor das nódoas negras. Mas ainda hesitou, meditou, esperava um sinal. Teve vários, na manhã seguinte: a chuva tinha parado numa época do ano em que costumava ser constante, havia um arco-íris, vinha do chão fumegante do calor umedecido um cheiro acre de sêmen; as formigas tinham crescido asas e celebravam no ar a sua missa negra de esponsais, um manguço tinha penetrado durante a noite na capoeira e matara três galinhas. Decidiu então que não tinha escolha, que tinha de trocar os cantos do amor profano pelas preces de amor divino e pendurou em duas palmeiras (não havia salgueiros) os órgãos com que cantava: o cozinheiro e o criado de dentro, cuja agonia acompanhou durante três dias e três noites, prostrado no chão, a rezar. Daí em diante, o número de palmatoadas a serem aplicadas à seqüência de justiçados durante cada dia de trabalho, qualquer que fosse o crime de cada um deles, passou a ser em múltiplos de três, como homenagem à

Santíssima Trindade: "três vezes três, nove em cada mão... três vezes nove, vinte e sete em cada mão... três vezes vinte e sete, oitenta e uma em cada mão... três vezes oitenta e um...", e ele rezando sempre, a rogar a Deus que lhes perdoasse para a salvação da sua própria alma.

O sipai das punições acabou por achar demais, recusou-se, apanhou ele próprio do suplente três vezes nove e fugiu; os régulos reuniram-se em segredo, analisando precedentes que lhes trouxessem soluções; o clamor das populações foi tão grande que chegou um murmúrio a Quelimane, onde o governador Ferreira Pinto estava em processo de construir um diferente mundo imaginário. Tinha sido um dos jovens sidonistas que fizeram o 28 de Maio, ele e um colega acompanharam o capitão Teófilo Duarte na invasão de Olivença, com os seguintes destinos subseqüentes: o colega foi chefe de gabinete de Teófilo Duarte no Governo de Timor, onde tinha como incumbência especial manter na ordem os exilados políticos que precederam a ida do meu avô para o Distrito do Congo; Teófilo Duarte veio a ser anos depois o ministro das Colônias e soube pelo contínuo que já não era porque tinha havido remodelação ministerial na véspera e o senhor presidente do conselho se esquecera de o informar; Ferreira Pinto tinha ido para Moçambique como inspetor administrativo e acabava de ser nomeado governador da Zambézia.

Dizia-se que o modelo político e arquétipo psicológico do governador Ferreira Pinto era Mussolini. A fotografia de um altivo procônsul de queixo voluntarioso rodeado de uma falange fardada de administradores devidamente colocados em plano mais baixo, não desmente a reputação. As Donas de Quelimane, as snobíssimas aristocratas crioulas associadas aos grandes nomes da carreira da Índia no tempo do vice-reinado — Noronhas, Menezes, Perestrellos — viam nele a imagem dos seus antepassados, só lastimando que não tivesse um nome mais a condizer com a sua inegável natureza de antanho, para poderem chamar-lhe primo. Tinha porém uma vistosa educação clássica, gostava de citar Tácito e especialmente o Virgílio da Écloga Profética: *"omnis feret omnia tellus... incipe!"* O seu projeto era instaurar, nem que fosse pela força, a Idade de Ouro na Zambézia. Era casado com uma senhora amável e belíssima, de que me lembro anos depois, em Lisboa. Julgo que tive por ela uma breve paixão adolescente e contemplativa, que todos certamente perceberam menos eu: cabelo negro, olhos dourados, sorriso branco e vermelho, uma voz que não parecia de coisa mortal. Tinha tido um filho que morreu, dizia que os meus olhos eram iguais aos do filho, e que quando o marido era da minha idade também fazia versos.

A primeira medida do governador Ferreira Pinto fora determinar que as crianças das escolas de Quelimane passassem a usar bibes inspirados nas togas romanas. Convocou depois os administradores de todas as circunscrições, mandou tirar a fotografia, anunciou para daí a poucas semanas uma viagem de inspeção e deu ordens (*"omnis feret..."*) para que tivessem árvores de sombra nas bermas das estradas por onde passasse: pânico geral, uma orgia de trabalhos forçados, destruição de centenas de árvores cujas carcaças inanimadas foram transferidas para buracos temporários onde se agüentassem suficientemente erectas até a profecia ter passado.

O meu pai pensou que era a altura de fazer as malas e foi um dos poucos que se recusou à farsa. Mas o governador Ferreira Pinto era só elogios: cumprimentou-o pela represa que conseguira ter pronta a tempo das primeiras chuvas, apoiou-o na exigência de que a Companhia do Boror reservasse uma área equivalente à do cultivo do algodão para a agricultura de subsistência dos trabalhadores indígenas, assistiu a uma aula onde recitou Virgílio em latim aos pretinhos atônitos na escola rudimentar acabada de construir e onde o meu irmão também estava a aprender as primeiras letras com o senhor professor Xipanguela ("precisamente, é necessário dar o exemplo!"), visitou uma leprosaria, discutiu longamente um plano do meu pai para a fixação anual de duas famílias portuguesas numa vasta zona de meia altura particularmente fértil e escassamente povoada da circunscrição: os custos de transporte, de materiais de construção, ferramentas, uma junta de bois e sementes não seriam excessivos, e em menos de vinte anos essa região teria sido transformada no celeiro da Zambézia, com evidentes benefícios não só para a esfaimada população local mas também para as infaustas áreas tradicionais de emigração na Metrópole. Prometeu encaminhar o plano, para Lisboa, mas sem muita esperança: "Vá fazendo o que puder, senhor Administrador, temos de governar à revelia, eles pensam à dimensão das Berlengas." E falou, como exemplo, do seu próprio projeto de abrir uma estrada através das rochas para as regiões montanhosas do Gorué, sem a qual a produção do chá continuaria a ser economicamente irrelevante. Nem dinamite tinha conseguido do Governo Central. Pois bem, seria aberta à picareta, como as estradas romanas! E de fato foi, e ainda é a estrada que lá têm.

"E os calções?" A Companhia do Boror estava a resistir às instruções do meu pai para que distribuísse roupa aos trabalhadores nas plantações de algodão, que andavam só com um pedaço de casca de árvore desfiada a cobrir os genitais, e tinha saído no jornal de Quelimane um artigo acusatório intitulado "Abaixo os calções!". O jornalista apresentava contas detalhadas, exagerando, mas não muito: dado que todo o algodão ali produzido tinha por lei de ser primeiro exportado para a metrópole antes de poder ser reimportado como calções, o custo de cada calção corresponderia ao trabalho de quinze homens durante um ano. E, num ataque oblíquo ao próprio governador, o artigo terminava com a pergunta: "Por que não togas?" Portanto que o senhor Administrador se não incomodasse, estava em boa companhia. Mas o que o governador Ferreira Pinto queria mesmo saber era se ele de fato se tinha inspirado no seu exemplo para os calções, nas "togas", nos uniformes das escolas. Não sei o que é que o meu pai terá respondido. "Um funcionário que sabe honrar as sete folhas de louro que traz sobre os ombros", declarou no louvor publicado pouco depois no Boletim Oficial.

Sobre as árvores nas bermas das estradas só um comentário ao mesmo tempo críptico e sentencioso: "o literalismo é sempre um sintoma de corrupção ou de incompetência, que é necessário investigar e punir sem piedade. Um novo Aquiles terá de arrasar a nova Tróia antes de as verdadeiras árvores poderem crescer de novo". O seu propósito havia sido fazer um exame, e o meu pai passara com distinção. Por isso, além do louvor logo ali decidido, mereceu também um desabafo pessoal e um conselho, à despedida: "Tenho muitos inimigos, mesmo entre os meus antigos camaradas... Oxalá o senhor administrador nunca saiba o que é ter os inimigos que eu tenho. Não confie demasiado, acautele-se. Mas também tenho a minha filosofia, e nada temo." Seguiram-se vários processos disciplinares aos que não tinham passado no exame de Latim. O administrador Gomes Leal ainda está na fotografia, mas já não regressara à circunscrição, onde assim pelo menos as árvores permaneceram intactas. Fora enviado para uma junta médica em Lourenço Marques e daí rapidamente para Lisboa onde, depois de repousar alguns meses, foi reintegrado e permaneceu, inofensivo, numa das seções do Ministério a redigir ofícios até atingir o limite de idade. "A severidade da justiça só tem cabimento no lado de cá do bem e do mal", escrevera o governador Ferreira Pinto na guia de marcha que o acompanhou. Mas como o administrador do concelho de Quelimane tivesse por hábito usar a cadeia dos indígenas para sadismos mais profanos, a esse mandou que fosse lá encarcerado, à mercê das suas vítimas. O juiz interveio a dizer que era ilegal, e ao fim de duas noites foi mudado para a dos brancos, balbuciando esgazeadas gratidões.

Em parte por causa do louvor e em parte por causa das lutas com a Companhia do Boror, o meu pai foi transferido para uma excelente circunscrição sem algodão, onde construiu um pouco mais, teve lutas diferentes, novos louvores e mais transferências cada vez mais para o Sul até ser nomeado administrador do concelho de Lourenço Marques, promovido a intendente e transferido para a Guiné, trânsito rápido de novo por Moçambique antes de ser promovido a inspetor e transferido para São Tomé, promovido a governador mas finalmente neutralizado numa honrosa posição semidiplomática na África do Sul, onde acabou a carreira. Tinham começado as guerras coloniais, era de novo tempo de militares, da destruição, e de esperar que outros depois conseguissem construir de novo.

Conta-se que quando o avião com os primeiros russos sobrevoou Lourenço Marques houve um motim a bordo porque não acreditavam que aquela pudesse ser a mesma cidade que a propaganda lhes fizera prever. E que quando os moçambicanos se lhes queixaram das infra-estruturas deixadas pelos portugueses — poucas estradas, poucos hospitais, poucas escolas, poucos portos, poucas represas — teriam dito que já tinham visto pior, que como começo para um novo país já não era mau. Conta-se também que quando os dirigentes da FRELIMO pediram aos vertiginosos descolonizadores de torna-viagem um período de transição que lhes permitisse prepararem-se para assumir o poder, estes teriam respondido "já! já! já! ou nunca" e aqueles "então já". Mas contam-se muitas coisas.

A carreira do governador Ferreira Pinto, essa tinha acabado muito antes, no início dos anos 40, quando a guerra ainda era outra, uma coisa remota e em língua incompreensível, com os meus pais pela noite adiante a dar bombadas ao petromax e às voltas com um rádio ligado a uma bateria de automóvel.

Tinham levado ao palácio do Governo de Quelimane um telegrama cifrado de que o governador Ferreira Pinto parecia estar à espera. Era domingo, não tinha o código à mão, havia visitas na sala, leu-o apressadamente, sorriu para a mulher com uma ternura mais evidente do que costumava mostrar em público, pediu-lhe que continuasse com as visitas. Fechou-se na biblioteca, apontou ao peito uma espingarda de balas expansivas, de matar elefantes. Metade do seu corpo ficou disseminado entre os livros e impregnado nas paredes. O telegrama foi decifrado no dia seguinte, era um assunto inconseqüente, de rotina. Nunca se chegou a saber qual era a notícia de que estaria à espera.

5

UM BESTIÁRIO RECUPERADO
NA TEORIA DO MOSAICO

Se este livro fosse uma autobiografia ou um romance a fingir que não, seria agora necessário preencher a passagem do tempo com episódios que marcassem a transição entre os cinco e os doze anos do narrador, entre a Zambézia do Pimpão e a Lisboa onde um personagem sem nome e que, como muitos outros, não vai aparecer mais, teve como única função diegética pôr um chapéu em cima da cabeça. Erro evidente, sobretudo num livro que se deseja com poucas palavras, uso perdulário dos recursos da economia narrativa com a inevitável conseqüência de não deixar o leitor aquecer, identificar-se, nutrir rancores e simpatias, chegar só por si às conclusões autorais previamente determinadas.

Só que o meu estilo, perdoe o leitor que já deu por isso, é oblíquo e dissimulado, desenvolvimento próprio e algo original, perdoe o leitor que ainda não deu por isso, da nobre tradição de dizer alhos para significar bugalhos, que é a de toda a poesia que se preza e da prosa que prefiro. E nem julguem que alhos e bugalhos são coisas diferentes, são é reflexos diferentes da mesma coisa. Como num mosaico incrustado de espelhos. Explico: quando se tira um pedacinho dum mosaico, não se percebe, olhando só para o pedacinho, que faz parte do nariz e por isso pode perfeitamente passar a fazer parte de qualquer outra imagem para que seja necessário, mesmo num mosaico sem nariz. É certo que também se poderia ir retirando do mosaico todos os pedacinhos, como ao gato que sorria tanto para a Alice que acabou só sorriso sem gato. Mas gatos são gatos e sorrisos nem sempre. Por exemplo, o sorriso hamletiano de Yorick transmigrou para a página em preto de Sterne, donde ressuscitou como mestre tutelar dos sorrisos oblíquos. Além de que é minha firme convicção de que, num mosaico com nariz, o nariz precisa do seu pedacinho. Faço por isso voto solene de que irei trazendo para este meu mosaico todos os pedaços necessários para nariz, olhos, dentes, orelhas, boca, só que não obrigatoriamente nesta ordem e nem sempre pertencentes ao reflexo fictício do mesmo rosto. E terá de ser o leitor a encontrar os espaços mais adequados para colocá-los, segundo o amor tiver.

Há precedentes, como por exemplo a campanha nacional para a educação de adultos, dos anos 50, por sua vez esclarecidamente inspirada no inegável sucesso que por esse tempo também teve a campanha nacional pró-alcoolismo, quando beber um litro de vinho era dar de comer a um milhão de portugueses. Mostrarem-me um dos pontos de Biologia, organizado segundo o moderno sistema americano de frases deixadas em suspenso para o candidato completar: "As aves v ...", e o candidato, contando os espaços em branco, devia logo perceber que v oam; "Os cães l .....", l adram, mas os espaços disponíveis também teriam dado para l ambem, o que está longe de ser mentira; "Os répteis sofrem m ....". Esta era mais difícil e aqui o candidato, depois de muito coçar a cabeça, decidiu que tantos pontinhos deviam ser um erro da tipografia, se é que não mesmo uma pergunta de algibeira, e completou "muito ....". Os répteis sofrem muito. Lá saberia. Começava a sentir-se velho para continuar de chulo, precisava do certificado para o emprego de porteiro no Texas Bar que a menina Clotilde, que funcionava sem chulo mas com influências próprias, lhe tinha prometido. Continuou aplicadamente a preencher o ponto todo até mesmo a seção final destinada ao júri: *Presidente:* Craveiro Lopes; *Vogais:* a e i o u . E assim se demonstra que nem todos os modelos do meu estilo narrativo são literários. O único problema é conseguir o necessário equilíbrio entre os vários pedacinhos do mosaico. Tomemos outro exemplo:

"A casa era uma construção apalaçada do tempo das capitanias, versão residencial do quadrado de Marracuene num amplo cubo com quatro torres atarracadas, varandas ligando-as em perfeita simetria ao nível do primeiro andar, escadaria para um jardim com caramanchão, um embondeiro, palmeiras, um rego de água do lado do caniçal. Em frente ao jardim abria-se a idéia platônica de uma praça, prefigurada por uma extensão abaulada de terra batida ainda sem outras casas em volta a justificá-la, exceto, do lado oposto, a sede da administração. Mas no centro da praça, e só por isso era praça e tinha centro, erguia-se um poste de bandeira. Os sipais, de farda cáqui e cofió vermelho, apresentavam armas com as kropachets, já há muito sem a pólvora do tempo da revolta dos maganjas, enquanto um deles tocava o clarim e outro içava ou arriava a bandeira no rápido alvorecer da madrugada ou no intenso clarão roxo que precedia a noite repentina. Depois marchavam, em formação, no compasso surdo das solas grossas dos pés descalços, até destroçarem junto a um renque das árvores, ao longe. O clarim assinalando o fim do dia imperial era também o momento em que os morcegos, pendurados de cabeça para baixo na árvore fantasma ao fundo do quintal desde o toque da alvorada, iam começar o seu depredatório dia libertário na mesma noite sem crepúsculo de que os pássaros se recolhiam alvoroçados, com exagerada estridência. E também os grupos seminus de homens aflitos e de mulheres com crianças às costas ou aos longos peitos ressequidos, que haviam acampado desde a manhã na sombra pegajosa de insetos em volta da administração, aviadas as últimas demandas começavam de repente a falar mais alto antes de regressarem às aldeias que se confundiam na distância com a terra e o caniço de que eram construídas. Um dia o meu irmão construiu sobre o rego de água uma ponte de terra e caniço que não caiu quando depois passou sobre ela de bicicleta. Foi um acontecimento de pura magia. E numa noite muito quente em que me pareceu ouvir vozes ao fundo da casa e um súbito estrondo, sonhei que havia um leão no quintal. Quando me levantei de manhã disseram que sim, que era uma leoa. Não me deixaram ir vê-la mas havia para mim um leão pequenino, uma criaturinha quase ainda do tamanho dum gato, que no fim de uma semana em que se pensava que não iria sobreviver já se divertia a fazer esperas ao meu cão que era tão grande (se é o mesmo da fotografia) que pouco tempo antes eu ainda cavalgava."

Pedaços a mais? A menos? A menos e a mais ao mesmo tempo? A latente militância antiimperialista dos morcegos suficientemente sugerida? Na dúvida, a passagem foi eliminada do capítulo competente (a seguir ao parágrafo sobre o Pimpão e as histórias do namarrocolo) e, na dúvida da dúvida, restaurada aqui como um exemplo didático. Exceto que isso torna agora necessário um esclarecimento: onde havia mesmo uma árvore madura de morcegos era em Magude, no Sul do Save, onde já se não usava a cerimônia da bandeira nem a farda dos sipais incluía cofió. O Rui Knopfli esteve lá depois de mim, quando o pai dele foi um dos administradores a seguir ao meu. E o Rui até escreveu um poema sobre o Amos (pronunciado Amusse), o "gentil gigante" que foi uma espécie de Pimpão da adolescência dele e do princípio do fim da minha infância. Parece que o Amos tinha cometido um crime horrível quando era ainda muito novo. Esgotou nesse momento toda a sua capacidade de violência e ficou santificado para o resto da vida. Ora como nestas coisas de África o Rui é tudo menos um escriba acocorado, não lhe quero dar o mínimo pretexto para vir a público de caneta em punho ralhar comigo por causa das minhas inexatidões. Bem basta em privado, ou nas confidências a amigos comuns, como aquela que fez ao Zé Cardoso Pires: "Gosto tanto de Moçambique que até consigo gostar do Helder Macedo." Em suma, é necessário ter muita cautela com os africanistas.

E assim, apesar de tudo já falta pouco tempo para embarcarmos no paquete *Colonial* e chegarmos de novo a Lisboa pela primeira vez. Só que ainda há uma visita a fazer, uma homenagem a prestar no tempo em que as ruas de Lourenço Marques estavam cobertas de espadas. Podia ser já aqui ou ser mais tarde, porque a grande vantagem dos mosaicos é que as peças podem ser encaixadas em qualquer altura que ficam sempre no seu lugar certo. Não houve há dias um telefonema da *Colóquio* a pedir-me um artigo sobre Mário de Sá-Carneiro para o número especial do aniversário, e acontece que o Sá-Carneiro pode perfeitamente fazer parte dessa minha homenagem, também fez parte desse tempo em mutação e, mais tarde, em Lisboa, foi um pouco como se tivesse vindo sentar-se conosco no Café Gelo quando lá apareceu o Luís Garcia de Medeiros. Escrevi mais ou menos o que em todo o caso iria escrever para o capítulo pertinente, cortei o que faria menos sentido fora dele para os amigos da *Colóquio*, mas ainda assim preveni-os de que não seria o ensaio crítico do costume. E é claro que o David Mourão-Ferreira, leitor sutil dos espaços entre as palavras, percebeu logo o que eu andava a fazer em Sintra quando acusou a recepção do "quase conto".

6

O SENHOR ROLA PEREIRA: RECORDAÇÃO DE UMA RECORDAÇÃO DE MÁRIO DE SÁ-CARNEIRO

Havia uma altura do ano em que as ruas de Lourenço Marques estavam cheias de espadas. Não eram bem espadas, a forma era mais de alfanjes, e eram de fato umas longas vagens que caíam das acácias permitindo duelos que nem o Errol Flynn nas matinês do Scala. As mais longas chegavam a ter meio metro, que para um braço de doze anos era o tamanho ideal. As sementes dentro das carapaças acastanhadas chocalhavam marcialmente a cada golpe, os duelos terminavam não quando um matava o outro, porque ressuscitava-se sempre, mas quando alguém pedia tréguas, o que seria uma vergonha. Ou então quando uma das espadas se desintegrava. Era por isso conveniente escolher sempre uma espada ainda firme mas já razoavelmente seca (que além do mais tinha a vantagem de as sementes também rufarem tambores de guerra) para, facilmente desintegrada com honra, se poder ir ter com os amigos do futebol no campo do Harmonia. O Coluna aparecia às vezes no fim do calor da tarde e deixava-se ficar alguns minutos, dando conselhos: "nunca chutes com a biqueira, o pé em ângulo controla melhor a direção da bola". Já jogava no Desportivo e era ouvido com metafísico respeito. O Costa Pereira, mais populista, de vez em quando acedia a jogar conosco, defendendo a baliza da equipe que estivesse a perder. E um dia quase lhe meti um gol. Momento inesquecível: de pé em ângulo.

O que já esqueci é por que improvável razão noutro dia em que fui à Minerva Central saí de lá com o José Régio debaixo do braço. Continuava a escrever versos pela calada, circunstância que no entanto não chegava para justificar a minha súbita viragem do Afonso Lopes Vieira para os *Poemas de Deus e do Diabo* e as *Encruzilhadas*. Mais uma preocupação para a minha mãe. A outra (não sabia dos duelos) era a Matemática. Li o Régio com a mesma sofreguidão com que devorava laranjas, sendo as duas atividades simultâneas segundo uma técnica altamente aperfeiçoada. Abria o livro página a página, à medida que o ia lendo, com o indicador da mão direita (uma barbaridade), enquanto com a esquerda amassava as laranjas de modo a transformá-las em sumo dentro da casca. Abria-lhes um pequeno buraco com os dentes e depois era só chupar e ler. As manchas nas páginas retalhadas dos exemplares que, ainda assim, sobreviveram, testemunham a minha voraz precocidade literária.

A minha mãe: "Ainda sabes de cor os boizinhos?" E eu, rebelde: "Não, só sei que não vou por aí!" Não admira que ela se preocupasse. De modo que achou necessário tomar medidas urgentes sobre a Matemática. Era a nova reforma, os exames do primeiro ciclo tinham sido antecipados para o segundo ano do liceu, que era onde eu estava e tinha tido um oito. O meu pai era contra explicadores, mas conhecia o senhor Rola Pereira e achou que com ele as explicações seriam menos a muleta que receava do que o estímulo que me faltava. E assim foi.

A casa do senhor Rola Pereira era um rés-do-chão alto, estilo colonial sóbrio do fim dos anos 30. Subiam-se da rua uns cinco degraus para uma varanda ou terraço comprido que levava à parte residencial, ao fundo. Logo ao cimo da escada, à esquerda, era a sala de aulas: uma mesa retangular, oito cadeiras em volta, um quadro preto. Mas as minhas explicações iam ser individuais. "Olá, pá, então tu é que és o Helder!" Sedução imediata: se havia alguns problemas implícitos em eu ser o Helder o tom mostrava que, até prova em contrário, até achava que me ficava bem. O senhor Rola Pereira era magro, vestia sempre uma balalaica sem cinto e calças de linho bege, tinha feições de republicano antigo, uma bela cabeleira branca difícil de manter penteada, pequeno bigode branco, olhar expectante de pássaro. Gaguejava ligeiramente, acho que mais por ênfase do que por carência. E chamava-me "pá"!

Quis logo saber mais dele. Ou seja: fiquei furioso por nunca ter dado atenção a comentários que tinha ouvido e que acabavam sempre na história do Grande Amor que o levara a casar-se com uma senhora já com cinco filhos e enviuvada em circunstâncias que prontamente decidi que só podiam ser trágicas. A senhora dona Laura era, todos diziam, extremamente bela, o senhor Rola Pereira tinha deixado a agrimensura, e estava a dar explicações de Matemática. Devia haver nisto uma lógica que me escapava e que ninguém me queria explicar. Mas do grande amor resultaram duas filhas, a mais nova era a Laurinha e, essa sim, até eu podia ver que era belíssima, e que, todos diziam, era a réplica da mãe quando nova. Teria mais dois anos do que eu, o que significa que era então anos-luz mais velha, mas voltei a encontrá-la já suficientemente crescido para retrospectivamente entender, pela beleza da réplica, que o grande amor do senhor Rola Pereira não precisava de lógica.

Se a Matemática tivesse sido sempre como o senhor Rola Pereira a transformou (quatro meses de explicações deram para passar com 13) estaria hoje aqui não poeta mesmo em anos de prosa e pobre professor de Letras mas purulento arquiteto ou computorizado financeiro. Mas duvido que o senhor Rola Pereira aplaudisse tal futuro. O fato é que numa aula, em vez do caderno de exercícios, lhe entreguei por fingido engano o caderno idêntico onde copiava os versos que andava a fazer. Guardou-o sem uma palavra, como a coisa mais natural do mundo. E da próxima vez, acabada a aula, mandou-me entrar para a sala ao fundo do terraço, na parte residencial da casa, chamou a família toda numa encenação de grave solenidade, pediu um a um à mulher, aos cinco enteados e às filhas que se sentassem, apontou com o braço estendido para mim e declarou, gaguejando um pouco mais do que era hábito: "Este é poeta." Pausa longuíssima. "Lê." Era um rito de passagem. O tom de gravidade tinha-se alastrado, eu não era ainda o adolescente tímido em que depois durante alguns anos me tornei, não foi por timidez que me não reconheci na voz pausada, adulta, transfigurada, com que obedeci.

No fim da aula seguinte perguntou-me sobre os meus poetas favoritos. "Régio? Aos doze anos? É muito cedo, pá, é muito cedo." E com evidente malícia: "Quem não deves ler mesmo é um poeta chamado Mário de Sá-Carneiro. Toma nota, Sá-Carneiro, não leias!" É claro que fui dali a correr à Minerva Central e que cheguei à aula seguinte ainda mais cedo do que já estava a tornar-se habitual, com o Sá-Carneiro em punho. "Então, pá, já não leste?"

Seis anos depois, no fim do liceu, voltei a Lourenço Marques. Tinha entretanto havido Lisboa, a Guiné e uma namorada cor de cobre. Fora para completar o sétimo ano junto dos meus pais, mas eles entretanto tinham ido para São Tomé e fiquei em casa dos meus tios, o tio Antonio e a tia Amélia, irmã mais velha da minha mãe, os tios que desde sempre fizeram parte da minha consciência de existir. O tio Antonio, o Dr. Pacheco, tinha qualquer coisa de santo — e uso a palavra sem exagero —, exercia a medicina como um compadecido visionário franciscano, de casa em casa nos bairros mais pobres no seu carrito só corpo de uma lenta avioneta sem asas, pagando ele as receitas aos doentes, emprestando-lhes o dinheiro para as contas que nunca lhes chegava a mandar. Suspeito que teria também os abismos que vão com a santidade, mas não posso esgotar todos os romances num só livro. A tia Amélia jogava a canastra todas as tardes, ia discretamente vomitar depois das refeições, e cantava as cantigas do tempo da Mirita e do Estêvão Amarante numa voz limpa de soprano, treinada em Odivelas. Não deve ser fácil ser mulher de santo.

Eu era o aluno irregular de sempre, cheio de altos e baixos, se fiquei dispensado do exame de admissão à Faculdade (figure-se!) de Direito, foi graças às lições do Fernando Gil, meu colega nos primeiros anos do liceu e o único amigo que ainda tenho dos nove ou dez anos de idade, o que agora já deve significar que seremos testemunhas um do outro até ao fim. Também ia para Direito e queria que fôssemos ao mesmo tempo. Assim, em vez de eu ter de ler os livros do programa, ouvia-o a falar deles e a melhorá-los, debaixo dum caramanchão na Polana, com vista sobre a baía. Quis-me a certa altura explicar a diferença entre memória e reminiscência, para o exame de Filosofia, disse-me que procurasse visualizar o sorriso do meu pai, um sorriso raro e por isso inesquecível. Era memória ou reminiscência? Hoje já não sei de novo.

Terminadas as lições, que com o Fernando ainda o eram menos do que as explicações de Matemática do senhor Rola Pereira, que é só como eu consigo aprender seja o que for, voltava contentíssimo para casa do tio Antonio sem a consciência do dever cumprido para ler o Proust na sala atafulhada de porcelanas chinesas que a tia Amélia colecionava, os doze volumes de início empilhados no lado esquerdo da poltrona com embutidos também chineses e, semana após semana, lidos e transferidos um a um para o lado direito até a pilha se ter reconstruído, do fim para o princípio.

E é claro que também ia visitar o senhor Rola Pereira que, como para mim tinha sido sempre velho, fora encontrar exatamente na mesma. Eu é que certamente já não estava, porque não consegui recuperar nele a magia antiga. Tornamo-nos assim tão bons amigos quanto um rapaz de dezessete ou dezoito anos e um velho de sessenta e muitos podem ser, e que é certamente menos do que podem uma criança e o mesmo velho, seis anos antes. E suspeito que também não gostou da visível admiração — bom, mais do que admiração — que eu tinha passado a sentir pela Laurinha. Saímos juntos algumas vezes e o senhor Rola Pereira tinha sempre a arte de aparecer por acaso onde quer que estivéssemos, até na praia, que ele odiava, do lado dos coqueiros. Os grandes amores são zelosos dos seus produtos. Mas durante alguns meses o senhor Rola Pereira e eu vimo-nos praticamente todas as semanas, falando Sá-Carneiro. Recordar tem muito de parecido com imaginar, mas julgo que recordo com razoável veracidade. Aqui fica, em todo o caso, o esquema da minha memória da memória do senhor Rola Pereira:

• Até o Fernando Pessoa aparecer tinham sido amigos inseparáveis. No exemplar que lhe ofereceu das novelas *Princípio* (onde uma lhe é dedicada — "Ao Gilberto Rola"), Sá-Carneiro escreveu, num crescendo de letras garrafais: "Ao meu grande, Grande, GRANDE AMIGO..." E costumava dizer-lhe: "Sabes, tu és a minha Ama!" Depois aconteceu o Pessoa, a África, um contato no entanto sempre mantido à distância.

• A idéia de suicídio era muito antiga, fora desde sempre uma obsessão estruturante dos destinos imaginados. A questão para o Sá-Carneiro não era saber *se*, mas *quando, como, onde*, uma questão de oportunidade e de coragem. O Tomás Cabreira Júnior (co-autor da peça *Amizade*) reapareceu uns dias depois de ter falhado uma tentativa de suicídio, com permanganato. A surriada foi enorme.

Matar-se bebendo permanganato revelava alma de sopeira e, ainda por cima, de sopeira falhada. Para a próxima vez não os envergonhasse. Assim fez, porque quando conseguiu matar-se aos vinte anos foi a sério, com um tiro de pistola que mereceu um poema de homenagem do Sá-Carneiro ao "grande corajoso" que na vida ainda alcançou alguma coisa: "a morte — e há tantos como eu que não alcançam nada..."

• No exame do sétimo ano, durante a prova oral, tendo recusado sentar-se na carteira onde mal cabia, o Sá-Carneiro deixou-se ficar com o seu grande peso apoiado na mão esquerda apoiada sobre o tampo, balanceando langorosamente a perna direita suspensa no ar. O examinador, pejado de cunhas, fingia não notar os modos malcriados e procurava a todo o custo salvar-lhe o exame de (ponhamos) História: "Então, veja lá se se lembra, quais foram as causas dos Descobrimentos?" E o Sá-Carneiro, perna insolente para a frente e para trás: "Oh senhor, doutor, mas que importância tem isso agora?"

• Passou, foi para Coimbra, onde os patetas das praxes lhe baixaram as calças e pintaram o pênis com mercurocromo. Escreveu ao pai a perguntar como é que achava possível continuar a viver num país assim. O pai concordou que não era fácil. Foi por isso que finalmente se decidiu a ida para Paris.

• Por esse tempo o Sá-Carneiro considerava-se mais prosador do que poeta, a poesia que lhe interessava era a que nem o Cesário Verde tinha escrito, achava que os temas legítimos da poesia eram por exemplo um poste de iluminação, não por ser iluminação mas por ser poste, uma mulher exageradamente grávida, não pela maternidade mas pela forma esférica do corpo. Tentou um poema que começava: "Não canto da marquesa o colo alabastrino. / Não, não canto nada disso..."

- Bom, a relação com o Fernando Pessoa, o predomínio que o Pessoa adquiriu sobre o Sá-Carneiro não era saudável, não ajudou. O Pessoa alimentava-se com a vida dos outros, sonhava os sonhos dos outros, vivia a morte dos outros, não era uma Ama, não foi o novo Grande Amigo, era o Grande Sombra. Retirou da obra de Sá-Carneiro tudo o que ele escreveu antes de o conhecer, confiscou a *Amizade* e o *Princípio*. "Nota os títulos, pá."
- O pai de Sá-Carneiro também tinha ido para Moçambique. Havia entre ele e o filho uma relação feita de culpabilidades e de chantagens. Mas era um homem generoso. Tentou convencê-lo a ir lá passar uns tempos, usando toda a espécie de incentivos e desincentivos emocionais e monetários. As mesadas para Paris estavam a tornar-se difíceis por causa da guerra. Mas as respostas pediam sempre mais dinheiro, na retórica de "antes a morte". Só que não era retórica.
- O senhor Rola Pereira também lhe escreveu pouco antes do suicídio, insistindo que em África havia papel, canetas, mesas, cadeiras, e todo o mundo interior que trouxesse consigo. Bem como todo um outro mundo, porventura o mundo do Outro que buscava em si, uma vertigem mais ampla e mais potente do que a miragem do Norte que começava a esboroar-se. Estava a ser Ama outra vez, a querer protegê-lo do convergente quando, como e onde do suicídio. A última comunicação foi um telegrama em francês, dirigido ao pai: "Je suis perdu."
- "Mas senhor Rola Pereira, e as cartas que ele lhe escreveu?" Gaguejou: "Não as tenho, pá, emprestei-as para serem mostradas ao José Régio, não me foram devolvidas. Eram de um Mário diferente daquele que escreveu ao Pessoa, diziam coisas parecidas mas era diferente, o Régio é espiritualmente mais próximo do Sá-Carneiro do que o Pessoa nunca foi, teria entendido. Mas não sei se chegou sequer a lê-las. Enfim... Ouve, pá, tu não és aquele que quando miúdo lia o Régio?" Percebi: até então tinha-se esquecido.

- Em Janeiro de 1966, a revista *Vértice* publicou três dessas cartas, "graças à amabilidade da Senhora D. Laura Rola Pereira Vale de Andrade". O Luís Amaro mandou-me uma fotocópia quando percebeu pela versão inicial do meu artigo para a *Colóquio* que eu não sabia se as cartas haviam sido recuperadas e se tinham sobrevivido à morte do senhor Rola Pereira. A Laurinha (Vale de Andrade?), onde quer que esteja, saberá se ainda há outras, e talvez as tenha.

7

METÁFORA E METONÍMIA, LIBERAIS E MIGUELISTAS

O ministro Teófilo Duarte tinha do Império uma concepção semelhante à de Groucho Marx no filme em que era gerente dum grande hotel e mandou mudar os números de todos os quartos: "Mas pense na confusão!" "Ora, pense mas é no gozo!" De modo que decidiu que todos os funcionários superiores tinham de trocar de colônia. No após-guerra parecia começar a haver tendências separatistas em Angola e em Moçambique, o Ministro queria evitar futuros Brasis. Ainda recentemente houvera uma tentativa de abrir uma fábrica de bicicletas em Lourenço Marques que fora necessário reprimir decisivamente. Se nem em Portugal as havia, por esse caminho acabava-se por não se saber quem mandava em quem. Pela mesma ordem de idéias também se impunha proibir quaisquer veleidades de universidades locais: a hegemonia nacional dependia de mandar para a metrópole os futuros doutores e engenheiros jogar ping-pong na Casa dos Estudantes do Império com o Amílcar Cabral e o Agostinho Neto, embora alguns moçambicanos mais influenciáveis preferissem em vez ir para a África do Sul demonstrar que eram mesmo brancos. E de fato o que veio a acontecer não foram Brasis.

Em Moçambique, com exceção do Catalina da RAF na Praia do Bilene e algum contrabando, a Guerra de 39-45 tinha acontecido sobretudo no Clube Hotel de Lourenço Marques, à vista da estátua do Mouzinho de Albuquerque e de quem mais quisesse observar as atividades dos quatro espiões lá instalados: um inglês, um alemão, um italiano e um francês, como nas anedotas. O contrabando era, por exemplo, o de um despachado farmacêutico local que conseguiu um contrato clandestino através de um cúmplice devidamente credenciado em Joanesburgo para o fornecimento de drogas ao exército sul-africano que ia combater no Norte de África. Os medicamentos escasseavam no mercado livre e o negócio tinha de ser clandestino porque Portugal era neutro. Mandava em vez uns pós esbranquiçados que punha os criados a moer ao fundo do quintal, uns líquidos inocentes ou umas pastilhas de farinha e corantes vários, conforme as encomendas, que ele próprio preparava nas traseiras da farmácia com a mulher, uma ex-bordadeira com mãos de fada, para não dar nas vistas. Quando uma anestesia era necessária para uma amputação, ou sulfamidas para uma grangrena, quem é que no Norte de África ia ter tempo de verificar donde tinham vindo? Deu direito a um dos prédios mais altos de Lourenço Marques mas, como não se pode ter tudo, a mulher andou anos depois a reciclar algum do capital acumulado com os psiquiatras, porque julgava que era rádio, e a filha foi para Paris reciclar mais algum depois de ter convencido o pai de que ia estudar pintura, acho que em 1951, com o Modigliani...

O Clube Hotel não era um prédio alto, tinha só dois pisos, arquitetados como uma espécie de reminiscência anglófila, de tijolo vermelho, cuja única concessão aos trópicos, consistia num terraço sobre a Avenida Manuel de Arriaga. O espião inglês foi naturalmente o primeiro a instalar-se lá, sentia-se em casa: até havia uma sala de jogo com as paredes forradas num pano ocre, e uma lareira como nos clubes de Pall Mall. É certo que a lareira não tinha chaminé, mas como também nunca fora nem nunca seria necessário acendê-la o problema não se punha. Os outros espiões foram atrás dele, atraídos pelos segredos a que teria acesso privilegiado junto às autoridades portuguesas. Se tinha ou não tinha, não foi por isso que a Inglaterra ganhou a guerra. Mas como ele próprio esperava poder também lucrar com as informações dos outros, passaram a cumprimentar-se de cabeça das suas mesas separadas, pediram ao barman que os apresentasse formalmente, decidiram que quatro é afinal tudo quanto é necessário para o bridge, aparceiraram-se segundo as alianças (o francês era dos livros) e acabaram por combinar entre si os telegramas que depois pediam ao barman que mandasse, para mostrarem serviço. Tenho uma vaga idéia de que apareceu um carro de aluguer com quatro indesejáveis estrangeiros na Praia do Bilene pela ocasião do Catalina, e se calhar eram eles, partilhando as despesas.

Bilene foi a circunscrição antes de Magude e de ir para a escola com o cão. Não eram longe uma da outra, ambas faziam parte de uma vasta área de nobres tradições antigas, ao longo dos tempos temperadas pelos rigores militares do império vátua, neutralizadas pelas leis dos portugueses, degradadas pela insidiosa corruptibilidade dos régulos que encorajavam o recrutamento de trabalhadores para as minas do Rand a troco de uma libra ouro para cada régulo por cada homem. E havia também os magos tribais, os psiquiatras sem Freud, como lhes passei a chamar depois de uma visita do meu irmão a Londres quando lhe pedi que tomasse conta de uma das minhas aulas para contar aos alunos a história que me tinha contado na véspera. A aula era de lingüística e era no tempo em que em tudo o que era universidade só se falava do Jakobson e daquela teoria mais vistosa do que útil de a metáfora e a metonímia serem pólos semânticos opostos. O meu irmão, médico em Lourenço Marques onde também ensinava na universidade que finalmente passava a haver, tinha herdado de um colega em férias um doente classificado, improvavelmente, como psicótico. Era um negro destribalizado e muito respeitador, cujos sintomas incluíam sonhos homicidas. Antes de trocar a tribo pela cidade tinha sido casado e, sempre respeitador, cumprira a norma estabelecida junto aos irmãos da noiva: toma lá seis cabeças de gado, dá cá a noiva. Tratava-se de uma mulher valiosa, era jovem, bonita, forte, e diziam os irmãos que trabalhadora. Mas deu tudo para o azar, porque a juventude e a beleza atiraram-na para sucessivas esteiras não conjugais, a força para não desistir quando o marido protestou e, quanto ao trabalho, não lhe sobrava tempo. Pelo que o marido foi devolvê-la aos irmãos, como era da praxe em tais lastimáveis situações, pedindo as vacas de volta. Nada feito: os irmãos saíam à irmã e vice-versa, humilharam-no em coro de que a culpa era dele se não era homem que chegasse, deram-lhe alguns empurrões e mandaram-no embora sem vacas nem mulher. De acordo com a milenária lei tribal, o marido teria agora de matar os ex-cunhados. Mas o marido tinha algumas letras adquiridas na missão católica, onde também tinha aprendido de cozinheiro e, consciente do fato de que a lei dos brancos só acrescentaria aos seus infortúnios trinta anos a partir pedra se cumprisse a dos pretos, decidiu em vez ir fazer refogados na cidade. Onde passou dez anos tão felizes que até deixou a casa onde servia e abriu uma tasca para os lados da Matola, onde vendia líquidos entorpecentes à população agradecida. Foi então que começaram os sonhos ou, mais propriamente, as visitações dos antepassados arrancados à paz do outro mundo pela vergonha familiar que ele lhes causara: "Mata, mata,

mata!" E ele sem poder. Foi ao médico branco, deixou injetar a insulina, agradeceu os choques elétricos: "Mata, mata, mata!" Nos intervalos, salvo o que era já efeito do tratamento, tudo normal. Daí o médico que partiu de férias ter diagnosticado psicose. O meu irmão, que deve ter reconhecido os sonhos por outros muitos que ouvira contar aos nossos irreversíveis Pimpões e Amoses, achou que nas circunstâncias não havia nada a perder, aproveitou para fazer uma romagem sentimental, levou-o ao feiticeiro da tribo, fez a história clínica como a qualquer colega, e deixou-o ficar. Meses depois, quando o outro médico, o com Freud, regressou da sua tournée pelos strip-teases da Europa e ambos se lembraram do psicótico dos sonhos, o meu irmão voltou lá e perguntou como ia o problema. Problema? Mas qual problema? O colega sem Freud explicou: o homem tinha sonhos de mandar matar; mas não podia matar; mas como precisava de matar tinha de matar; então era melhor matar. De modo que construíram dois irmãos com palha coberta de pele de gazela e mataram a eles. O homem sarou. E concluiu, com infinita piedade dos literalistas da imaginação: "sonho é sonho, matar é matar". A lição de lingüística termina aqui.

Mas foi também por essas e por outras lingüísticas, além da libra de ouro aos régulos, que os recrutadores portugueses que os ingleses recrutaram para recrutarem os moçambicanos para as minas do Rand tiveram mais sucesso no seu tráfego funesto do que tinham tido com os métodos algo de atração primeiro ensaiados no tempo do meu avô republicano.

Pacientemente, ano após ano, persuasão após persuasão, libra após libra, os antigos ritos tribais de iniciação à idade adulta foram sendo transferidos para a catábase das minas, a descida ao fundo da terra onde os mancebos entravam pré-lapsários mamparras e saíam homens. Um pouco como os brasileiros de torna-viagem nas novelas do Camilo, que só iam ao Brasil para de lá voltarem diferentes. Ou, ainda agora, como os que vão para as alemanhas e para as franças. Mas esses talvez que nem diferentes voltem, tão iguais se tornam todos no esquecimento do por que tinham ido.

Os que tinham ido para o Rand, via-os passar no Bilene, no regresso, cumprimentando com alacridades polvilhadas de inglês as mulheres de cabelos enfeitados com bagos de barro, ostentando sobretudos no calor tórrido, óculos escuros, às vezes uma bicicleta que ainda não tinham conseguido aprender a usar. Foi isso no tempo do Catalina.

Uma noite o guarda da praia apareceu lá em casa, todo o caminho a corta-mato de bicicleta, a dizer esbaforido que havia um avião grande a querer flutuar na água. No trânsito de ele vir e de o meu pai ir, a tripulação tinha desaparecido (salva por outro hidroavião inglês?) mas o Catalina encalhara nas dunas de areia fina que separavam a praia do alto-mar, e quando também lá fui no dia seguinte era uma cave de Aladino: máscaras com grandes tubos a sair da boca, capacetes de metal, pistolas, chocolates, os instrumentos mais bizarros. Foi tudo selado para os senhores da capitania, mas ainda fui a tempo de provar o chocolate, que afinal era uma sensaboria que sabia a sopa, e assustar o cão com uma máscara. Além dos senhores da capitania veio muita outra gente de Lourenço Marques, e como o caminho para a praia era só areia e pedregulhos, o meu pai conseguiu as verbas adicionais para acabar os vinte quilômetros de estrada que faltavam, e construiu para a administração a primeira casa que lá houve. Na primeira noite nem consegui dormir à espera que fosse amanhã para poder ir a correr na infinita areia até entrar de mergulho na água morna e transparente de peixes espantados.

Com o fim da guerra os espiões do Clube Hotel foram às suas respectivas vidas, mas como também era a campanha eleitoral do general Norton de Matos chegou a Pide. O governador-geral José de Bettencourt opôs-se, era sensato e respeitado, não queria importar da Metrópole problemas que não eram da Colônia. Recambiou a primeira leva para Lisboa. Mas estava em fim de mandato, a Pide regressou e instalou-se com o sucessor, o comandante Gabriel Teixeira, cujo currículo incluía uma participação ativa na supressão da Revolta dos Barcos, na década anterior. A Pide farejou perigo e abocanhou, logo que o faro indicou de onde, alguns adolescentes, o Rui Knopfli, o Fernando Gil, outros alunos do liceu, cujo entusiasmo pelo folclorismo nordestino do Jorge Amado era sintoma irrefutável de precoce subversão moçambicana. E assim se foi andando, de Pide em pista e de governador-geral em governador-geral, até que um dos últimos instalou sistemas de escuta por todo o palácio e gravava as suas próprias conversas com microfones disfarçados de botões de punho e de alfinetes de gravata.

Distribuídas entretanto as cartas do grande baralho imperial pelo ministro Teófilo Duarte, ao meu pai saíra a Guiné, como chefe dos Serviços da Administração Civil. Não havia liceu, deu argumentos ao Governador para persuadir o Ministro de que um liceu não era a independência imediata (mas o fato é que ajudou) e, em amplificação qualitativa do que havia feito com o meu irmão nas escolas rudimentares que foi deixando pelo interior de Moçambique, mandou-me ir de Lisboa para acabar o 5º ano e dar o exemplo. Esta a origem da gafe, mais de vinte e cinco anos depois. "Não, senhor Presidente, nunca fiz a tropa." A qual confirmou as piores suspeitas. Porque eu ter dado entusiásticos abraços a três dos ministros alinhados no aeroporto de Bissau seria normal e até politicamente desejável (Finanças, Administração Interna, julgo que

Obras Públicas) se uns anos antes tivesse andado aos tiros contra eles. Assim...

A Primeira-Ministra tinha insistido em que eu acompanhasse o Presidente da República a Luanda para representar a cultura no funeral do Agostinho Neto. O Presidente ou não gostou da idéia ou, justiça seja feita, não gostava era de mim, de modo que para manter as devidas distâncias mandou-me de castigo no avião da carreira, com os guarda-costas, que eram para chegar a Luanda duas horas antes dele. Mas o avião era da TAP e afinal chegamos duas horas depois, o que criou uma excelente impressão de confiança na polícia local. No regresso, devido a não sei que diplomacias ou reconsiderações, já passou a haver lugar para mim no ex-bombardeiro presidencial, apesar de também ter sido necessário arranjar outro lugar para dar boléia ao presidente Luís Cabral até Bissau. E nas circunstâncias os abraços até tinham começado por parecer extremamente oportunos. Mas assim, e ainda por cima a chamar tropa às Gloriosas Forças Armadas... Assim era complicado demais explicar o incontaminado pacifismo dos meus abraços colonialistas. Além de que o meu papel era o da esquerda simbólica, para o que desse e viesse, num Governo que o Presidente desejava eclético e que era para ser de passagem. Não convinha complicá-lo com exageradas sutilezas.

Mas o meu romance não é esse agora. O caso é que, não havendo ainda liceu na Guiné (e mesmo depois só foi autorizado até ao 5º ano), tinha tido de ficar em Portugal. Onde e como foi longamente discutido, com toda a família e não-família a ter opiniões menos eu, que só achava não merecer qualquer dos dois degredos mais favorecidos: o *Rouge* e o *Noir*, o Colégio Militar (homenagem ao Avô) ou os jesuítas de Santo Tirso (vingança do tio Pedro). Também se pensou primeiro na casa de um velho correligionário do Avô, mais tarde deputado por Moçambique à Assembléia Nacional Salazarista, e fez-se a experiência enquanto os meus pais e o meu irmão continuaram em Moncorvo e eu tive de voltar a Lisboa para o início das aulas. A casa era bonita, uma das mais bonitas da Defensores de Chaves, que era então uma das avenidas mais bonitas de Lisboa, que era então uma das cidades mais bonitas da Europa. Mas havia a filha, uma senhora gorda e muito interessada em verificar o crescimento dos meus pêlos, que se reclinava numa chaise longue no escritório debaixo duma grande fotografia recente, toda nua, a cores, em pose de bebê à espera de pó de talco. Foi quando, com a mais genial simplicidade, o meu irmão sugeriu que eu ficasse com ele, em quartos alugados, e que os meus pais, para o espanto de todos e até deles, acabaram por concordar. A decisão de que eu afinal estava salvo da punição de ter crescido foi tomada em Moncorvo, quando lá voltamos para o Natal. O tio Pedro só abanava a cabeça, revirando os olhos numa profecia de desastres: uma criança indisciplinada de treze anos entregue a um irmão que por muito sensato e inteligente que fosse ainda não completara dezenove... Não... estes pais modernos, não...

O tio Pedro gostava do meu irmão. A mim é que me tinha ficado com raivas surdas desde que me rira da compressa molhada para as enxaquecas e que soube que ainda por cima eu tinha estado a jogar futebol com os rufiões da Corredoura, entre os quais havia um, de quem me tornei particularmente amigo e até me ensinou a jogar poker, que era parecidíssimo com ele mas que era proibido dar por isso. E também porque uma noite, na praça em frente à igreja matriz onde as famílias respeitáveis se cruzavam sonambulamente depois do jantar, houve uma rixa entre pedristas e miguelistas que resultou nalgumas cabeças a sangrar, e eu tinha aderido aos partidários do senhor Dom Pedro. Mero acaso, mera camaradagem futebolística com os rufiões da Corredoura em malvinda invasão ao centro da vila, porque só muito mais tarde, apesar de a polícia à paisana ter chegado e prendido só os da Corredoura, comecei retrospectivamente a suspeitar da relevância contemporânea do garrettiano drama histórico em que tinha participado. O tio Pedro era agora oficial da Legião Portuguesa para ajudar à exportação de amêndoas e um pilar da sociedade moncorvense, eu estava a comprometê-lo. Só lá voltei uma vez, com o meu irmão. Uma pena, comia-se magnificamente: folar e azeitonas ou pão de centeio e presunto para abrir o apetite — um pouco mais de pão para acabar o presunto? Um pouco mais de presunto para acabar o pão? — vinho fresco feito na quinta que era tão leve que até mo deixavam provar, figos, requeijão, uvas moscatel, por toda a casa o cheiro das maçãs a secar no sótão, e assim se chegava às horas das refeições com tudo o que era bom mas que o tio Pedro recusava para punir a família. No prato dele, só rosbife à inglesa e arroz, o qual invariavelmente tinha uma pedra que lhe calhava sempre. Parava a meio de mastigar, silêncio sepulcral em volta, levantava-se da mesa com profunda dignidade ofendida, saía da sala em reiterado silêncio, voltava pouco depois com as mulheres da casa já em lágrimas, criadas e tudo, que ficavam à porta da cozinha torturando aventais, sentava-se de novo, afastava o prato: "Uma pedra." Nem mais uma palavra de quem quer que fosse até ao fim da refeição. Mas depois da sobremesa: "Vou voltar para África!" Vinte anos nisto e deve ter continuado por mais vinte, com a mulher, os sogros, os filhos, toda a família treinada a suplicar-lhe que não fosse, que estavam todos bem conscientes dos sacrifícios que tinha feito para viver ali com eles. Se tinha engolido a pedra sem dar por isso, ficava nostálgico, a recordar o tempo passado, chamando ainda Delagoa Bay, como era da praxe na jeunesse dorée do seu tempo, à mesma Lourenço

Marques que depois se veio a chamar Maputo. Perguntava ao meu irmão por amigos antigos como se ele os tivesse visto desde a última vez que perguntara, dias antes. Eu também tinha conhecido alguns deles, mas as minhas importantes contribuições eram soberanamente ignoradas: "E o senhor Mota Marques?" (e eu: "fazia de corneta com os lábios de lado"); "e o Simões da Silva?" ("estava tão gordo que um dia ficou dobrado para sempre a apertar os sapatos"); "e o Solipa Norte?" ("Solipa de nome e solípede de qualidade"); "Ah, e o teu Avô!..." Mas isto já não era pergunta. Aos domingos distribuía ligaduras e tintura de iodo aos trabalhadores, que lhe agradeciam, em fila, com muitas vénias. E também era muito estimado por deixar as crianças com menos de dez anos trabalharem ao lado dos pais em troca de alimentação gratuita.

O meu irmão tinha então duas namoradas e eu achava que era necessário escolher, não entendendo que lhe podia apetecer mesmo as duas, Verão sim, Verão não. De modo que sou muito capaz de também o ter comprometido a ele, como ao tio Pedro. Eram duas irmãs, uma loura de olhos castanhos e outra morena de olhos verdes. Nada contra a loura, que era a favorita do momento, mas a morena tinha achado muita graça às minhas "maldades" e eu estava a precisar desesperadamente de quem de novo me achasse alguma graça. E como também queria mostrar ao meu irmão quanto lhe estava grato por ele ter decidido tomar conta de mim, achei que podíamos ser os três muito felizes: comecei a inventar recados de um para o outro usando como código farrapos das letras das canções em voga que os tinha visto dançar. O "Quiçás" era a mais fácil ("e eu desesperando, tu sempre contestando, quiçás, quiçás, quiçás") e revelou-se particularmente eficiente. Mas quando comecei a trocar mensagens entre os dois na língua dos pês, quepê nepenhumpum depelespês coponhempencipiapá, fui desmascarado. Com imensa ternura: já há muitos dias que não precisavam de repecapadospos.

Desempregado, pedi o cavalo ao ferrador e meti-me pelas selvas da Serra do Reboredo. Havia lugarejos perdidos com casas de colmo mais toscas do que as palhotas africanas; havia pernas pútridas arrastando, se não lepras, elefantíases; houve um pastor com olhos arrepiantemente sem expressão e já só capaz de articular os sons guturais da sua solidão diária, sem mais ninguém no horizonte, de ar em ar, quando me perdi e me aproximei dele para pedir direções.

Depois da independência de Moçambique, um jornal que estava a querer agradar ao novo regime publicou a fotografia dum camponês apatetado, parecido com o pastor da Serra do Reboredo. E a legenda, por baixo: "Foram estes os nossos colonizadores." Certamente que o jornalista responsável os teria preferido mais desencardidos e luzidios, à inglesa, daqueles que vão lavar as mãos depois de responderem com um aceno distante a um "bom dia patrão". O jornalista era tão branco quanto um português pode ser mas, reciclando a filosofia imperial do capitão Teófilo Duarte, achava que era necessário saber quem é branco e quem é preto e quem manda em quem, só que desta vez ao contrário. Acho que está agora em Lisboa, a tentar curar a sua dupla ressaca colonialista. Só que Moncorvo, o pastor da Serra do Reboredo, as doenças sem hospitais e as crianças sem escolas, os liberais da Corredoura e os miguelistas da Vila, a tirania doméstica do tio Pedro e o que era considerado a sua generosidade pública, tudo isso comecei a pressentir que estaria ligado à tenacidade do meu pai, à paranóia iluminada do governador Ferreira Pinto, às fantasias grandiosas do meu avô republicano, às leprosarias e às susceptibilidades do médico das enxaquecas, às monstruosidades místicas do administrador Gomes Leal, embarcados todos na mesma nave, vítimas e obreiros de um império construído à revelia, aquém e além-mar. E também comecei a entender um pouco o mundo de novas misérias que via à minha volta, iguais à do mundo que dantes tinha visto sem entender. A magia da minha infância feudal estava quebrada.

O meu irmão não casou com a namorada de olhos verdes, que veio a casar com um primo aviador. O marido aviador fez a campanha da Guiné, onde perdeu um braço, e saiu da tropa seis meses antes do 25 de Abril.

8

AS GAVETAS DO GOVERNADOR

Bissau era uma pequena vila nostálgica e ansiosa, que transpirava o panteísmo esponjoso de uma lenta dissolução. A umidade dos corpos prolongava-os na do ar, os pássaros caíam nas varandas, latejando, com os bicos abertos, junto aos cães que o calor espapaçara, como tapetes, de ventre nas lajes e patas ao lado, abrindo de quando em quando um olho vidrado de insetos e logo desistindo, num rosnido ralo e bocejante. Só os insetos proliferavam, moles, gordos, negociando podridões. Mas quando o céu intumescido se contraía, tudo ficava escuramente atento e crispado antes de os elementos se conjugarem na explosão súbita dos tornados: o fogo propulsivo do primeiro relâmpago, o vento zunindo lâminas de chuva e lançando chapas de zinco contra o estrondo ensurdecido dos trovões, a chuva engrossada pela areia ascendendo de novo em ricochetes pardos da terra fumegante. Seria dos meus quinze anos mas, depois de terminada a tempestade, os olhos das mulheres ficavam mais brilhantes, as vozes dos homens eram mais pausadas.

Falavam muito de tempos passados e de tempos futuros, noutros lugares, e do presente diziam muitas vezes: "Quem bebe a água do Pijiguiti não saia daqui." As mesmas pessoas encontravam-se todos os dias, em círculos hierarquizados, e nos intervalos as senhoras telefonavam-se, arrastando os assuntos da véspera. Havia alguns amores não por muito tempo clandestinos nas penumbras dos quartos entorpecidos e a corrupção oficial também não chegava a ser excessiva, por falta de apetência ou de oportunidade. A colónia era uma plantação do CUF, cujos lucros à distância dependiam da estagnação local: mancarra e dendê colhidos de onde a natureza os tivesse produzido, transportados para Portugal em navios próprios com nomes de possidónia ternura familiar como "Ana Mafalda" e "Alfredo da Silva", transformados em óleo e em sabão nas fábricas do Barreiro, e em parte reexportados como sabão e óleo para a Guiné, como os hipotéticos calções da Companhia do Boror da Zambézia. O resto vinha de Dacar e de Conacry, o leite em latas suíças e os legumes em latas francesas, além das sedativas caixas de whisky de Bathurst.

A classe média cabo-verdiana era quem de fato exercia a hegemonia colonizadora nominalmente portuguesa, como mais tarde iria exercer a hegemonia das lutas anticolonialistas em nome da população local, uma dúzia de tribos entremeadas no pequeno território pouco maior do que uma circunscrição de Angola ou Moçambique, e politicamente dividida entre islamitas e pactuantes, e animistas e renitentes. Ao fim de cinco séculos, o missionismo cristão tinha-se ficado pelas igrejas esboroadas de quando Bolama era a capital e uma nova igreja feita à pressa em Bissau, de aspecto inacabado, para ser inaugurada durante uma visita ministerial que não chegou a acontecer. Como nada nunca parecia chegar a acontecer. Até que se percebeu que esse era o modo de as coisas estarem a acontecer, no escuro da História.

O governador desse tempo era um genro profissional com ambições medianas, de quem se dizia que tinha apenas duas gavetas na secretária: uma para assuntos sem solução e outra para assuntos que o tempo havia de resolver. Era a calma que precedia os tornados, a boceta ainda inviolada de Pandora, a casa de Hércules com ferrolhos na porta. Mas a reputação do governador era injusta, influências conjugais à parte, era um homem estimável, além de que, pelo menos uma vez, foi ele quem abriu a gaveta dos desastres e foi o meu pai quem teve de a fechar. E fechada continuou, até que veio um governador que não entendia de gavetas e aconteceu o massacre do Pijiguiti, no tempo em que o meu pai já estava em São Tomé, para onde tinha sido enviado como arauto da paz depois do massacre que também lá houve, na aldeia do Bate-pá. E na Guiné as gavetas nunca mais se fecharam, com as forças expedicionárias, o napalm, os corpos mutilados pelas minas numa guerra sem quartel e sem sentido entre os que lutavam para preservar uma colônia irrelevante e os que lutaram para a transformar num país inviável. Mas foi na Guiné que os portugueses perderam a guerra em todas as colônias.

Era no cais do Pijiguiti que eu ia passear, no fim da tarde, de mãos dadas com a minha primeira namorada, uma esplêndida criatura cor de cobre a quem eu não sabia o que fazer além de passear com ela deixando a umidade colar as nossas mãos, respirando fundo o cheiro de lavanda que vinha dos seus vestidos largos, com ramagens, e se misturava com a estagnação putridamente adocicada das marés. Mas também havia a bela e sacrificial Raquel, por quem muitas vezes eu me ia deixando ficar nos intermináveis serões dos adultos.

A Raquel falava pouco, sorria menos, ocasionalmente sorria para mim, parecendo sempre mais triste quando sorria. Eu procurava servi-la como pudesse, levar-lhe um copo de água antes dos criados, passar-lhe os amendoins, abrir-lhe a porta do carro antes do marido. Era de uma magreza que todos consideravam excessiva mas que se articulava numa perfeita harmonia transluzente tornada ainda mais inverossímil pelo mundo de carnalidade tropical em que caíra. Tinha os olhos da cor dos freixos, de um cinzento por vezes nublado, quase verde. Era judia, tinha sido entregue como esposa-menina a quem a tirasse da Alemanha na véspera de os pais e de os irmãos serem levados para Belsen. Calhou ser ao Dr. Proença, vinte anos mais velho e bolseiro da Alta Cultura em Munique. O qual tinha bom coração, teve mais coragem do que parecia que pudesse ter tido, ficou com a carreira tolhida pela coragem que teve, acabou nos serviços florestais da Guiné. Não tinham filhos, dizia-se que por ela não poder ou não querer. "Frígida", era o veredicto da mulher do governador, "frígida e estéril e uma judia ingrata a dar-se ares, se querem saber!"

Pouco tempo antes de eu ter saído de Lourenço Marques, quando uma noite os meus pais me deixaram ir ao cinema com eles, o documentário antes do filme mostrava a abertura dos campos de concentração alemães, quando os aliados lá chegaram. Levou-me tempo a perceber que aquelas sombras que se mexiam, que aqueles corpos sem corpo para além da magreza, eram gente. Quando a minha mãe também percebeu puxou-me o rosto para ela, quis que saíssemos, mas era tarde. O pavor que então senti fazia parte do meu fascínio pela incorpórea Raquel, do meu querer servi-la numa angústia de transmigrações inomináveis.

Estava eu nesta inquieta incompreensão dos abismos quando estourou em Bissau o grande escândalo, logo tanto mais saboreado quanto totalmente imprevisto: um homem não identificado fora visto a sair ao lusco-fusco pelos fundos da casa da Raquel numa ocasião em que o Dr. Proença tinha ido às plantas do interior. Organizaram-se escutas, subornaram-se criados, a mulher do governador ameaçou o motorista com degredo para os Bijagós se não descobrisse quem era, a pouca-vergonha acabou por concentrar-se num oficial subalterno da capitania dos portos, que pintava aquarelas nas horas vagas. O oficial negou, fardado, dando a palavra de honra ao governador, era um cavalheiro. Mas a Raquel não confessou nem negou.

O Dr. Proença não teria já então a coragem que a juventude e a inexperiência lhe haviam emprestado em Munique e, se ainda amava a mulher, se alguma vez de fato amara a mulher em que a menina que salvara se havia tornado, seria já com um amor tão desistente quanto a vida o tinha tornado de si próprio. Mas queria ainda assim entender, queria poder perdoar, se ela ao menos o ajudasse a perdoar. Algumas senhoras mais amáveis a quem ele, esvaziado de iniciativas, tinha ido pedir conselho, ajudaram-no a encontrar as óbvias razões necessárias no que chamaram a "infância difícil" de Raquel e "aquilo que aconteceu aos pais e aos irmãos". Algumas foram mesmo um pouco mais longe: diferença de idades, ardis masculinos, inocência abusada. Mas até a minha mãe, sempre tão pronta a compadecer-se, concordava que, para haver perdão, tinha primeiro de haver reconhecimento de culpa e um mínimo que fosse de arrependimento. Só que Raquel não confessava, não negava, e não recebia visitas.

Eu não me considerava visita, eu era um aliado incondicional, mas nem a mim me quis receber. Não desisti, disse ao criado que sabia muito bem que a senhora estava, que me não ia embora. Sentei-me na escada da varanda, sentei-me depois no murete sobre a rua para que ela me visse da janela se fosse ver se eu ainda lá estava, a estufar ao calor da meia tarde, que foi quando decidira ir, para ter a certeza de não encontrar o marido em casa. Esperei uma hora, talvez mais, escureceu de repente, era um tornado. Deixei-me ficar enquanto o mundo explodia à minha volta em todas as direções, estava estoicamente encharcado quando a Raquel me mandou entrar. Sorriu o seu sorriso, talvez um pouco menos triste do que enternecido, talvez mesmo um pouco irônico: "Ah, o que é que vamos fazer de ti?..." Foi buscar uma balalaica do marido, umas calças, tudo enorme, eu encontraria uma toalha limpa na casa de banho, deixasse lá os sapatos a secar enquanto o criado secava a minha roupa. E não, leitor que já te esqueceste dos teus quinze anos, não aconteceu nada do que já estás a imaginar: ofereceu-me um cálice de porto não fosse eu apanhar um resfriado que nos climas quentes são os piores, falamos dos tornados, dos meus estudos, dos meus planos para quando regressasse a Lisboa no fim do mês. E foi tudo, quase tudo. Eu estava subitamente muito tímido, mal conseguia responder às perguntas que ela ia fazendo, casualmente, gentilmente, perdera toda a determinação com que tinha lá ido para lhe dizer... Mas para lhe dizer o quê? Que acreditava nela? Mas isso seria também um modo de julgá-la, de presumir inocência, que é um modo de presumir a possibilidade de culpa, que é o mesmo que presumir que poderia haver uma culpa ou inocência a ser julgada. O criado veio dizer que a minha roupa já estava seca, que já a tinha passado a ferro e enxugado o pior dos sapatos. Era a deixa para me ir mudar de novo, para me ir embora. Levantei-me, resignado. Mas de repente, assustado comigo próprio, perguntei, atabalhoadamente: "A viagem... A viagem da Alemanha foi muito difícil?" Não era um assunto em que se falasse com a Raquel, mesmo o marido só o mencionava quando ela não estava presente, senti-me a tremer de ousadia. Ela hesitou, olhou-me por um momento com os seus olhos de cinzas verdejantes, desviou os olhos, respondeu pouco depois: "A viagem? Não, a viagem não, não foi difícil." E quando julguei que já tinha dito tudo: "Sabes, não há maneira de dizer se as raparigas são judias, como com os rapazes..." Não entendi, não fazia a menor idéia do que ela queria dizer. Respondi com um "ah..." certamente muito tonto, porque ela riu. Nada de sorrisos tristes, riu mesmo, como nunca a tinha visto rir: "O que é que vamos fazer de ti?... Olha, obrigada. Agora vai. Vai pôr a tua roupa, que já está seca. Vai."

O caso, no entanto, é que como a Raquel continuasse a não dar licença ao marido de perdoá-la, a sua obstinação se tornou para toda a sociedade de Bissau uma prova de culpa agravada pela pertinácia. De modo que o Dr. Proença não teve outro remédio senão cumprir o ritual preestabelecido para tais circunstâncias nas colônias. E se o leitor reconhecer qualquer coisa de familiar nesse ritual, é porque já conheceu o psicótico dos sonhos homicidas de entre Bilene e Magude.

Às quintas-feiras acontecia o avião para Lisboa e toda a gente ia ao aeroporto. O Dr. Proença levou lá a mulher, deixou-a, regressou a casa sozinho, de olhos vermelhos, desolado. Apesar de a sala de espera estar cheia, tinha-se conseguido fazer um círculo vazio em volta da Raquel, de pé, calma, improvável, transcendentemente alheia à inquisição circundante, de maleta ao lado, uma mutante aguardando a chamada para o embarque. Eu tinha ido ao aeroporto mas não pela Raquel, parece que ninguém tinha sido prevenido, talvez que o marido nem tivesse decidido até ao último momento que era nessa tarde que ia exercitar a sua honra. Eu tinha ido apenas, como toda a gente, porque era o que se fazia às quintas-feiras, e estava com os meus amigos das paródias, com a minha namorada cor de cobre. Nunca tínhamos falado da Raquel, nem do escândalo da Raquel, nem na fuga da Alemanha, nem na minha visita à Raquel na tarde do último tornado, eram círculos diferentes, não teria vindo a propósito. Mas a minha namorada sabia mais do que podia saber, certamente muito mais do que eu sabia que ela poderia saber, porque me ajudou a ir, empurrando-me muito docemente, quando comecei a afastar-me do grupo e a aproximar-me da Raquel: "Posso... Posso levar-lhe a mala?" Julguei sentir-lhe um instante de pânico. Mas logo, muito séria: "Não, não é pesada... Obrigada. Agora vai." Era um eco do que me tinha dito em casa, à despedida, na tarde do tornado. Nem mais havia que me pudesse dizer.

Foi então que a minha namorada sugeriu que nessa noite ninguém fosse dormir. Fizemos serenatas de porta em porta, dançamos pelas ruas até de madrugada, os nossos corpos começaram finalmente a descobrir-se e a encontrar o seu modo de querer-se. E depois fomos todos ver o sol nascer, vermelho e repentino, no cais do Pijiguiti.

9

UM CAPÍTULO QUE É MELHOR SER BREVE

Já sei que este é o capítulo mais difícil do meu livro. Por isso é melhor que seja breve. Tentei escrevê-lo três vezes e três vezes desisti, ficando a saber, de cada vez, que com as mesmas palavras tanto se pode fingir a verdade como a mentira, o que aliás já sabia. Tentei ir para diante sem ele, tive de voltar atrás. Fica encaixado aqui. O meu problema é conseguir tornar tão evidente que ninguém note como a relação que necessariamente tem de haver entre Moncorvo e o meu pai ou, transpostamente em veracidade fictícia, entre essas duas partes da mesma África.

 Quando o meu avô de quem nunca se fala disse "vou ali já volto" e não voltou (e depois voltou vinte anos tarde demais para não dizer onde tinha ido), a minha avó que nunca sorria chamou os quatro filhos varões, armou-os cavaleiros, e mandou-os para as praças do império. Ela e as três donzelas ficariam a aguardar o regresso do seu e deles senhor. Estavam já os novos galaads de viseira descida e lança na mala de porão quando essoutra Dona Filipa de Vilhena reparou que o mais pequeno mal tinha ainda completado doze anos: que os outros fossem andando que ele já ia lá ter. Meteu-o no escritório do notário-advogado para ajudar no que fosse preciso mas com instruções ríspidas para aprender as leis e crescer depressa. Daí a sombra de infância interrompida na ampla claridade dos seus olhos, o gosto tímido da meninice que reencontrou e sempre quis preservar na minha mãe. Cumpriu as instruções, foi ter com o irmão que preferia, o tio Pedro, fez em dois anos um curso de Direito Africano em Joanesburgo, entrou no quadro administrativo depois de uma rápida série de concursos *ad hoc* lhe ter permitido saltar todas as etapas subalternas. Também nos seus lazeres havia pressa: campeão de natação, segundo lugar no rali automobilístico da Polana, brevet de aviador, mas tudo isso com a mesma distância melancólica que suavizava as suas feições de medalhão romano.

O meu pai acreditava nas leis. Conhecia-as, cumpria-as, impunha o seu cumprimento. Nos homens acho que não acreditava, que não esperava muito deles, a consistente generosidade dos seus atos públicos refletia finalmente uma profunda, impessoal indiferença. Muitas vezes idolatrado, por vezes também odiado, manteve-se sempre invulnerável, criava respeito à sua volta, criou lealdades, acho que nunca criou verdadeiras amizades. Chegado ao fim de cada comissão de serviço, desligava-se dos problemas que até à véspera havia assumido intransigentemente como seus e partia para os seguintes, da perspectiva diferenciada de cada nova comissão, desconfiado de homenagens, alheio à gratidão e aos rancores que deixava atrás de si. Matéria pura em busca de forma. Ou pura forma de que matéria? Alguns dos seus atos tornaram-se lendários, entraram na mitologia colonial de Moçambique e da Guiné. Disse-me a Manuela Margarido que em São Tomé a certa altura se cantaram baladas a seu respeito, lembrando-se de uma em que o dono da roça caía esmorecido quando ele o obrigara a comer a comida venenosa que dava aos trabalhadores.

Quando o meu pai se aposentou, já nos últimos estertores do marcelismo, por insistência nossa ainda começou a escrever um livro de memórias cujo título, com instinto perfeito, lhe foi sugerido pela S.: *As Leis e os Homens*. Mas logo se desinteressou, o pouco que deixou escrito não tem a verdade dos seus relatórios. Pensei de início que a independência das colônias o tinha deixado sem destinatário, que ele era só um historiador do futuro e lhe tinham roubado o futuro. Engano romântico meu. Penso agora que simplesmente preferiu morrer inconfessado, não pelo que tivesse a dizer e preferisse calar mas porque o que tinha a dizer era nada. O terrível segredo dos poetas e porventura também dos construtores de impérios. Ou, pelo menos, desse construtor daquele império, num jogo de vida e de morte que acaba quando se joga a carta final do baralho, e depois o baralho é arrumado e não se fala mais nisso. O fim do jogo, para ele, a carta final do baralho, deve ter sido o último governador-geral de Angola a sair às escondidas pela porta do quintal com a bandeira enrolada debaixo do braço.

E aqui é que Moncorvo entra de novo na metáfora desta história, no grupo de emigrantes que nem de lá seria e que vi na fronteira francesa rodeado dos embrulhos extravagantes da sua miséria portátil. Eram uns oito ou nove, estavam sentados no chão como se aguardassem há horas. Nós, a S. e eu, nem tivemos de sair do carro e foi pela janela entreaberta, enquanto um gendarme nos acenava para que seguíssemos em operação sorriso, que ouvi outro gendarme a interpelar os emigrantes em despreziva ejaculação poliglota: "galhegós?" E que ouvi a resposta: "Ah meu senhor, nem isso, somos portugueses." Há também a história de quando o rei D. Carlos se perdeu no mar, levado pelas correntes do Norte, e foi salvo por um pescador que falava a língua da raia. O rei perguntou-lhe, para melhor decidir como recompensá-lo, se ele era galego ou português. "Oh meu senhor", veio a resposta, "não sei, sou pescador."

Enquanto isto o Antero escrevia sobre as causas da decadência dos povos peninsulares, porque em questões de decadência é quando apetece mais ter companhia espanhola, e depois deu um tiro nos cornos muito obrigado sempre às ordens; o Mouzinho regressou de sentar o Gungunhana, olhou em volta, e fez o mesmo; o Eça, quando queria dizer que alguém não era parisiense como ele gostaria de ser, dizia que punha o fraque e a cartola do patrão como os pretos de São Tomé; fez-se a subscrição nacional para comprar à Inglaterra a canhoneira com que invadir a Inglaterra depois do Ultimato; a República chegou e foi-se embora muito depressa; o Salazar enxertou o miserabilismo no fascismo; Angola e Moçambique foram-se tornando países, Luanda e Lourenço Marques tornaram-se duas das maiores cidades da África Austral, tudo isto à picareta, pelas mãos dos hipotéticos galegos e dos pretos sem cartola. Mas, como já disse, o meu pai não era dado a metáforas.

Eu, é claro, sou, e por isso era mais fácil para mim julgar que o entendia quando ele estava vivo, quando ainda podia haver o simbolismo portátil das coisas freudianas na linguagem transposta da confrontação política. Foi através dela que começamos de fato a comunicar, até muito tarde a minha mãe ia-nos traduzindo e retrovertendo como podia, mas quando encontramos uma língua comum, as nossas discussões tornaram-se ferozes, dizíamos um ao outro o que seria imperdoável se alguma vez tivesse sido necessário perdoar. Continuaram até ao fim da vida dele, embora nos últimos anos em parte porque já não tê-las o teria feito sentir-se nem sequer com passado. Ou assim julgava eu, por julgar que tinha ganho. Mas antes, ao longo dos anos, o meu tema favorito e infinitamente modulado em variações só um pouco mais sutis é que ele era o polícia bom que alterna com o mau, o médico que vai remendar o prisioneiro antes da próxima sessão de tortura, a justificação moral da imoralidade do colonialismo. E ele perguntava-me o que é que eu e os outros como eu, expatriados dentro e fora do país, tínhamos conseguido fazer por quem quer que fosse com a nossa superioridade moral. Ele alimentara populações, vestira-as, educara-as, protegera-as quando precisaram de proteção, abrira estradas, fizera escolas e hospitais, contribuíra pessoalmente para poder vir a haver os novos países a haver. "E tu?, que nem sequer podes ir à loja comprar pão na língua em que dizes ser escritor porque preferes viver num país em que outros, piores do que nós, te toleram por inofensivo?" Parávamos quando o tom começava a corresponder às palavras, mais amigos por termos conseguido parar, mais cúmplices pelo pânico que tínhamos gerado em quem tivesse calhado ouvir-nos e, incrédulos da tolerância dele mais do que do meu atrevimento, logo nos via calmos e sorridentes, whisky na mão, assiduamente concordando a pretexto de qualquer trivialidade — marcas de carros, misturas de café — que servisse de sinal de tréguas até novo recontro. Agora, morto, à mercê das minhas metáforas, tenho medo do segredo que lhe descobri e que porventura ambos já sabíamos que o outro conhecia, inconfessadamente. Desde que inconfessadamente.

Fui há dias à estante onde deixou empilhadas as cópias dos seus relatórios, folheei alguns, escolhi a pasta da Guiné. Encontrei a história heróica, à Mouzinho, que se contava quando lá cheguei, de como ele, só e desarmado, tinha conseguido controlar uma revolta e evitar um massacre: a tal gaveta que fechou antes de outros terem aberto outras piores. Contados por ele, os fatos coincidem, mas não sei se a história é a mesma, e se é melhor ou pior. Mudei os nomes dos protagonistas, e os nomes dos lugares também não estão nos mapas. O relatório é o capítulo seguinte.

10

INCIDENTE DE CONSTANÇA
DO RELATÓRIO DO CHEFE DOS SERVIÇOS
DA ADMINISTRAÇÃO CIVIL DA COLÓNIA
DA GUINÉ. ANO DE 195...

Solicita a Inspecção Superior dos Negócios Indígenas, no seu ofício confidencial nº ..., de ......, "mais amplos e concretos esclarecimentos sobre o incidente com os indígenas felupes do Posto Administrativo de Constança a que se referem as informações enviadas ao Ministério das Colónias com a confidencial nº ..., de ......".
A Inspecção Superior sugeriu também o seguinte:

1. "Que os indígenas rebeldes sejam mandados prestar serviço nas roças de S. Tomé e Príncipe, por se considerar que daí adviria mais prestígio para a disciplina e política indígena, melhores condições de vida económica e moral para os transgressores, sua mais eficiente correcção e, ainda, economia para os cofres do Estado";
2. "Que aos funcionários administrativos dos Postos e Circunscrições sejam distribuídas carabinas do modelo mais moderno existente na Colónia, para prestígio da autoridade, para imporem mais respeito ao indígena e para se poderem defender de ataques quer dos indígenas quer das feras."

Cumpre-me responder.

As informações que já prestei a S. Exa. o Governador da Guiné e por ele encaminhadas para S. Exa. o Ministro contêm os factos necessários para se ajuizar das razões que deram origem a esse incidente. Ao recapitular os mais importantes, resumirei também as medidas já implementadas antes de dar o meu parecer sobre as sugestões acima reproduzidas da Inspecção Superior.

No dia 15 de Abril, pouco antes das 8 horas, fui procurado pelo Administrador da Circunscrição de Fatela, Bernardino Fernandes, acompanhado do 2º tenente da Armada, José Silveira, para me comunicarem que os indígenas felupes do Posto de Constança, adstrito a essa Circunscrição, se haviam revoltado. O Chefe de Posto, Fernando Gomes, abandonara Constança com a mulher e os filhos, e apresentara-se na sede da Administração para pedir auxílio. Acompanhava-o o 2º Tenente Silveira, que corroborou os seguintes factos narrados pelo Chefe de Posto:

a) A insubordinação partia dos "mancebos", indígenas assim classificados entre os felupes dentro da idade dos 17 e 21 anos aproximadamente:

b) No dia 13, cerca das 18 horas, um grupo de mais de 200 mancebos, armados de facas e de arcos com flechas, havia cercado o Posto, entrado na sala da secretaria onde o Chefe de Posto Gomes, se encontrava, bloqueado as portas e as janelas e, de armas na mão, exigido: a abolição imediata dos serviços de estafeta entre Constança e Fatela, para o qual o Chefe de Posto determinara haver permanentemente seis mancebos disponíveis; autorização para realizarem os seus batuques sempre que lhes aprouvesse; permissão para utilizarem as suas espingardas (longas) durante os batuques, e sempre que fossem à caça. Exigiram também que a palmatória em uso no Posto fosse queimada imediatamente.

c) Na opinião do Chefe de Posto, os chefes e os grandes da terra tinham perdido o controle dos mancebos, que se riam quando eram ameaçados de castigo severo se persistissem na sua insubordinação.

d) O 2º Tenente Silveira havia chegado ao Posto pouco depois da invasão da secretaria, na intenção de comunicar ter sido também desobedecido pelos indígenas felupes dos régulos Lala e Jafunco, aqueles recusando-se a fornecer-lhes canoas para a travessia do rio, e estes recusando-se a trabalhar na fixação das torres de observação da missão geo-hidrográfica. Informou igualmente que nem alimentação para os seus homens conseguia obter desses indígenas, apesar de se oferecer para pagar generosamente, só conseguindo a alimentação depois de os ameaçar com a carabina de que estava munido.

e) Perante as alegações do Chefe de Posto e as informações adicionais do 2º Tenente Silveira, o Administrador tentara falar, pelo telefone, através de intérprete, com os dois régulos indígenas de Constança, Lala e Jafunco. Mas conseguiu apenas comunicar com o sipai Ansumane, que ficara sozinho de guarda ao Posto, e que teria confirmado o essencial dos factos. Convicto da inutilidade de qualquer outra tentativa de comunicação com os régulos, ou porque eles efectivamente tivessem perdido o controle dos mancebos ou porque eles próprios os houvessem instigado à revolta, o Administrador Fernandes resolveu vir a Bissau, acompanhado pelo 2º Tenente Silveira, para me porem ao corrente do que se passava e pedir o envio urgente de um destacamento militar. Ambos exprimiram a convicção de que, sem uma intervenção militar, não só o Chefe de Posto como toda a população branca da região estaria em perigo de vida.

Imediatamente levei o assunto ao conhecimento de S. Exa. o Governador a fim de, caso julgasse conveniente, mandar tomar as providências militares solicitadas pelo Administrador e pelo 2º Tenente Silveira. Como, a despeito das reservas que então considerei oportuno formular, S. Exa. determinasse ao Exmo. Comandante Militar o envio de um destacamento para travar a revolta dos felupes, solicitei que me autorizasse igualmente a deslocar-me àquela circunscrição para observar o que de facto se passava e, na medida do possível, procurar encontrar uma solução administrativa para o problema, como me competia. Obtida a necessária autorização de S. Exa., segui para Fatela, acompanhado pelo Administrador Fernandes, na avioneta do aeroclube, prescindindo dos serviços do piloto. Porém falei antes com o Exmo. Comandante Militar que, por sua vez, tomou as providências que julgou necessárias.

Cerca das 15.30 horas cheguei a Fatela, onde se encontrava o Chefe de Posto de Constança, a quem perguntei se havia mais alguma coisa a comunicar além do que tinha contado o Administrador. Informou que, cerca das 11 horas, o sipai que ficara de guarda ao Posto, havia telefonado a dizer que os mancebos felupes se tinham reunido novamente em frente da secretaria, armados de mussaças (arcos com flechas), facas e, agora, também algumas longas (espingardas). Tinham dito que queriam lá o Chefe de Posto para falarem com ele, mas que ele resolvera não ir e aguardar a chegada do destacamento militar.

Antes de aterrar em Fatela, eu tinha feito um pequeno desvio para sobrevoar Constança e verificara que, a essa hora, perto da secretaria estavam apenas os sipais do Posto, vendo-se porém pequenos grupos de mancebos dispersos pelas várias tabancas, que olhavam com curiosidade o avião.

Calculando o tempo que o destacamento militar levaria a chegar por terra, decidi ir ver pessoalmente o que, de facto, se passava em Constança e pedi ao Administrador para me fornecer uma caminhonete. Como o motorista indígena se prontificasse a ir comigo, partimos para Constança, deixando o Administrador e o Chefe de Posto a aguardar em Fatela a chegada do destacamento. Chegamos cerca das 16 horas a Constança, onde tudo estava aparentemente tranquilo.

O sipai Ansumane, que estava de guarda no Posto, confirmou a atitude hostil e insubordinada dos mancebos, confirmando também o que o Chefe de Posto havia dito quanto ao modo como tinham exigido a sua presença nessa manhã. Determinei-lhe que fosse chamar os dois régulos do Posto, que me informara estarem na tabanca do Grande Chefe, e, passado pouco tempo, estavam na minha presença, primeiro o régulo Lala e depois o régulo Jafunco.

Disse ao régulo Lala que queria a imediata comparência de todos os homens e mancebos em frente do Posto, com as suas facas, arcos e longas, e que, se até às 20 horas a minha ordem não fosse cumprida, a tabanca do grande chefe da terra seria incendiada por mim, pessoalmente, além de outros castigos severos que seriam aplicados a todos. O régulo Lala esboçou um gesto de recusa ou de indiferença e, como eu me aproximasse dele para o disciplinar, pôs-se em fuga. Agarrado pelo sipai Ansumane, já no mato, veio de novo à minha presença, mas agora a prometer que faria o que eu determinasse. Entretanto chegou o outro régulo, a quem dei idênticas instruções. Informaram-me de que a indisciplina dos mancebos havia sido em resposta a exigências e punições excessivas por parte do Chefe de Posto. Sugeriram no entanto também que a sua atitude rebelde havia sido instigada por alguns descontentes, entre os grandes da terra, que tinha aproveitado a situação para desafiar a sua própria autoridade de régulos. Indiquei-lhes que teriam agora a oportunidade de reafirmarem a sua autoridade. Retiraram-se, acompanhados cada um por seu sipai, a fim de tocarem os tambores para chamarem a sua gente, o que fizeram, ouvindo-se pouco depois os sons característicos dos batuques.

Hora e meia mais tarde, estavam algumas centenas de felupes em frente da secretaria e, quando lhes disse que teriam de juntar ali todas as armas de que fossem portadores, houve algumas hesitações, que me obrigaram a repetir a ameaça de que escolhessem entre a tabanca incendiada do grande chefe ou a entrega das armas.

Com relutância, foram cumprindo as ordens. Fui entretanto inspeccionar a tabanca do grande chefe acompanhado pelo sipai Ansumane, nada vendo nela de anormal. Pareceu-me que, de facto, não seria necessário tomar qualquer medida violenta para solucionar o problema. Telefonei para Fatela e dei instruções ao Administrador para que pedisse ao Comandante Militar que não mandasse o destacamento avançar sobre Constança antes de falar comigo. O Exmo. Comandante Militar assim fez, logo que chegou, cerca das 19.30, e decidiu ir ter comigo a Constança sem esperar pela chegada do destacamento, prevista em Fatela para daí a algumas horas, nos seus transportes mais lentos.

Logo que o Comandante Militar chegou ao Posto, disse-lhe que, a partir desse momento, conforme as determinações de S. Exa. o Governador, lhe competiria assumir a direcção das providências a tomar, embora eu ali permanecesse, inteiramente à sua disposição. O Exmo. Comandante Militar afirmou-me, porém, que não desejava interferir em assuntos de carácter civil e de política indígena, só agindo, se necessário, do ponto de vista militar. Completei, assim, na sua presença, as recomendações aos indígenas que então estavam reunidos, quase na totalidade, em frente ao Posto, dizendo-lhes que na manhã seguinte deviam ter ali todas as armas que ainda conservassem em casa, especialmente espingardas de qualquer calibre e pólvora. Prometeram todos cumprir e, deixando amontoadas as armas que já haviam trazido, retiraram-se para as suas povoações.

Desde a uma da manhã até às duas do dia 16 começou a chegar a Fatela o destacamento militar, que ficou a aguardar instruções. Entretanto, em Constança, às 6.30 horas, o largo em frente da secretaria já estava quase cheio de indígenas, e havia um grande monte de armas, entre as quais 45 espingardas.

A meio da manhã, o Comandante Militar e eu começamos a fazer os interrogatórios sobre os motivos da insubordinação dos mancebos. Alegaram eles que o Chefe de Posto os castigava indiscriminadamente, mesmo quando não tivessem cometido qualquer falta, negando porém que tivessem tido qualquer intenção de lhe fazer mal e que, quando entraram na secretaria, queriam apenas mostrar o seu descontentamento. Os régulos, corroborando embora no essencial o depoimento dos mancebos, reiteraram a informação que já me haviam dado sobre o encorajamento à indisciplina por parte de alguns dos grandes da terra, que assim pretendiam desafiar a sua própria autoridade. As suas alegações foram confirmadas pelo grande chefe e pela maioria dos grandes da terra, que identificaram os principais responsáveis, em número de cinco.

Findo o interrogatório, os mancebos insubordinados e os principais instigadores dos seus actos de indisciplina foram punidos da seguinte forma:

Trezentos mancebos foram despojados de todos os adornos que os distinguem dos outros indígenas da tribo, nomeadamente as pulseiras de alumínio que usam nos braços e os enfeites garridos, com penas, que usam na cabeça em forma de boina, feita de conchas fortemente agarradas ao cabelo.

Determinei que esta punição fosse executada pelos próprios grandes da terra, sob a orientação do grande chefe e dos régulos, de modo a permitir-lhes reafirmar a sua autoridade sobre toda a população da tribo. Como desprestígio perante a gente das terras, este castigo é profundamente sentido pelos mancebos, e perdurará no seu espírito para sempre.

É de mencionar que, tendo o Comandante Militar perguntado, depois de aplicados os castigos, a razão por que os mancebos felupes sistematicamente se recusavam a fazer o serviço militar, todos nesse momento se prontificaram a incorporar-se, se fossem seleccionados. Havia entre eles magníficos atletas, de que se poderão fazer excelentes soldados.

Os indígenas com menos responsabilidades foram apenas repreendidos.

Foram castigados e ficaram detidos no Posto para depois virem para Bissau com o destacamento militar, a fim de que S. Exa. o Governador lhes desse o destino que achasse mais conveniente, os cinco principais responsáveis pelos incidentes de Constança, que foram: Motula, da povoação de Constança Butame; Mopeicusse, *idem*; Macundio, da povoação de Constança Odongal; Nocosiba, *idem*; Ampar Quebi, do regulado de Lala.

Terminados os interrogatórios e executadas as punições, o Exmo. Comandante Militar deu ordens telefónicas ao destacamento que aguardava em Fatela para que entrasse na Constança, a fim de toda a população local tomar conhecimento do que lhe teria acontecido se houvesse persistido em desobedecer à autoridade civil, determinando fazer uma demonstração de fogo real com metralhadoras, bazucas e granadas. Entretanto, deu instruções aos indígenas para que fornecessem duas vacas para a alimentação dos soldados.

Como a minha presença em Constança já não era necessária, regressei a Bissau, onde cheguei cerca das 19 horas. Fui comunicar verbalmente a S. Exa. o Governador os acontecimentos dos últimos dois dias e, no dia seguinte, 17 de Abril, entreguei-lhe a informação escrita que foi oportunamente encaminhada a S. Exa. o Ministro das Colónias.

Não me compete comentar a acção do Exmo. Comandante Militar. Considerei no entanto oportuno registar junto de S. Exa. o Governador a minha apreciação pelo modo inteligente e ponderado como actuou. Não chamando a si, como poderia, a direcção militar das operações, prestigiou a autoridade civil, evitando também a aplicação de medidas espectaculosas que teriam transformado o incidente de Constança num rastilho susceptível de desencadear outros males maiores.

Relativamente aos funcionários sob a minha autoridade: O Administrador de Fatela recebeu uma repreensão verbal registada por não ter tomado a tempo as medidas preventivas necessárias. O Chefe de Posto de Constança, depois de igualmente repreendido, foi transferido para Bolama, onde agora exerce funções de secretaria, sem contacto directo com as populações indígenas. Este funcionário viveu os horrores de Timor quando da invasão japonesa, que relembrou ao ver-se cercado por duas centenas de homens armados. Puni-lo de modo mais severo em nada contribuiria para a sua recuperação, cujo progresso será doravante cuidadosamente observado pelo seu superior hierárquico imediato. Finalmente, o sipai Ansumane foi louvado pela sua acção leal e corajosa. Este sipai não descurou um só momento as suas responsabilidades, nem outras que lhe não competiam, quando o Chefe de Posto se retirou para Fatela, e nunca hesitou em cumprir as minhas ordens para executar fosse qual fosse a missão de que o incumbisse, sem manifestar qualquer receio. Foi-lhe também atribuída uma boa recompensa monetária, por ser a que mais apreciaria.

Foram estes, nos seus traços fundamentais, os acontecimentos de Constança, e foram estas as medidas já implementadas.

Cumpre-me, finalmente, dar o meu parecer sobre as sugestões disciplinares e preventivas feitas pela Inspecção Superior dos Negócios Indígenas.

1. (Envio dos mancebos rebeldes para S. Tomé e Príncipe): É efectivamente possível que a ida de algumas centenas de indígenas felupes, como contratados, para as roças de S. Tomé e Príncipe trouxesse prestígio, reforçasse a disciplina, produzisse economias, resultasse em melhores condições de vida material e moral, e que a acção civilizadora sobre eles exercida fosse muito salutar. Mas o mesmo já não sucederia como acto de política indígena.

Economicamente, os felupes têm o necessário para sobreviver ao nível das suas expectativas tribais, como aliás quase todos os indígenas da Colónia, que só não melhoram as condições de vida económica a que estão habituados porque não têm incentivos reais para o fazer. Presentemente, interessa-lhes pagar os impostos ao Estado e nada mais.

Como repercussão na política indígena da região, não constituindo a fronteira com o território francês uma barreira difícil de transpor, se 200 ou 300 mancebos fossem contratados para S. Tomé, dentro de poucos meses a região seria completamente abandonada pelo resto da população, que iria fixar-se em Casamança, conhecida como é a facilidade com que os franceses aceitam os nossos indígenas.

O facto de muitos desses mancebos terem, voluntariamente, decidido ir prestar serviço militar, é um ganho que não deve ser desperdiçado.

É indiscutível que é fundamental chamar esta gente à civilização, mas por processos diferentes dos sugeridos. O da agricultura, por exemplo, dirigida em grande escala, especialmente a cultura do arroz, seria quanto a mim um excelente princípio.

Tendo porém ponderado as sugestões da Inspecção Superior, propus a S. Exa. o Governador que os cinco indígenas mais responsáveis pelos desacatos de Constança, em vez de continuarem a cumprir pena nos Bijagós, como S. Exa. havia determinado, sejam enviados para S. Tomé. S. Exa. concordou, e esses indígenas seguirão dentro de poucas semanas no *Ana Mafalda* para Lisboa, e dali para S. Tomé.

2. (Distribuição de carabinas a funcionários): Na circunscrição de Fatela, como aliás em todas as outras divisões administrativas da Colónia, existem magníficas carabinas *Lienfield*, novas, cujo uso no entanto os próprios acontecimentos de Constança demonstram não dever ser encorajado. Acresce que há poucas feras na região. O mal de Constança não teve origem na falta de espingardas.

É tudo o que me cumpre informar.

Ass................

11

O MUNDO ÀS AVESSAS
E O AVESSO DAS AVESSAS

O grande problema em São Tomé era como evitar o inspetor da Pide. Outro, é que ninguém o procurava evitar. Mal eu tinha saído do avião para as férias grandes depois do meu primeiro ano de Direito, já o homem estava à minha frente no aeroporto, de máquina fotográfica ao pescoço, passinhos laterais que nem a quizumba do Pimpão, pequeno, olhos amalandrados, sorriso fácil. Mas não, nada de sinistro nos olhos nem no sorriso. A malandrice era bem disposta, o sorriso de quem se sentia bem na vida. E no dia seguinte de manhã, antes mesmo do café, bateu-me à porta para saber se eu queria ir com ele no jipe dar um passeio pela ilha. Recusei, sem procurar qualquer desculpa. Sorriso cordialíssimo: ficaria para a próxima, certamente nos encontraríamos muito em breve, "aqui não há como não".

Isto foi quase dois anos antes da campanha eleitoral do general Delgado, não tinha especiais razões para recear a Pide, mas fiquei nervoso e inquieto, avolumando as poucas que teria: o meu nome na lista democrática da associação dos estudantes da Faculdade que foi proibida; a rotina com que se começavam as tardes no Café Gelo, indiscriminadamente assinando petições, protestos, panfletos, tudo o que a furtiva militância de café em café nos trouxesse à mesa e que assinávamos sem ler, desde que fosse contra, numa espécie de purga burocrática antes de iniciarmos as noites libertárias.

Aos meus protestos ao almoço sobre se agora até estava sob vigilância policial (é a rebeldia, e não a caridade, que geralmente começa em casa), o meu pai comentou que talvez não fosse má idéia e a minha mãe explicou que o inspetor (hesito se lhe devo dar o nome real, já que esta é mais uma das minhas personagens concentradas, segundo o método de Taine) que o inspetor Lobo dos Santos era o homem mais popular da ilha, sobretudo entre os forros, a população local descendente dos escravos libertos: o seu único inimigo declarado era o presidente da União Nacional. Nós, no Gelo, estávamos numa de cultivar o absurdo, mas isto era o mundo às avessas.

E no entanto a popularidade do Dr. Lobo dos Santos, a gratidão à Pide por parte das populações locais eram merecidas. Fora ele, foi a Pide que os salvou do Gorgulho (este nome não se pode melhorar), o governador que tinha inventado a "guerra do Bate-pá" e depois inventara uma revolução para justificar os massacres com que reprimira a guerra que não houve. Ou alguém inventou tudo por ele e ele acreditou, tendo mandado matar gente às centenas, ficando de binóculos virados para o mar a ver se via os barcos de Libreville chegar para a invasão, esgotando numa semana todas as munições que havia na ilha, incitando os trabalhadores moçambicanos — os "moçambiques" — a dar vazão aos seus ressentimentos de semi-escravos no "sangue de forro" dos negros livres. Os cidadãos mais respeitáveis da aristocracia negra — médicos, advogados, engenheiros, proprietários de pequenas roças — eram os óbvios cabecilhas, de modo que alguns deles foram torturados até confessarem: choques eléctricos engenhosamente improvisados em cadeiras de metal, bolas de ferro nos pés e pedregulhos ao pescoço a ver se ainda sabiam nadar ao fim de algumas horas na piscina municipal com água até ao queixo, mergulhos ensangüentados no mar infestado de tubarões.

Era a segunda comissão do governador Gorgulho e a sua grande ambição era o governo-geral de Angola. E a verdade é que a sua administração em S. Tomé tinha sido das melhores até então, estava a agradar em Lisboa, não estava a desagradar na colônia. Angola era uma distinta possibilidade se resolvesse o eterno problema da mão-de-obra para as roças. Em primeiro lugar considerou que era necessário retirar à colônia as suas conotações escravagistas, calar a malevolente campanha internacional da Cadbury's, aumentar a imigração voluntária. Convenceu os roceiros de que os castigos corporais não deviam deixar muitas marcas e de que os contratos dos trabalhadores que permanecessem saudáveis deviam ser respeitados, para que eles próprios se tornassem agentes de propaganda nas terras aonde regressassem; abriu o recrutamento a Cabo Verde, onde havia seca; insistiu em que os salários fossem pagos como estipulado e não descontados para transporte, alojamento e alimentação. Mas os cabo-verdianos começaram logo a criar problemas. Recusavam-se a ir sem as mulheres, enquanto os moçambicanos não podiam levar as suas, o novo poder de compra dos moçambicanos permitiu alguns presentinhos clandestinos às cabo-verdianas na esperança de uma grimpadela rápida. Resultado: ciúmes, rixas, facadas. Além de que os cabo-verdianos eram cidadãos, como os forros, enquanto os moçambicanos tinham estatuto de indígenas, embora certamente não dali. Enfim, criou-se uma certa confusão, agravada por inesperadas chuvas em Cabo Verde e pela falta de patriotismo dos moçambicanos, que apesar de todos os esforços persistiam em preferir as minas do Rand. Pelo que o governador Gorgulho decidiu que a solução final do problema da mão-de-obra de São Tomé tinha de ser encontrada entre os forros locais. Mas os forros desde a abolição da escravatura que se haviam recusado a trabalhar nas roças onde os antepassados tinham sido escravos, numa lógica que o governador considerava perversa e reveladora de mau caráter. Para mais a terra era fértil, espetava-se uma bengala no chão e crescia logo feita árvore, havia mais coelhos do que donos, mais fruta do que bocas, mais cacau exportado do que oficialmente produzido. Uma espécie de Jardim do Paraíso na Selva do Diabo. Daí o decreto: qualquer forro encontrado em casa ou fora de casa durante as horas de serviço seria preso como vadio e enviado para as roças. As primeiras rusgas renderam bastante, prometiam Angola. Depois aconteceu o desastre: a guarda foi à aldeia de Bate-pá, perto da Trindade. Não encontrou ninguém, só um grande silêncio nas casas vazias. Mas o tenente miliciano que comandava o pelotão era vivaço, isso de pretos a armar em espertos não tolerava, ouviu um ruído do lado das árvores e, certo e sabido, lançou a mão e agarrou um braço. O qual, puxado, trouxe atrás uma criança de quatro ou cinco anos, que tinha iludido a vigilância dos adultos escondidos para ir espreitar o excitante espetáculo da guarda. O tenente quis saber onde estava o papá e a mamã, sacudiu a criança a ver se saía resposta, só saíram choros e berros, calou-os com uma coronhada na cabeça. Foi então que uma catana voou de entre as árvores, acertando no pescoço do tenente. O pelotão destroçou rápido para os jipes, um festival de catanadas fez o resto, até não haver mais do que postas de tenente. E foi isto a guerra do Bate-pá. Ou teria sido, se o governador deixasse que fosse. Mas queria punições exemplares, cabecilhas, nomes. Que lhe foram fornecidos logo no dia seguinte, acrescentados do plano de uma célula comunista que insidiosamente já teria a ilha sob controle e até já teria estabelecido ligações secretas com Libreville, para a invasão. Nem o ministro das Colónias acreditou. Mas mandou a Pide.

A qual chegou, aplaudiu as medidas já tomadas, corrigiu alguns pormenores das torturas, aconselhou que os banhistas de corrente ao pescoço era melhor saírem da piscina porque logo secariam no Tarrafal. Tudo isto enquanto um dos inspetores, fotógrafo entusiástico, sorria muito e andava pelos almoços das roças a pedir aos convivas que fizessem pose para uma recordaçãozinha. A Pide regressou a Lisboa entre fraternais abraços e no avião seguinte o governador regressou também, sumariamente demitido e com louvor por "eminentes serviços". O esquema da célula comunista era da safra dos anos 30, tinha caído em desuso, e entre as fotografias havia várias de um mangas que passara pelo partido em anos que coincidiam. Soube-se depois que tinha sido compelido à fraude pelo patrão, o administrador da roça Mira Mar, que o empregava nas escriturações e o protegia do seu passado sinistro a troco de alguns trabalhos menos burocráticos, como por exemplo a anexação de terras da roça ao lado, mudando os postes à noite, com artes de toupeira. O administrador dessa outra roça, sobrinho do dono em Lisboa, estava lá exilado por homossexualidade, passava os dias a tocar Chopin, não tinha o descaramento de aparecer na cidade, quanto mais de se ir queixar às autoridades. Mas, pelo sim pelo não, como pré-aviso de improváveis valentias, um dos seus homens tinha aparecido crucificado, a servir de poste temporário da nova fronteira. Enfim, romances que nem o Jorge Amado no seu pior.

Mas houve mais: um tenente-coronel foi enviado como encarregado do Governo, embarcou em Lisboa no paquete *Império*, e quando as lanchas o foram buscar em São Tomé não estava a bordo e nunca mais ninguém o viu. Foi por essa altura que o senhor Presidente do Conselho, sempre com os seus modos muito delicados de quem não queria interferir, perguntou ao senhor Ministro das Colônias se não seria prudente solicitar ao senhor inspetor Lobo dos Santos que regressasse a São Tomé, onde faria o favor de ajudar a nova administração: como governador outro tenente-coronel, e o meu pai como curador-geral.

O novo governador fazia freqüentes visitas à Metrópole, para consultas, deixando o meu pai como encarregado do Governo. As minhas férias coincidiram com uma das ausências do governador, de modo que estava lá numa de principezinho, com uma grande fumarada dentro da cabeça, cada vez a entender menos quem naquela terra eram os bons e quem eram os maus, no início da fase mais zangada da minha vida, disposto a pôr tudo em questão, a quebrar o molde que começava a desenhar-se num destino predeterminado: curso de Direito, carreira pública, posições de poder, talvez algum ensino universitário como plataforma para vôos mais altos, um Governo de colônia, uma embaixada, um ministério. Confusamente pressentia que era urgente dizer que não, estragar tudo, portar-me mal, abrir espaço para qualquer destino alternativo, qualquer que fosse, mesmo que fosse nenhum. Não era ideologia, era um instinto básico de sobrevivência, de não querer sobreviver assim, de saber que quando tinha medo de fazer alguma coisa é porque devia fazê-la, que quando tinha razão é porque a não tinha, que a virtude era o mais torpe dos vícios e que ao menos os vícios não eram virtude. Eram esses os temas da poesia que então escrevia, tinha encontrado nos meus amigos do Café Gelo os novos companheiros da partilhada recusa, da libertária abjeção como resposta à abjeção aprisionante. Não era só retórica: não poucos, ao longo dos anos, foram pagando na própria carne a conta cobrada de todos nós, em suicídios, exílios, prisões, cirroses, guerras de África, vidas escangalhadas de misérias, até sermos agora mais os mortos do que os vivos. Eu daí a um ano abandonaria o curso de Direito, passaria uns tempos de semiclandestinidade depois da campanha do general Delgado, escolheria exilar-me em Londres, continuaria a trabalhar na sombra para a revolução; voltei à universidade, doutorei-me, tornei-me professor, depois do 25 de Abril foi-me sugerida uma embaixada talvez numa ex-colônia se entrasse no Partido Socialista e oferecido um cargo de conselheiro cultural mesmo sem entrar, fui nomeado diretor-geral, fui governo, já quase não escrevo poesia, sou titular da Cátedra Camões na Universidade de Londres, estou de férias sabáticas em Sintra a pensar nisto tudo. Mas nesse tempo ainda não sabia do modo como os destinos se podem reorganizar no seu reverso, estava longe desta minha viagem aos interstícios dos destinos.

O então titular da Cátedra Camões em Londres, o professor Charles Boxer, foi durante essas férias em visita oficial a São Tomé. O acontecimento é irrelevante para esta história, e o fato de, vinte e tal anos mais tarde, eu ter vindo a ser o sucessor do sucessor dele na mesma cátedra é o tipo de coincidências que só dá para romances realistas. Tudo o que o eminente historiador quis fazer em São Tomé foi subir ao pico, onde encontrou uma mensagem obscena do almirante Gago Coutinho dentro duma garrafa. Mas quinze dias depois chegou outro catedrático, porque o Ministério das Colônias estava em onda cultural, esse francês e loquaz, querendo agradar. O meu pai sugeriu que eu o acompanhasse nas visitas às roças, sempre era melhor do que ser fotografado pela Pide que continuava a perseguir-me com afabilidades, acabamos num almoço não sei se na Água Izé ou na Santa Catarina onde, uma vez sem exemplo, não estava o inspetor Lobo dos Santos. Mas estava um jovem roceiro, com uma encantadora esposa crioula que me fazia lembrar a minha namorada cor de cobre. Mas roceiros são roceiros, de modo que nada de dar confiança.

 O professor francês era gourmet, andava todo contente com as abundâncias que desde a véspera devorava mal tendo tempo para limpar a boca com o guardanapo entre as refeições, e certamente imaginava que tudo o que ali dissesse de mais descabeladamente colonialista não só ia ser bem-vindo como nunca passaria das fronteiras da ilha para o envergonhar na Sorbonne. Entrou numa de missão civilizadora, harmonia racial, paz nas ruas e tranqüilidade nos espíritos, só não deu tempo para o Infante Dom Henrique. Saltei-lhe de um lado: "Bien sûr", e contei o que então já sabia sobre a guerra do Bate-pá. E o jovem roceiro saltou-lhe do outro, com tudo o mais que eu ainda não sabia e o conselho final de que, enfim, entre Indochinas e Argélias, a França também não era exemplo, mas que seria melhor falar das coisas com um mínimo de seriedade ou então não falar nelas. Apanhado em falso entre o filho do encarregado do Governo e um roceiro, o erudito visitante já não sabia se devia responder à inesperada agressão com argumentos em que ele próprio não acreditaria, se devia ofender-se e exigir regresso imediato à capital para um protesto ao Governo (mas o Governo ali era o pai de um dos assaltantes), ou se devia tomar mais uma aguardente. Que foi a opção civilizada que preferiu, com a mulher do jovem roceiro, sempre com modos muito doces, a comentar a beleza da ilha, as possibilidades turísticas, todos os climas do mundo concentrados sobre a linha do equador, enquanto os donos de casa iam oferecendo estarrecidos mais aguardente, bananas secas, mangas, papaias, mangustão, maracujá, fruta-pão, mais aguardente. Eu e o jovem roceiro fomos para o jardim fazer comentários profundos sobre as primeiras impressões e descobrir que afinal ele não era bem roceiro, que era o Alfredo Margarido, que tinha ido à colônia acompanhar a mulher, a Manuela, natural do Príncipe e herdeira de umas terrazitas do tamanho de um selo. Muitos anos depois, em Paris, o vieux patron viu-nos aos três juntos, numa conferência na Gulbenkian, e qualquer coisa lhe clicou na memória: "Ah, mais vous, mais vous..."

É a altura de mudar de capítulo? Não, é o mesmo, peço muita desculpa mas o tema é o mesmo, e também quem me manda a mim olhar por culpas nem desculpas, que o livro há-de ser o que vai escrito nele? E o tema, como se lembram, é o mundo às avessas e o avesso das avessas, ou seja, a popularidade da Pide.

Ora coisas como popularidade, imagens públicas, gratidão dos humildes, mudam a cara de quem as vê quando se olha ao espelho. O contrário também é verdade, mas isso fica para outra altura. O ponto é que o inspetor Lobo dos Santos descobriu que era bom ser amado, era uma sensação nova, um modo mais gostoso de estar no mundo, uma responsabilidade também. Rejuvenescera, não parecia ter agora mais do que os trinta e tal anos que teria, andava mais direito, olhava para as pessoas mais de frente. E como tudo passara a ser possível, pensou mesmo em casar-se, tendo para o efeito interrogado a filha do novo veterinário, uma lisboeta com quase mais um palmo do que ele e que por ser alta parecia magra, peito enxuto, pernas sólidas, um buçozinho de hussard, cabelo em rabo-de-cavalo, gestos ambíguos de efebo. Entusiasmado, o inspetor ofereceu-se ao meu pai para investigar as falcatruas do presidente da União Nacional. Essa investigação não deu em nada mas levou-o a descobrir falcatruas piores do deputado por São Tomé à Assembléia Nacional, um ex-governador que julgava que os tongas residentes na roça Vale Flor eram árvores: cúmplices, recibos, números secretos de contas bancárias, tudo devidamente fotografado para o confrontar quando chegou de visita. O deputado fez à despedida um comício no aeroporto, jurando vingança contra a troika que ameaçava subverter a colônia, e cujos membros caracterizou como "o governador em ausência, o negrófilo do Curador, e o bolchevista da polícia". Mas teve de invocar motivos de saúde e demitir-se. Resultado: petição pública de trezentos representantes de todos os setores étnicos e sociais da ilha para que o inspetor Lobo dos Santos aceitasse ser o novo deputado. Teria ganho sem batota, mas não pôde aceitar porque a Pide em Lisboa lhe mandou um telegrama em que a palavra "deontologia" foi usada. E o assunto ficou por aí, exceto que nunca fica, porque é só até ver que mudança possui tudo.

Estava também de férias em São Tomé o Francisco José Tenreiro, poeta da negritude, homem de esquerda, filho da terra, cidadão de um futuro antes do tempo. Fizera uma pós-graduação em Londres, ensinava na Universidade de Lisboa, a sua carreira anunciava-se brilhante a despeito de todos os racismos e de todas as pressões políticas. Mas havia pressões de outra ordem, mas sutis, mais complexas, menos resistíveis. O Margarido tinha-nos apresentado, descobrimos que íamos regressar a Lisboa no mesmo dia, e lá fomos no fim de Setembro. Nesse tempo a viagem era primeiro entre São Tomé e Luanda, num Dakota que a TAP já abatera da carreira Lisboa—Porto, e depois apanhava-se o quadrimotor que vinha de Lourenço Marques. O qual chegou a Luanda só com o atraso habitual mas ficou especado mais de doze horas, em prestações de duas de cada vez para ninguém ter a veleidade de ir tomar uma bica à cidade. De modo que o Tenreiro e eu tomamos todas as bicas do mundo no intervalo entre espaço e tempo em que o aeroporto definitivamente se tornara ao terceiro adiamento do vôo. A razão oficial do atraso eram os dápratudo motivos operacionais, mas parece que um grande carregamento de ouro tinha desaparecido, gerando questões ontológicas sobre causas primeiras e propósitos últimos, que se já não são fáceis para os desígnios bem escriturados de Deus, quanto mais para um carregamento feito em Lourenço Marques sem guia de embarque e sumido sem recibo em Luanda durante o trânsito para Lisboa.

Do outro lado do vidro, na sala dos vips, estava o capitão Henrique Galvão, ao tempo inspetor superior do Ministério do Ultramar (acho que as colônias já haviam sido rebatizadas), que me conhecia vagamente por ainda ser primo-segundo do meu avô republicano e que queria conhecer melhor o Tenreiro por também ser praticante das letras. Acenou que já lá ia, passou pouco depois a dizer que já vinha mas que estava à espera do governador-geral, era um demagogo, nunca mais apareceu. Contavam-se dele muitas coisas, verdadeiras e falsas, por exemplo que preferia safáris às inspeções e que se fazia sempre acompanhar por duas jovens, raras vezes as mesmas, que apresentava alternadamente como a mulher e a cunhada, para evitar favoritismos, mesmo se as nacionalidades delas não coincidiam como o seu vezo poliglota fazia que acontecesse com alguma freqüência. Veio a zangar-se com o mesmo governador-geral de quem tinha estado à espera (ou seria o seguinte?), voltou a Angola sem mulher nem cunhada, recusou safáris, fez uma inspeção rigorosíssima, o Ministro tentou abafar as conclusões, o Presidente do Conselho modestamente recomendou prudência, o capitão Henrique Galvão denunciou tudo publicamente, e o resto já se sabe: o seqüestro do Santa Maria, o princípio do fim do segredo mais bem escondido da Europa.

Coisas futuras, que o Tenreiro já não iria partilhar, destruído pelas conseqüências da impossível decisão que nesse longo dia angolano me disse ter tomado. A decisão foi aceitar ser ele o novo deputado por São Tomé à Assembléia Nacional. A proposta viera de Lisboa, em contrapartida ao abaixo-assinado da população propondo o inspetor da Pide. O qual teria tido alguma coisa a ver com a proposta, como parece que também teve o catedrático de quem o Tenreiro era assistente e já o avisara do convite que ia receber, aconselhando que aceitasse. O meu pai tinha chamado o Tenreiro, mandara sair o chefe de gabinete, mostrou-lhe as instruções que recebera do Ministro para o convidar. Interrompi, embalado na minha onda parricida de então: "E é claro que o meu pai também te tentou convencer a aceitar!" (Ao fim de quatro horas tínhamos transitado do senhor doutor e do você para o só você de ambas as partes, e ao fim de mais quatro para o tu.) "Não", respondeu o Tenreiro, "pelo contrário, disse-me que ainda não era o tempo. E disse-me também que tem um filho quase da minha idade, que lhe teria dado o mesmo conselho." Sorriu: "Exceto que o teu irmão não é mulato de São Tomé..."

Mas aqui tenho de ter muito cuidado com o que julgo lembrar-me, porque isto não é uma das minhas metáforas compósitas da imaginação e da memória, e não quero que pareça a justificação retrospectiva de que o Francisco José Tenreiro não precisa. Os são-tomenses com memória que o digam. E os ex-camaradas sem imaginação que, de repente, a partir do momento em que aceitou, o acusaram de traição e deixaram de o conhecer, é porque nunca o tinham conhecido, nem nunca serão capazes de imaginar uma ponte suspensa num rio sem margens.

Era um rapaz robusto e cheio de futuro. Morreu rapidamente, em menos de dois anos.

Que foi também o tempo que levou para a troika governativa de São Tomé ir sendo dispersa. O ex-deputado não conseguiu vingar-se tanto quanto desejaria, mas alguma coisa conseguiu. O governador foi para um obscuro comando militar na metrópole, donde parece que teria apoiado o pseudogolpe que houve antes do de Beja e em que eu próprio, por outras vias, tropecei. Julgo que acabou os seus dias nos pijamas de uma prematura passagem à disponibilidade. Ao meu pai foi oferecido o não menos obscuro governo do Distrito do Congo, com as recrudescências familiares que o fizeram preferir o posto semi-diplomático de representante do Ministério do Ultramar na África do Sul, para um longo e honrosamente neutralizado fim de carreira. Mas o destino que nos interessa agora é o do inspetor Lobo dos Santos.

Já vimos como tinha ficado excitado com a popularidade que adquirira em São Tomé. Pois bem: casou-se com a filha do veterinário, demitiu-se da Pide lembrando-se de que era licenciado em Econômicas e Financeiras, foi para Angola dirigir os serviços competentes. Onde parece que não só desempenhou as suas funções públicas de forma exemplar mas também, dizem, adquiriu uma dimensão de sublime dignidade na sua vida privada. A filha do veterinário não teria sido por acaso que aceitara casar com um homem que viera dos infernos. Não sei que expectativas teria arquitetado, mas fossem quais fossem ao fim de poucos meses sentira-se frustrada e vingativa, provocava-o com amantes sórdidos, escândalos públicos, humilhações diárias. E o Dr. Lobo dos Santos sempre muito equânime, sempre já tendo visto muito pior, sempre achando que ela lá sabia do que precisava, sorrindo sempre, tirando os seus retratos, dando-se bem com toda a gente. Em vez de ridículo, tornou-se ainda mais estimado, mais respeitado. Ou, como sucintamente concluiu um ex-amante da mulher, "corno é quem se põe nela". E como nas colônias ninguém gostava de ser corno, a ração dos amantes acabou por secar. Ficou reduzida à companhia do cão, um pacífico e encalorado serra da estrela, conhecido por "Méé" nos bares de Luanda.

Enquanto isto, o Dr. Lobo dos Santos ia contribuindo com brio para o desenvolvimento econômico de Angola, a criação de uma abastada classe média africana, o extraordinário crescimento de riqueza que precedeu o eclodir da guerra. Mas também estava atento ao espírito de Far West desencadeado pelas novas perspectivas econômicas, não fazia segredo de que considerava inevitável a independência de Angola, queria-a preparada gradualmente, "para evitar Congos", sonhando para o fim dos anos 70 com uma federação multirracial de nações portuguesas de que Angola seria a mais importante. "A capital do Império já foi o Rio de Janeiro, por que não Luanda?" Parecia provocação, mas parece que não era. Ao mesmo tempo, chamava a atenção para perigos potenciais, apontava erros, criticou as condições de trabalho nas zonas cafeeiras do Norte, sugeriu medidas econômicas — aumento de salários para a maioria, comparticipação nos lucros para a minoria, agricultura de subsistência —, previu o que de fato veio a ser o início da guerra. Como essa previsão não fosse ouvida, nem as suas medidas econômicas preventivas adotadas, ameaçou demitir-se, esperou um pouco mais, demitiu-se. E então apareceram os nomes para o que previra — Holden Roberto, União dos Povos do Norte de Angola, mais tarde sem Norte para maior credibilidade internacional — aconteceram os primeiros massacres e contramassacres, começou a guerra anticolonialista logo prolongada em guerra civil, até aos nossos dias.

O Dr. Lobo dos Santos encontrava-se assim ao mesmo tempo com razão e sem emprego. A Pide reconheceu-lhe a razão e ofereceu-lhe emprego, reintegrado nos serviços especiais como inspetor de 1ª classe. E não há atrocidade que não tenha cometido, tortura que não tenha refinado, horror que não tenha aperfeiçoado, ventres de mulheres grávidas abertos à navalha para demonstrar nos fetos espezinhados que nunca mais nenhum terrorista iria nascer em Angola. E houve pior, tudo muito lento, caprichado, com retratos.

Depois dos 25 de Abril desapareceu. Oficialmente, morreu de ataque cardíaco em fuga para a África do Sul. Mas também há quem diga que chegou à Cidade do Cabo, onde teria feito uma operação plástica que o tornou irreconhecível, e mudado de nome.

12

EM DEFESA DO AMADORISMO
E DO AMOR QUE MATA

Acredito que tenha havido em Portugal alguns escritores que ficaram com as suas carreiras literárias prejudicadas por causa da censura. Estou certo de que também alguns outros ficaram a dever à censura as suas reputações literárias. Tanto num caso como no outro é muito bem-feito, porque coisas como carreiras e literatura, reputações e merecimento não ganham muito em ser misturadas. São-no o tempo todo, é claro, e julgo que à mistura se chama profissionalismo. O qual deixa sempre um incômodo vazio no lugar onde dizem que está a alma, para usar a expressão da excelente Clotilde, a Rainha do Texas (que de fato reinava no Texas Bar, sem chulos nem rivais, no fim dos anos 50, princípio dos 60, com o seu narizito de boneca e corpo moderno, de pernas altas). Queixava-se sempre de que também começara por gostar de foder, tinha imenso jeito, tornou-se profissional, e depois só quando ia à borla fazer um cabritinho ainda sentia, se não gozo, pelo menos a memória do gozo que dantes sentira. Ainda por cima, lá porque tinha tornado profissão aquilo de que mais gostava e que melhor sabia fazer, até havia quem lhe chamasse puta. Não, caríssimos confrades das letras profissionais, não estou à custa da minha amiga

Clotilde a chamar-vos nomes feios, sou leitor assíduo de cada um dos livros de todos vós, e eu também vivo da literatura, incluindo a vossa, ensinando-a, o que ainda é pior, a dúbios ingleses e incautas inglesinhas que até aprenderam português para vos poderem ler. Mas lembro-me também da história triste dos dois amantes libertários que viviam juntos felicíssimos partilhando casa, cama, travesseiro, pequenos-almoços — a grande prova! — e que, por causa dos impostos, decidiram casar. Um desastre, só os gestos do seu antigo amor se mantêm os mesmos. Bem sei que é preciso fazer pela vida, mas antes para soldado do que esperar das letras a promoção de tenente a capitão, a major, a general, a chefe do Estado-Maior, antes para professor do que escrever livros que já são o resultado das teses universitárias que depois vão ser escritas sobre eles.

O meu instinto, que apesar de tudo me ajudou a safar-me até agora, tem sido sempre não transformar prazer em obrigação e ir fazendo pela vida à margem do prazer. E assim, quando começo a entrar na moda, como já me aconteceu uma ou duas vezes, não se torna difícil sair rapidamente dela dando uma pequena ajuda às memórias sempre curtas. Ora se é isso o que prefiro para mim, também não deve ser motivo de ofensa que prefira os meus amigos escritores quando em trânsito livre entre dois livros, os apanho à má fila, e vamos tomar copos reais e metafóricos com o lugar da alma ali visivelmente sobre a mesa a luzir com o mesmo gozo que escrever lhes tinha dado antes de se ter tornado profissão. O resto é só fama e glória, como na anedota que o Eugênio Lisboa gosta de contar sobre o homem que tinha mandado imprimir nos cartões de visita, debaixo do nome: "Ex-passageiro do paquete Quanza." Mas não julgue você, prezado editor, não julgue que lá por isso vou prescindir dos direitos de autor por este livro e de uma cláusula de publicidade no contrato. Tudo o que quero dizer é que o gozo de o ter escrito primeiro à borla, sem uma reputação de romancista a defender e disposto a estragar quaisquer outras que ainda tenha, já ninguém mo tira. É certo, e desde já concordo com os meus amigos libertários, que escrever romances nunca poderá ser o mesmo que não escrevê-los de preferência na cama com uma linda menina por volta dos trinta, ou seja, com opiniões próprias, porque ao contrário do meu avô republicano odeio inaugurações, mas ainda capaz de ser surpreendida. Mas que querem?, deu-me para as fidelidades antigas. Em compensação, este romance de plurais romances não é nada do que tradicionalmente se considera romances, que são os que têm o esqueleto por fora a dar forma à metáfora, como nas lagostas. Mas não se preocupem, na minha idade já começa de novo a haver tempo para tudo: fidelidades, meninas, lagostas.

Muito mais romance mesmo é, apesar de tudo, o que me mandou de Angola, vai para vinte e sete anos, o Luís Garcia de Medeiros. De todos nós, no Gelo, foi o Medeiros quem se tornou o favorito da Clotilde, coisa que nunca ninguém entendeu muito bem porque não era nenhuma estampa convencional, com o seu ar pesadão e moroso de Sá-Carneiro com óculos, tudo afinal disfarces de um refinamento anterior ao mundo. A Clotilde achava-o "um menino estragado" (se fosse literata teria dito anjo caído) e explicava para quem a quisesse ouvir que ele tinha "uma gaita assim, muito fininha e comprida, que até fazia tonturas". E ele ria, abstratamente, como se nada tivesse a ver com tais metáforas, numa placidez de álcool bem compassado, deixando que ela lhe tirasse os óculos para, o que pode o amor, "ficares ainda mais parecido com o Tóni Cúrtis".

O Medeiros tinha aparecido no Gelo algo misteriosamente, numa mesa ao canto, sem que ninguém o conhecesse. Acho que estavam comigo o Manuel de Castro, o João Rodrigues, certamente o José Manuel Simões, estaria também o João Vieira, num dos regressos de Paris para ver se almoçava, e pouco depois devem ter aparecido alguns dos outros — Sebag, Virgílio, Gonçalo, Escada, Forte — e logo o Gonzales, sempre muito recadeiro, a dizer que o Herberto Helder já estava no Café Lisboa e que pedia socorro. Quando saímos o Medeiros saiu ao mesmo tempo, caminhou ao nosso lado mas um pouco afastado e, sempre muito correto, quando chegamos ao Café Lisboa foi sentar-se noutra mesa, que calhou ser junto daquela onde o Herberto afinal estava muito divertido a ouvir os planos de casamento do Antonio de Navarro: "Boa rapariga, sabe!, mas a minha mãe é uma criança, e eu não sei, na idade dela pode ser perigoso." O espetacular ex-presencista teria então quase sessenta anos e nobres guedelhas brancas como uma coroa romântica rodeando a calva luzidia; a noiva quarenta e cinco e era formada em Físico-Químicas; a mãe ao que parece setenta e cinco e um metro e cinqüenta. "O meu pai mandou-a para o convento no dia em que se casaram, coitadinha, a ver se ela crescia, foi um pai para ela, que Deus o guarde, não que eu acredite em Deus mas sou monárquico, sabe!, e agora a minha mãe, cada vez mais pequenina, não tem uma ruga, mas já começa a esquecer-se, veja lá o que são as coisas, no outro dia eu tinha vindo a Lisboa para ver a minha rapariga, um problema, sabe!, a minha mãe opõe-se, e quando voltei a casa a minha mãe disse-me, Antonio, foi bom termos ido a Lisboa, não foi?, coitadinha, julgou que também tinha vindo, cada vez mais pequenina, mas nem uma ruga, nem uma ruga..." Por esta altura é claro que já tinha deixado de haver distinções de mesas, com a do Medeiros e ele próprio absorvidos pelas nossas. E, sem atropelos, quando chegou a sua vez, o Medeiros entregou uma nota de cem mil réis (um dinheirão) ao senhor Salvador, que servia no Café Lisboa com a solene discrição de mordomo antigo em casa senhorial, e pediu-lhe que alternasse uma sagres e um constantino cada quinze minutos até a nota acabar, mas não se esquecendo também da gorjeta. O Sebag quis logo fazer o mesmo, mas só tinha vinte paus e ficou ressentido.

A partir daí o Medeiros foi aparecendo todos os dias, fosse no Gelo, no Lisboa, no Texas ou no Bolero. Era escritor ou, pelo menos, como muitos de nós, seria se não houvesse outras prioridades, como não escrever. Sabia ler música e conseguia sempre lembrar-se das passagens mais floridas que o João Rodrigues tivesse omitido quando assobiava Bach, o que seria pedante se não fossem os seus modos extremamente deferentes, as suas maneiras impecáveis. Que no entanto começaram por irritar o Manuel de Castro, ele próprio um grande senhor e por isso desconfiado de quem também o fosse. Mas quando o Medeiros um dia nos contou como era o drama em verso de que já tinha o título e a epígrafe, o Manuel rendeu-se. O título era *O Comedor de Fiambre ou O Amor que Mata*; a epígrafe, "O que não mata engorda"; a única personagem que falava enquanto os atores faziam os gestos adequados no palco era o ponto, "tartarugando-se". "Sendo assim fico muito mais descansado", foi o veredicto do Manuel. O Herberto declarou muito sério que a peça tinha a inocência do deboche; o Sebag ofereceu algumas rimas complicadas para que ainda não tinha versos; o José Manuel Simões, que ao tempo era uma espécie de consciência viva de nós todos (e se calhar continua a sê-lo, mas somos cada vez menos e ele cada vez mais) insistiu em ser ele a pagar as cervejas; e o João Rodrigues desenhou o cenário no tampo da mesa, assim ao mesmo tempo implicitamente perdoando as correções ao Bach. Eu gostei logo do Medeiros, e até o levei ao Café Restauração no outro lado da 1ª de Dezembro a conhecer os anarquistas e prestar homenagem ao Edmundo de Bettencourt, mestre em civilização e relutante visionário de poemas surdos. E foi um festim de lordes que ambos eram de escócias de outra vida, vê-los, muito cerimoniosos, a dançar as suas jigas verbais.

Era geralmente com o Medeiros ou com o João Rodrigues, e às vezes com os dois, que eu ia saborear o último restinho da noite, depois dos bares, acompanhando-nos uns aos outros, interminavelmente, às portas das casas de cada um num lento vaivém de intimidades nas ruas desertas, até ao momento mágico em que as luzes das ruas se apagavam e tudo ficava mais escuro até o dia começar a despontar: "Irmãos vampiros, o perigo é iminente!" E com isto finalmente sumíamos para as respectivas grutas. E o João Rodrigues também disse uma vez: "Sinto-me sempre como uma crisálida prematuramente exposta à luz do dia." Mas isso foi depois de uma noite de sustos ontológicos, em que os quando, como e onde dos suicídios nos vieram fazer a sua turva visitação. Eu defendia a teoria alternativa da Ausência: o suicídio era dar importância demais àquilo que se julgava ser, havia sempre safa naquele artigo do Código Civil, meu único ganho do curso de Direito, que permitia que se fosse "ausente em parte incerta ou desconhecida sem se saber se é vivo ou morto". Decidimos, em todo o caso, que se algum de nós alguma vez precisasse, o outro ia de táxi. Felizmente que no dia seguinte, sem ter participado na nossa conversa, o Sebag se suicidou, sentado no chão, de baraço ao pescoço e a outra ponta amarrada à perna de uma mesa, a puxar com o rabo e arrastando a mesa atrás: aliviou a atmosfera e deu para rirmos todos muito. Só o João Vieira não achou graça, era no atelier que ainda partilhava com os outros futuros KWY em cima do Gelo e a mesa tinha as bisnagas das tintas que começaram a cair. Sacudiu severamente o Sebag, tirou-lhe o baraço do pescoço, e o Sebag abraçou-o, muito grato, chamando-lhe pai. Sempre dá jeito ter pai.

Mas a principal razão da minha especial amizade com o Medeiros era a ópera. Tratava-se, para ele, de um vício antigo, para mim de uma obsessão recente mas avassaladora, que nem a do administrador Gomes Leal no capítulo relevante. O meu irmão, que desde a ponte sobre o rego de água na Zambézia se tornara para mim o construtor de todos os arcos-íris, tinha dado o pontapé de saída, eu apanhei a bola no ar, passei-a de volta, e ficamos nisto de ópera para cá, ópera para lá, até que a certa altura, no apartamento para que tínhamos graduado dos quartos avulsos, pusemos os colchões na sala, junto ao gramofone, evitando assim perdermos muito tempo com ter de ir dormir e esperar pelo dia seguinte para ouvir mais uma vez as *Bodas*, o *Don Giovanni*, o *Cosi*, a *Flauta*. Tinha deixado de haver dia seguinte e, sim, éramos sobretudo mozartianos, embora gradualmente também tivéssemos admitido lá em casa o Verdi da última fase, o *Fidélio* por causa da política, e o Cimarosa e o Rossini por causa das cunhas do Stendhal. Mas ainda não Wagner.

O meu irmão um dia reparou que se tinha esquecido de tratar dos papéis e teve de ir fazer a tropa, foi por essa altura que apareceu o Medeiros, e o Medeiros explicou-me que as óperas de Wagner eram mas é comédias engraçadíssimas. Mas que em todo o caso o São Carlos ia nesse ano celebrar o bicentenário de Mozart (um ano atrasado?) e que, se eu tinha smoking, ele tinha uma madrinha que fora aluna do Viana da Motta. Foi ver a madrinha, beijou-a na testa, saíram dois bilhetes de claque para toda a temporada: vinte paus para o imposto e mais vinte clandestinos para o arrumador nos encontrar lugares na platéia quando se apagavam as luzes. E assim foi, exceto na primeira noite, na abertura solene da temporada, com condecorações, casacas, tiaras, caudas de organdi a varrerem o chão, decotes que era um desperdício de mamas para não mexer, os pobres à porta a aplaudirem as toilettes mais complicadas, o Marcello Caetano num camarote a retribuir com sorrisos de ambições futuras as vénias mais respeitosas, enfim, sala cheia. Pelo que tivemos de gramar o *Parsifal* de pé, durante seis horas, entalados atrás da platéia entre os outros profissionais dos aplausos, que claramente tinham jantado em grupo nessa noite alho com iscas, e eu sem entender patavina daquela história de gansos. Também se não entendia muito bem para que era a claque, porque a sua função nessa noite era não aplaudir. O Medeiros explicou-me à saída, confidencialmente: "ordens de Bayreuth".

As coisas depois melhoraram e o apogeu foi quando veio a ópera de Viena para as *Bodas* e o *Don Giovanni*: o inigualável Erich Kuntz a cantar o Fígaro e o Leporello, Anton Dermota, Hilda Zadeck, o Don, Ernst Blanc, a causar frissons políticos adicionais quando desafiava a raiva do mundo com o "viva la libertà" do final do primeiro ato, uma moça incrivelmente bela, Magda Gabory, que andei em vão a querer ver e ouvir de novo em tudo quanto é sala de ópera por esse vasto mundo e que continua a ser o melhor Cherubino e uma das melhores Zerlinas que pode haver. Mas a temporada para nós acabou prematuramente, uma récita antes do fim, que consistia, antes do intervalo, dum guisado venenoso com música do Ruy Coelho e libreto do Júlio Dantas a ser seguido, e por isso tínhamos ido, pela *Carmina Burana*. O guisado, houve quem pateasse, quem saísse a meio, nem a claque conseguiu aplaudir os minutos da praxe. Mas o Medeiros vingou-se, no intervalo. Estávamos junto dum grupo dos mais ofensivamente bem-pensantes, que censurava, com aquelas vozes que saem pelo nariz e depois voltam para lá de ricochete, o comportamento antipatriótico do público, sugerindo infiltrações esquerdistas "em San Carlos". Quem se queixava mais estridente era uma vasta matrona coberta de jóias, a quem os outros ouviam com deferência, chamando-a de Senhora Marquesa como se ainda fosse monarquia, e concordando, ofegantes. O Medeiros tirou os óculos, meteu-os no bolso, levou as costas da mão esquerda à testa que nem os cantores na ópera do Ruy Coelho, e, num grande brado, atirou-se aos pés da megera: "Mãezinha!" Era melodramático e convincente, rosto de angústia, olhos de expectativa, mãos cegas tateando em volta do vestido. "Oh senhor, que despropósito, ora esta, ora esta!..." E para os outros: "Mas eu nunca o vi!" O Medeiros entretanto espojava-se, em plena natação na carpete: "Pois não, mãezinha, e é disso que me queixo!" Procurava agarrar-lhe os joelhos, filialmente, mas ela recuava, tornando a natação cada vez mais desesperada, gritando já também, histérica: "Oh senhor, largue-me, largue-me, largue-me!" E o Medeiros, subitamente resignado: "É sempre assim... É sempre assim..." Teve um último estertor, enquanto a senhora, como se também na ópera do Ruy Coelho, colapsava nos braços de um dos acólitos. "Ao menos a sua bênção, Mãezinha... Oh, não me abandone outra vez, o que vai ser de mim, o que vai ser de mim..." E o Medeiros ficou-se.

Outro acólito tinha ido buscar o polícia de serviço, outro se calhar o pronto-socorro ou os bombeiros, o Medeiros continuava esmorecido, alguns circunstantes começavam a tomar partido, inquietos, já se via o polícia a aproximar-se, avisei o Medeiros, levantou-se logo, com uma agilidade que não ia com o volume do corpo, fez uma vênia respeitosa, voltou a pôr os óculos, compôs o laço, e raspamo-nos mesmo a tempo, porque já se ouvia o polícia a dizer que não tomava a responsabilidade, se tinha acontecido alguma coisa ao filho daquela senhora era melhor chamar um médico.

Acabamos a noite no Texas, de smoking, cheios de prestígio, onde o Medeiros contou o triste caso que vivera, garantindo que a senhora era mesmo a mãe dele, o que fez imensa ternura à Clotilde e deve ter dado direito ao primeiro cabritinho, porque as revelações que ela fez sobre os apetrechos sexuais do seu menino só foram uns dias depois. Do Medeiros é que nunca ninguém soube dessas ou de outras intimidades do gênero, em histórias de mulheres era de uma reserva albigense, e mesmo que elas se gabassem, porque a Clotilde não foi a única e parece que ele até tinha noiva credenciada, mantinha-se silencioso, atento, respeitador. Como na história exemplar que o João Rodrigues fabricou, com mais pormenores do que um romance estruturalista, sobre como numa ocasião um marido ciumento tinha apanhado o Medeiros em cima da mulher, e ele se levantou logo, todo nu mas muito composto, colocou os óculos, olhou perplexo em volta, explicando cerimoniosamente que não via muito bem, que julgava que tinha ido ao ginásio, devia-se ter enganado na porta pelo que pedia muita desculpa, estava ali simplesmente a fazer as suas elevações e não reparou que tinha alguém por baixo. Em suma, perdemos a *Carmina Burana*. E no ano seguinte (se a minha cronologia não está errada, e se está que importância tem isso agora, como dizia o sósia do Medeiros) foi a campanha do Delgado, que não deu tempo para óperas sobretudo depois de acabada a campanha, quando o Medeiros, o Herberto Helder (sim, fiquem sabendo) e eu andamos com o Manuel Serra, a Lígia, a Sacuntala, o Jean Jacques de futuras baladas e não me lembro de quem mais a preparar a participação civil no primeiro golpe militar que então não chegou a haver. Quanto ao segundo, o de Beja, já eu estava em Londres, tendo tido de sair de Portugal com alguma pressa, e outros saberão melhor do que eu por que é que esse também não houve.

Tudo começou porque o Medeiros e eu tínhamos carta de condução, ao tempo uma raridade entre jovens estranhos à JUC. Tínhamos assistido à marcha de Santa Apolónia até à Avenida da Liberdade como toda a gente, fomos ver e apanhamos alguma porrada à saída do Liceu Camões, vieram desencaminhar-nos ao Gelo a dizer que o Governo não estava a distribuir os cartões ou papelinhos (ninguém sabia bem o que fossem) que era necessário ter para se pôr dentro das urnas de voto, e que era necessário levar uns ao Porto e outros a Portalegre a tempo do dia das eleições, que era daí a poucos dias. A campanha já tinha os carros com o motor ligado. Eu desafiei o João Rodrigues e fomos para Portalegre, um carro da polícia começou a certa altura a perseguir-nos como nos filmes, o nosso deu três voltas na curva de Alpalhão, furei um braço, o João partiu o cinto e ficou o resto do tempo com as calças a cair. A população local escondeu-nos, recuperou os pacotes dos votos da bagageira e desinfectou-me a ferida com bagaço. Depois alguém se ofereceu para nos levar a Portalegre de trator, com o filme agora transformado num romance do Alves Redol. O certo é que chegamos a tempo de entregar os papelinhos nos pacotes desfeitos, sendo-nos vivamente recomendado que sobretudo não fôssemos ao hospital para tratar do braço porque levantaria suspeitas. O quarto da pensão onde caímos exaustos era uma incubadora de percevejos, o meu braço começava a latejar, o João quis acender a luz para assustar os vorazes comensais mas carregou por engano no botão da campainha, às três da manhã. Pouco depois apareceu uma criada estremunhada, ainda a atar o avental. O João, enterrado nos lençóis até ao queixo, pediu a primeira coisa que lhe veio à cabeça, mas como se fosse a mais adequada àquela hora e circunstâncias: "Uma escova", disse apenas, na sua voz de baixo profundo. A criada foi e voltou, com uma expressão de martírio modesto e pouco exigente, deixando a escova sobre a cômoda, sem uma palavra. Deu tempo para notar que os lençóis da minha cama eram uma pasta de sangue e percevejos, decidimos que o melhor era apanharmos o primeiro comboio para Lisboa.

O Medeiros, no Porto, também começou por ter alguns problemas. O contato dele era um sobrevivente da geração do meu avô republicano, arcaico, surdo, de chinó, que só conseguia entender o que a neta lhe dissesse, mas a neta não estava e só ia chegar dali a pouco. O companheiro de viagem de Medeiros tinha vindo da campanha codificadamente comunista do Arlindo Vicente e começou a falar em ciladas, com um ar nervoso, que o ancião mesmo sem ouvir deve ter notado, ficando ele próprio com um ar ainda mais nervoso. Mas finalmente chegou a neta, que andava em Letras em Coimbra e, pelo que consegui depreender do Medeiros, era linda como os amores. Explicou tudo ao avô e recomendou-lhes um restaurante que estava aberto até tarde. Onde apareceu pouco depois, vestida de puta, porque afinal não era bem um restaurante mas um antro de engates. Convidou o Medeiros para dançar, verificou onde estavam instalados, achou mal porque era uma pensão de bufos, não gostava da cara do companheiro de viagem e ficou a gostar ainda menos quando percebeu que conhecia bem o Porto e tinha sido ele quem escolhera aquela pensão. Na dança seguinte sugeriu ao Medeiros que se apaixonassem urgentemente e fugissem juntos para um sítio que ela sabia. De manhã meteu o Medeiros no carro e insistiu para que se esquecesse do companheiro de viagem na pensão onde estaria à espera. E, de fato, veio mais tarde a saber-se que era informador da Pide. Quanto ao mais que se teria passado durante a noite entre os súbitos amantes clandestinos, a crônica é muda, porque do Medeiros só ouvimos elogios, às qualidades morais e intelectuais da neta do democrata.

Há mais carros nesta história. Falta ainda o carro que depois da campanha alugamos para a revolução com o Manuel Serra, tendo nós ficado até às cinco da madrugada, o Herberto, o Medeiros e eu, numa de estóicos em antemanhã de patíbulo à espera do telefonema para irmos buscar as armas à floresta de Monsanto. O telefonema foi a dizer que o General — havia um, que não o Delgado, entretanto a contemplar exílios — decidira que ficava tudo em nada, que afinal tinha estado a reinar com a gente. Pelo que fomos em vez buscar umas garrafas ao Beira Gare que abria às seis, bebemo-las com nojo de generais e subimos a Avenida da

Liberdade a fazer manguitos. Os do Medeiros tornaram-se tão veementes que com um deles partiu os óculos. Mas havia o carro, e o carro tinha sido alugado em meu nome, com endereço e tudo — já disse que estou a fazer o elogio do amadorismo —, quando cheguei a casa a porteira estava à porta, como lhe competia, mas muito nervosa e para me avisar de que uns senhores à paisana que tinham dito para não dizer que tinham estado foram lá fazer umas perguntas que ela não entendeu porque dessas coisas tinha uma filha por casar e preferia não saber. Pairava no ar um distinto cheiro a carne de canhão. A Clotilde arranjou-me um divã nos bastidores do Texas onde era um sossego ver as meninas de combinação, para poupar os vestidos, a fazer tricot para os filhinhos — casaquinhos, sapatinhos, luvinhas — enquanto eu matutava nos meus destinos previsíveis. Matutei e decidi que ir fazer a estação balnear em Caxias com água até aos joelhos e nem sequer balde e calções de banho não era aquele que mais me apetecia. Decidi que o melhor era ir dar uma volta, até ver: Londres, Paris, Berlim, S. Petersburgo, acabou por ser Joanesburgo porque o meu pai estava lá e até tinha mandado dois telegramas a dizer que tínhamos de conversar e era só ir buscar uma passagem à TAP. Do mal o menos. O Medeiros tratou dos pormenores, nesse tempo viajar de avião era plutocrata, saí sem problemas.

E foi em Joanesburgo que conheci a S. Mas como hei-de eu agora nesta grave odisséia das minhas viagens, como hei-de eu inserir o mais interessante e misterioso episódio de amor que foi contado ou cantado? Não sei, nem vou tentar. Basta dizer que em tudo se renova e que é sem cura. Ao nível dos fatos irrelevantes, o caso foi que conheci a S. numa recepção dada por uma senhora de lábios virados ao contrário que, quando o escândalo rebentou, se sentiu muito responsável pelos efeitos erógenos da sua hospitalidade e a chamou para lhe explicar que Deus tinha feito a cintura para tornar bem claro que havia dois tipos de amor: o da cintura para cima e o da cintura para baixo. Uma perversa. O escândalo era porque a S. tinha um marido arquiteto a querer meter-se entre nós, e nós não deixávamos. Para fazer pirraça, o arquiteto foi à polícia denunciar-me como comunista, e nisso ao menos mostrou-se pioneiro porque era a primeira vez que o rótulo me era atribuído. Em compensação estava lá nessa altura como catedrático visitante na universidade, onde a S. também ensinava, o Professor Jorge Dias, que lhe explicou, com rigores antropológicos, que esse tipo de marido português só daria o divórcio se houvesse ainda maior escândalo público e que ele estava ali para ajudar: ia com a família de férias a Portugal, a casa onde a universidade o instalara ficava à vista de todo o mundo, "mude-se para lá com o seu rapaz". Assim foi. A minha mãe, já disposta a comover-se, ajudou logo ao escândalo quando mandou o motorista no carro com bandeira levar-nos um pratinho de rum-babás; o pai da S. tentou atirar-me para debaixo dum comboio; a irmã ia visitar-nos às horas mais impróprias, como eram todas; o marido dela era um magnífico roué, estilo Europa Central de entre as duas guerras, fugido aos nazis e com excelentes contatos na polícia por também ser advogado de grande sucesso: achou que finalmente estava a acontecer alguma coisa interessante naquela família, soube da denúncia, convidou-me para ir ver uns slides de mulheres nuas com ligas e tacões altos, enterneceu-se e avisou o meu pai de que também não era ali que eu teria futuro. A minha subseqüente conversa com o meu pai não foi agradável. Mas o marido arquiteto entretanto também já tinha escrito às lojas a dizer que não se responsabilizava, como se lhe fôssemos debitar na mercearia a passagem para Londres, e nós apanhamos o avião, sem dinheiro, sem empregos, sem perspectivas, em desgraça, contentíssimos.

Soube em Londres que o Manuel Serra tinha sido preso pouco tempo depois de eu sair de Lisboa. (Esteve em Caxias tanto tempo quanto eu estivesse sem voltar a Portugal, que foi até quando o Marcello começou a falar sozinho à lareira, e ficamos os dois muito espantados, quando nos voltamos a encontrar, como as conversas subversivas que dantes se passavam ao nível das bicas tinham passado a ser ao nível do whisky. De modo que demos muitos abraços, mandamos nós também vir dois duplos, e discutimos a decadência dos povos peninsulares.) A outra notícia que recebi ao chegar a Londres é que o Luís Garcia de Medeiros tinha ido como alferes miliciano para as guerras que tinham começado em Angola. Nem imaginava que ele alguma vez tivesse feito a tropa, ninguém lhe perguntou, não achou necessário dizer, como tudo o mais a seu respeito.

Mas o que fiquei sem saber é se foi ainda em Lisboa ou já em Angola que o Medeiros entregou, ou ao Herberto Helder ou ao José Sebag, que também tinham ido até Luanda fazer uma perninha colonialista, uma pasta com os versos que afinal, e sempre a fingir que não, tinha mesmo escrito. Os pormenores a este respeito são extremamente confusos. Que havia poemas, foi-me confirmado pelo José Manuel Simões, que os leu (eram cerca de sessenta), até transcreveu um deles, e lembrava-se do início de outro, julgo que o *Soneto ao Pai*, dedicado ao João Vieira para comemorar o não-suicídio do Sebag: "O onanista esfacelou a mão / a mão que dava jeito..." Tenho uma cópia do outro poema que o Simões transcreveu, é um pouco para o longo, mas já agora aqui vai:

>   Retira-te da vida imita o pélago
>   corrói-te de varandas imprecisas
>   de paisagens sustidas sobre os ombros
>   árvores há muito mortas
>   rostos postos de faraós lunares mutilados a dormir

na margem poente dum rio de que és águas.
E se fizeres um gesto só em que te vejas
ao mais renega nada mais sejas.
Há bocas tu bem sabes na franja da aventura.
Não não é de ti que falo tu nada sou
as bocas já sem rosto são relíquias
dos espasmos que deixei pelo caminho.
Porém se tu se deus se simplesmente o outro
exigem que relembre
comporei com as mãos pálidas e falsas
navios que não fui divagações que estive:
em Lisboa nasci
a morte escura de seu rio chorando memorei
nada relembra o doce error antigo
que exibo entre os irmãos ocasionais
nada mais.
Quem me governa cesse de brincar.
E de tudo de tudo o que guardei
salvo o fruto salino que traguei
envolta a rima absorta em dúbia ruga?
Quem me governa cesse de brincar
ou me receba no seu riso em cruz.

Quanto aos outros poemas que o Medeiros terá ou não deixado, o problema é que o Herberto Helder me disse há tempos que de fato os tinha visto mas que não, que a pasta nunca lhe tinha sido entregue e que nem sequer se encontrara com o Medeiros em Angola, estando até convencido até esse momento que teria sido a mim que ele a entregara antes de eu sair de Lisboa. Quanto ao Sebag, cada cor seu paladar: disse ao Gonzales que tinha tido a pasta com os poemas mas que os destruíra por serem péssimos; a mim, que quem tinha os poemas, e que ele estava presente em Luanda quando foram entregues, era mesmo o Herberto; e ao Herberto foi precisamente o Sebag quem lhe disse que eu é que os tinha. E como agora o Sebag também já foi tomar a sua cervejola no Inferno com a maioria dos do Gelo, não há como ir lá confrontá-lo com garantias de regresso. Mas o pior de tudo é que quanto ao próprio Medeiros também não há nada a fazer, pois dele não soube eu parte depois que suas desditas o levaram para longes terras e estranhas, sem prazer nenhum.

Ou antes, soube, até que deixei de saber. A primeira vez foi um postal enviado de Luanda que só podia ser dele. Era a fotografia de um braço de homem a sair da barriga dum crocodilo. Nas costas, estava escrito à máquina: "Mandaram-me este retrato do teu suposto casamento. Confirmas?" Tirei várias cópias para mandar aos amigos e lembro-me que também mandei uma ao Mário Cesariny porque ele depois a publicou como se fosse uma manifestação surrealista "comunicada" por mim. Está na galeria da casa dos meus pais, junto à fotografia oficial do casamento. Cerca de um ano depois, o carteiro tocou à porta de manhã cedo e entregou-me outro envelope de Angola que também presumi logo que viria do Medeiros. Abri-o, contente e ensonado, e o horror da imagem que de lá saiu agrediu-me numa náusea física antes de a ter visto conscientemente. Era a fotografia, depois muito divulgada, de um grupo de soldados portugueses ostentando a sorrir as baionetas onde tinham espetado as cabeças decepadas de alguns negros. Passaram-se mais uns meses e veio um bilhete, escrito à mão. Dizia assim:

Irmão vampiro:
Ainda tenho doze latas de cerveja a despachar e já são quatro da manhã. Ao menos não terei de fazer a barba antes do toque da alvorada porque a deixei crescer depois de devidamente autorizado

pelo capitão que é um filho da puta que viajou comigo e de quem te lembrarias se valesse a pena fazer o esforço de te lembrar. Escrevo-te porque estou cruel, frenético, pouco exigente, e até já te escrevi outras cartas que não mandei. Mandei em vez fotos de família, tua e minha. Estou virado do avesso. Preciso de falar com alguém que não esteja aqui e tu tens a vantagem de nem sequer estares na chamada pátria. Vem de táxi. Ontem uma ninfa negra que vinha ocasionalmente visitar os meus vazios foi apanhada pelo capitão e acabou por confessar. Não que me vinha ver mas que era turra. Não sei se era nem tenho nada a ver com isso mas disse logo ao capitão que já suspeitava e que a trazia sob vigilância para não me foder eu também. Tinha estudado em Kinshasa e sabia de cor o Baudelaire. Quando a fui identificar tive de tirar os óculos para a reconhecer, pelos detalhes das feições já não era possível tal o estado em que a deixaram. À parte isso tenho estado a escrever o Don Giovanni como romance lisboeta da nossa revolução, da boa, da que não houve. Se houver depois, depois verás. Se não, se calhar também.

Teu muito funéreo,
LoGaritMo

O manuscrito chegou no ano seguinte. Sem carta, mas pelo título reconheci o que era e de quem vinha: *Um Drama Jocoso*. Tinha política, sexo, violência, mas nem chegava a ser bem violência, era mais uma espécie de pequeno sadismo salazarista, uma coisa torpe sem causa nem propósito que perturbava por muitas vezes não se saber qual era exatamente a atitude do autor, tudo isto numa linguagem antiliterária nutrida no Gelo mas também com um tom antiquado, diálogos com a falsa naturalidade teatral derivada da transposição por vezes quase literal do libreto do Da Ponte. Seguia o *Don Giovanni* cena por cena, parecendo por vezes mais uma encenação alternativa do que propriamente um romance, com algumas cenas desdobradas em duas ou três e com os acrescentamentos tornados necessários para a transposição das ação para a Lisboa do tempo das nossas aventuras políticas comuns entre a campanha do Delgado e o fiasco revolucionário que precedeu o fiasco de Beja, ou seja, "un dramma giocoso". Como artifício literário tinha ainda assim alguma qualidade e qualquer coisa de pioneiro na constipada novelística portuguesa de então, mas eram qualidades que dependiam dos muitos defeitos que também tinha, com uma técnica narrativa entre corajosamente direta e banalmente primária, para nem mencionar os inúmeros "disse ele", "murmurou ela", "baixou os olhos", "corou violentamente", e outras preguiças. Mandei cópias a alguns amigos comuns que de uma maneira geral gostaram, até mais do que eu. Acabei por pensar que seria boa idéia publicá-lo anonimamente, para que o Medeiros pudesse reivindicá-lo mais tarde como seu, sem entretanto se ter exposto politicamente. Pensei primeiro no Pedro Tamen, então diretor literário da Moraes, por perceber de disfarces funcionais melhor do que ninguém, já que esse foi o modo que arranjou de preservar a sua intransigente liberdade de poeta. Mas estava também nas guerras, em Nampula. Tentei o Espadinha, amigo fixe desde o Passos Manuel e recém-fundador da Presença, e ele quase pegou no romance mas, nas circunstâncias do tempo, acabamos por concordar que quem se lixava era ele enquanto eu permanecia ao fresco londrino, até porque nessa de autor sumido em partes de África é que ele não ia. Em resumo: se houve em Portugal uma vítima da censura foi o Luís Garcia de Medeiros, que nem reputação literária ganhou com o negócio.

Quando, com o 25 de Abril, chegou a altura de se abrirem as gavetas das obras-primas clandestinas, abri a minha, que estava vazia como a de toda a gente, mas tinha noutra, em 347 páginas, a obra se não prima certamente clandestina do Medeiros. Só que de Medeiros propriamente dito, nada. Ninguém sabia, ninguém tinha ouvido, não constava em nenhuma lista de vivos ou de mortos, é como se fosse uma ficção minha. Aliás se tivesse oficialmente morrido eu teria notado porque uma das seções dum horrendo e utilíssimo pasquim subversivo em que eu colaborava era uma grotesca compilação de mortos de África, para inquietar os vivos. Reli o livro, editores então não faltariam, e não sei, já não dava, não sabia se o Medeiros o teria querido publicar assim, era tarde, o que nele tinha havido de precoce invenção pioneira parecia pastiche de outras obras entretanto publicadas em Portugal com censura e tudo, por culpa do marcelismo. E do 25 de Abril para cá pior um pouco. Até a orquestra de cegos do Bolero que o Medeiros pôs a tocar na orgia correspondente ao final do primeiro ato já tem melhor dono literário no Zé Cardoso Pires.

De modo que agora não sei de novo o que fazer. Ainda há pouco tempo perguntei ao Pepetela e ao Manuel Rui se não teriam conhecido um tal Luís Garcia de Medeiros que estava na tropa e era muito capaz de se ter passado para a guerrilha. Mas não, o nome não lhes dizia nada. E como aqui em Sintra o tempo começa a sumir vertiginosamente e daqui a pouco já é outra vez Londres e aulas, antes que fique tudo outra vez adiado por causa dos meus eternos escrúpulos, o jeito talvez seja incluir no meu livro um fragmento do dele, usar as suas juvenis ambigüidades como o só possível ambíguo testemunho desse tempo de fantasmas partilhados, trazê-lo para o centro deste meu mosaico de sombras. O que é também um modo de prestar homenagem pública a um amigo ausente em parte incerta ou desconhecida, demonstrando que nem só com bons romances se enriquece uma literatura. E de ver se depois algum editor mais aventuroso não estará interessado em publicar por inteiro a juvenília do famoso autor em que o Luís Garcia de Medeiros nunca se tornou. De modo que pronto, está decidido. Mas antes disso, algumas coordenadas para o leitor menos operático, num capítulo de transição.

13

UM CAPÍTULO DE TRANSIÇÃO

Portanto — como se dizia no PREC. As personagens do *Don Giovanni,* como transpostas por Luís Garcia de Medeiros para o seu *Drama Jocoso,* são as seguintes: no lugar do protagonista, João de Távora, apelido historicamente improvável porque dos Távoras que houve nem semente ficou, mas porventura emblemático dos fantasmas que insistem em não morrer de vez; Lopo Reis, amigo gosma e faz-tudo de João de Távora (Leporello); Ana Maria Salema, pioneira feminista (Donna Anna), e o pai, comandante Diogo Salema, antigo homem do regime (Il Commendatore), ambos envolvidos com João de Távora no improvável golpe revolucionário dum relutante general que serve de pano de fundo do romance; Zulmira (Zerlina) e Macedo (Masetto) — sim, também dei por isso, a gozar-me à custa do proletariado — que são operários da Outra Banda à espera do pé-de-meia necessário para se casarem e depois darem o salto para as franças; Octávio, rapaz gordo muito correto e aspirante a diplomata; e Elvira, burguesinha rica do Porto que se julga noiva de João de Távora e que, treinada pela sua educação conventual — n'As Escravas — a metaforizar a sua sexualidade literalizando a dos outros, não entendia que João de Távora pudesse rejeitar o sacrifício de si que se dispusera a aceitar que ele a forçasse a fazer, e o perseguia por toda a parte, interferindo nos seus "piacevoli progressi" com apaixonada e persistente humilhação. Mas há também um Bernardo, que não entra na ópera porque é funcionário do Partido Comunista Português, sendo através dele, quando o contactou num dos seus pousos clandestinos por causa do hipotético golpe militar, que João de Távora tropeçou na Zulmira, a quem quis logo "proteger", e no Macedo, que o não queria deixar; um capitão Mendes Ribeiro, ajudante do General; e, finalmente, a "cameriera di Donna Elvira", a quem o "giovane cavaliere estremamente licenzioso" faz a serenata no segundo ato ("Deh, vieni alla finestra") está metamorfoseada numa sexy prima da Elvira, a Helena, em cuja casa ela se instalou quando veio a Lisboa a pedir contas ao pérfido que a abandonara em pleno Porto, o que de fato não se faz.

Quanto ao mais que haveria a explicar, nem pelo meu amigo Medeiros me vou meter agora numa de análise literária, de modo que para já contentem-se com a indicação de que o livro assenta num jogo entre duas ambigüidades, a saber: se João de Távora denunciou ou não o comandante Salema à Pide, como afirma Ana Maria, que também o acusa de ter tentado violá-la na noite anterior à prisão do pai, enquanto o João de Távora contou ao Lopo Reis que simplesmente tinha ido para a cama com ela depois de compararem notas sobre o que então se chamava a condição feminina, e que o velho se tinha ofendido muito quando os apanhou em flagrante; e (segunda ambigüidade) se João de Távora era mas é impotente e toda a sua garanhice uma elaborada fraude, como confessou à Elvira, ou se essa confissão foi mais um dos embustes com que gostava de se divertir, neste caso com a vantagem adicional de assim se ver livre dela duma vez por todas e poder ir estar mais à vontade com a prima.

Farei a transcrição, com alguns cortes que indicarei, a partir do início do segundo ato — a seqüência, digamos, mas intimista — deixando implícitas as confrontações ideológicas e sexuais de João de Távora com Ana Maria, a prisão do Comandante, o crescendo da expectativa revolucionária até ao anticlímax — que o Medeiros, é claro, baseou na nossa experiência comum — de que afinal tudo ficara em nada, e a tal orgia, que João de Távora improvisou para celebrar o fiasco, com a orquestra de ceguinhos do Bolero mais toda a gente que conseguiu arrebanhar — Zulmira, Macedo, outros operários, Helena, figuras sortidas das artes e das políticas do tempo, a nossa Clotilde e mais meia dúzia de colegas do Texas Bar — e para cujo propósito festivo tinha aberto a casa estilo Prêmio Valmor que herdara da mãe e que habitualmente mantinha inabitada por não ter vista para o rio. Mas na festa apareceram também Ana Maria e Octávio, acompanhados de Elvira, todos eles muito zangados pelas suas diversas mas solidarizantes razões, com Ana Maria a acusar publicamente João de Távora de ter denunciado o Comandante à Pide enquanto ele tentava fazer uma perninha rápida com a Zulmira e, por sua vez, depois acusava Lopo Reis de ter sido ele o da perninha quando o Macedo desembestou a quebrar tudo em volta:

"As poucas pessoas que ainda se agüentavam de pé continuavam a não perceber o que tinha acontecido. Alguém se tinha posto em alguém sem pedir licença, isso parecia estar assente. Mas era só isso? Não, parece que nem isso. E o que era essa história da Pide? Ah, é que o pai duma miúda tinha sido preso e ela acusava o dono da casa de ter bufos na festa. Como se fosse culpa dele, há-os em toda a parte! [...]

Era já dia claro quando os ceguinhos foram vistos a rondar pelas proximidades da casa. Estavam bêbados, tinham perdido o sentido de orientação. A polícia recolheu-os."

14

LUÍS GARCIA DE MEDEIROS
UM DRAMA JOCOSO — 2º ATO

[*Cena 1 — Apartamento de João de Távora* (João de Távora e Lopo Reis); *depois restaurante* (os mesmos e Elvira ao telefone).]

— Eu hoje estou cruel — disse João de Távora —, frenético, exigente.
— Como se fosse só hoje!
— Nem posso tolerar os livros mais bizarros. Incrível, já fumei três maços de cigarros...
— Essa agora? Afinal já estavas acordado antes de eu chegar? Três maços!
— Oh personagem inculto que não reconhece o ah meu santo, o ah meu puro e meu grande, o ah meu forte!
— O ah quê?
— O ah Cesário Verde, animal!
Lopo Reis embatucou. Estava sentado sobre o tampo da pia, assistindo à toilette do amigo. Começava a escurecer. João de Távora

fazia a barba, cheio de cuidados. A lâmina estava gasta. — Detesto acordar já com o sol posto — protestou enquanto a mudava. — É uma deslealdade que o ciclo diário do que chamam vida tenha podido decorrer sem mim. Acuso! Ai vida sem alegria, sem desespero, sem nada. A gente deita-se...
— Quem te mandou não acordar como toda a gente?
— José Régio.
— Quem?
— Acuso!
— Ah bom, ainda estás de ressaca.
— E a culpa é tua se não acordei mais cedo.
— Minha.
— Claro. Abri os olhos várias vezes mas pensei que era cedo demais porque ainda não tinhas vindo. Tenho de mudar para a casa grande e instalar-te lá.
— Quer dizer, daqui a uma semana ainda estavas a dormir se eu não tivesse vindo. E olha que... — João fez-lhe um gesto para que se calasse, ia na parte mais difícil, sobre o pomo-de-adão. Lopo interessou-se: — Por que não deixas crescer a barba? Ficava-te bem ao perfil.
João espalhou mais sabão. — Porque é ridículo. Além de que tipos com barba têm problemas.
— Problemas? Tais como?
— Tais como pêlos no queixo. Bom, agora cala-te. Ainda me corto, e se me corto dá azar. — Lopo obedeceu, ficou um momento quieto. Depois começou a rir, silenciosamente. João secava a lâmina: — O que te mordeu?
— Estava a pensar que daqui a uma semana ainda estarias a dormir... Sabes que quase não vim?
— Por quê? — João agora espalhava na cara um pouco de loção. Passou o frasco a Lopo: — Queres?

— É estrangeiro? Dá cá.
— Mas por que é que estavas para não vir?
— Não estou para mais. De resto só vim para te dizer isso mesmo.
— Boa!
— Boa uma ova. Já há muito que ando a pensar nisso, acho que és má companhia.
Tinham passado para o quarto. João começou a vestir-se. — Hoje é domingo, não é?
— É o teu único pensamento quando te digo que vamos deixar de nos ver?
— Desculpa, estava só a pensar o que é que vou vestir. Talvez uma pólo.
— Acho a tua companhia perniciosa. Ontem à noite foi o ponto final. Orgias sim, mas quererem ir-me ao cu, não, lá isso não admito a ninguém, nem ao meu pai. Além de que achei muito chato que tu quando aqueles tipos te foram pedir contas por te teres posto na operária... tu também és como os coelhos!... não achei nada bem que atirasses as culpas para cima de mim.
— E achas razão suficiente...?
— Podiam ter-me dado um enxugo de porrada!
— Mas não vês que estava só a divertir-me?
— Mas eu não estou. Acabou tudo. Adeus. — Lopo estava relutante. Mas tinha que ser, mais tarde podia ser tarde demais. Caminhou para a porta. — Adeus — repetiu.
— É pena... — murmurou João. Lopo parou junto à porta. — Logo agora que eu ia reabrir a casa grande para sempre. Podias ficar lá instalado, sempre poupavas uns oitocentos mil réis por mês. Enfim, paciência.
— Hum... — fez Lopo.
— E se fizéssemos as pazes? — propôs João.

— Juras que não foi por mal que na festa de ontem...
— Claro que não, já te disse — interrompeu João.
— Bom... E quando é que a gente se mudava?
— Isso agora depende de ti, quando tiveres a casa habitável.
— Hum...
— Olha, e agora tenho um plano maravilhoso para esta noite e preciso da tua colaboração.
— Desde que deixemos as mulheres em paz. É como comer trouxas de ovos o tempo todo.
— Deixar as mulheres? Ainda não percebeste que sem as mulheres...
— Por isso é que as enganas a todas!
— É tudo amor. Estás a ver: quem é fiel a só uma está a ser infiel a todas as outras. Eu por mim, dada a minha natureza católica e eqüitativa...
— Lá isso, nunca vi natureza mais católica nem mais eqüitativa... Bom, qual é o programa?
— Primeiro jantar.
— Aprovo. Como sabes sofro de DR: Digestões Rápidas. — Era a graça recorrente.
— E depois prometi ir fazer uma serenata à Helena.
— À prima da Elvira. Boa! Para ficar tudo em família.
— Estou apaixonado por ela. — Gesto blasé de Lopo. — E em resposta à camaradagem bem-disposta com que ela se defende — declamou João —, um romantismo irônico, levemente antiquado. Toma nota, faz parte da tua educação sentimental. De modo que leva um lápis e papel, tenho de escrever os versos durante o jantar. E leva também a guitarra para ficar já no carro.
— Sabes tocar? Pensei que era só para decoração, como na casa da Mariquinhas.

— Quando era garoto tocava. A minha mãe era uma sentimental, sabe!, como diria o poeta Navarro. Passávamos as tardes a ler versos e a tocar guitarra um para o outro.
— Há quantos anos foi isso?
— Há muitos. Mas é como andar de bicicleta, são coisas que não se esquecem.

Jantaram num abundante e prestimoso galego local. João de Távora chuchava beatificamente uma cigarrilha, a mão esquerda brincando com um cálice de madeira. — O único problema é a Elvira — disse ele.

Lopo continuava na sobremesa, era o terceiro pudim flan que devorava. — Também já tinha pensado nisso, sempre quero ver como te vais safar dessa!

— Continuas a ter um fraquinho por ela, não? — João pousou os olhos em Lopo com um breve sorriso encorajador.

— Pela Elvira? — Ficou um pouco embaraçado. — É simpática...

— Só isso? Diz-me francamente: nunca pensaste como seria estar com ela... enfim... a sós? Levá-la a sair, irem a uma boîte, depois um passeio lentamente ao longo do rio, chegarem a casa, subirem juntos a um pretexto que ambos sabem falso, ficarem um momento sem saberem bem o que dizer, depois tu pegas nela, beija-a, ela não resiste, beija-a de novo, ela responde ao teu beijo, começas a despi-la...

— Não — garantiu Lopo numa voz difícil —, nunca pensei em fazer nada disso.

— Pois não sabes o que perdes, meu querido Lopo! Só te digo que com aquele arzinho virtuoso... Mas o mais importante é que ela também tem um fraquinho especial por ti. Lembras-te no Porto? A verdade é que vocês têm mais para se dizer do que eu e ela. E salvo erro até me disseste a certa altura que andavas com intenções...

— Pois disse! E tu abarbataste-ma sem a menor cerimônia!

— Não o devia ter feito, reconheço agora.

— Mas fizeste, e agora é tarde. São essas coisas que às vezes me magoam.

— E tens razão, é este meu feitio... Tu até lhe explicaste como eu sou, aqui há dias... Tens razão.

— Expliquei, mas se julgas que lucrei muito com isso... Pôs-se logo a chorar, arranjou-me uma fama de sádico no café.

— Mas sabes? — continuou João, persuasivo —, estou convencido de que ainda vais a tempo.

— Não quero os teus restos — murmurou Lopo. Mas não resistiu: — Como?

— Ainda não sei... Seja como for, tenho de lhe telefonar. Mas seria bom que tu e ela ainda estivessem juntos esta noite.

— Para ficares mais à vontade com a prima, não? Julgas que não te conheço!

— Não é só isso, Lopo, não é só isso... — João levantou-se.

— Posso ir ouvir? — perguntou Lopo.

O telefone era num recesso, junto à porta da cozinha. — Não vale a pena — disse João. — Não vai dar para grandes intimidades nem longas conversas. Depois conto.

Acabado o telefonema João mandou vir mais um madeira, um constantino para Lopo, e a conta. Voltou para a mesa, em silêncio.

Lopo ardia de curiosidade: — Atão?

— Nada de especial. Supliquei-lhe que me perdoasse, disse que só ela me poderia salvar, prometi que explicaria tudo. O costume. Vai ter comigo ao apartamento daqui a meia hora. Funcionou, não te parece?

— O que me parece é que és um monstro de perfídia, é o que me parece! — Mas isto, vindo de Lopo, não seria necessariamente negativo. As circunstâncias é que o magoavam. — Pois é —

protestou —, estavas a gozar-me. Afinal, cá pro meco, nada! Mas não julgues que me levaste, que bem te conheço!

— Mas Lopo! — disse João num grande espanto —, é por ti que estou a fazer isto, não percebes? Para lhe poder demonstrar que é mesmo de ti que ela gosta.

— E julgas que eu a quero, não é?, que é só tu mandares e pronto, pixa ao ar!

— Isso depois é contigo, é convosco. Por mim, reconheço a verdade das coisas, e pronto. É a amizade.

— Hum... Não. Não quero.

— Queres, sim, vais ver... Anda uns tempos com ela, diverte-te, que bem precisas. E mereces. E depois, quando estiveres farto, é só largá-la da mão.

— Eu não sou como tu!

— Está bem, logo se vê. Para já, o plano é este: tu desapareces. Vais dar uma volta, ficas no carro...

— Enfim, o costume.

— Mas tem de ser! Ou queres que te faça elogios à tua frente? Mas ao fim de uma hora, que é mais do que suficiente para lhe mostrar a verdade... Até porque ela no fundo já sabe, é de ti que ela gosta...

— Bom, simpatiza comigo, é tudo...

— Oh meu caro, eu conheço as mulheres. É muito mais do que simpatia. Se calhar foi até por isso que fiquei contra ela. Subconscientemente, percebes? O Freud explica... Sim, é isso, tenho andado com ciúmes de ti.

— Essa agora é muito gira...

— Bom, mas ao fim de uma hora estás à porta do apartamento. Eu saio e tu entras. E depois divirtam-se.

— E se ela não quiser?

— Se não quiser ninguém a obriga. Pelo menos não da maneira habitual. Mas quer, vais ver. O que é preciso é que não vás para lá com timidezes.

— Podemos experimentar... Mas ela pensa logo em casamento, não é?

— Não, enfim... é uma pessoa civilizada. E ouve, Lopo — acrescentou, solene —, esta é a maior prova de amizade que eu te podia dar. Eu gosto mesmo dela!

— Estou a ver — meditou Lopo filosoficamente para não parecer que estava a ser levado, se estivesse. — Como na lei das compensações de Einstein: tudo é relativo.

[Cena 2 — *Apartamento de João de Távora*
(João de Távora e Elvira).]

João de Távora tinha recebido Elvira com uma correção algo distante e muito formal. Agradeceu-lhe a prontidão com que tinha ido. Ofereceu-lhe uma bebida, chá, café. Ela recusou, crescentemente perplexa, gradualmente transformada a expectativa sentimental com que viera, pronta para queixumes, reconciliação, perdões, numa grave premonição inquieta. Sentara-se no sofá, muito direita. Ele continuava de pé.

— A única coisa que posso fazer — disse João finalmente — é contar-te toda a verdade. Vai parecer ridículo, vais começar por achar improvável. Mas se pensares um bocadinho verás que faz sentido, que explica tudo. — Aproximou-se de Elvira, acariciou-lhe o cabelo como se numa despedida. Dirigiu-se depois lentamente para a janela, donde o rio parecia muito longe, ao fundo, esparsamente iluminado pelos barcos fundeados. Voltou-se. Olhou-a longamente. Hesitou. Encheu o peito de ar. Endireitou-se. Ficou de repente muito alto, firme, rígido. Mas foi em voz baixa, mordendo as palavras, que murmurou: — Eu sou impotente. — Os ombros descaíram, o peito esvaziou-se, os olhos encheram-se de uma mágoa sardônica.

A revelação não pareceu fazer sentido imediato para Elvira.
— Vem aqui — disse ela. E, num reflexo automático, teve um quase riso seco, rouco, tenso. Levou a mão à boca, embaraçada e assustada. Corou violentamente.

— Ouve — repetiu João muito pausadamente —, sou impotente. Sempre fui. Não funciono. Toda a minha vida é uma farsa. Faz sentido agora?

— Vem aqui — repetiu Elvira. — Senta-te ao pé de mim. Ele foi. Sentou-se. — Tens razão, é de estoirar a rir.

— Não — disse ela gravemente. — Não é. – Seguia-lhe cada movimento. Ficou depois a olhar-lhe o rosto, a estudar-lhe a expressão, muito atenta, com uma ansiedade logo contaminada por um toque de desconfiança: — Não me estás a mentir, pois não? — Mas viu-lhe o rosto crispar-se, a insolência de provocação com que ele a olhava. — Não, acho que não me estás a mentir — murmurou.

— Podes rir à vontade — disse João. — É grotesco.

— Não — disse ela de novo —, não é. — Baixou os olhos. Ficaram ambos em silêncio, sem se olharem. Até que Elvira repetiu: — Não, não estás a mentir. — João ia levantar-se mas ela segurou-lhe a mão: — Fica junto de mim.

— Mas assim, ao menos, faz tudo sentido, não vês? — João forçou um sorriso triste.

— Sim — disse ela. Mas logo: — Não, não faz... — Estava agora muito meiga, o seu belo rosto de madona adolescente iluminado num sorriso de infinita ternura. — João... olha para mim... Foi então por isso? Foi só por isso?... Por que é que não me disseste logo? É tão absurdo... — E abanava a cabeça numa censura protetora, maternal. — Sabes que nos podia ter destruído? Aos dois? Para sempre? — Fez-lhe uma carícia no rosto, quis encostar a cabeça dele ao seu ombro, aninhá-lo nos seus braços, embalá-lo.

João afastou-se, num movimento brusco. — Não faças isso.

— Mas por quê? — disse ela. — Eu amo-te... Oh João... não julgues que despertas piedade... — E a piedade que poderia sentir era certamente menor do que a insólita alegria repousada com que se sentia capaz e desejosa de o servir.

Elvira conseguira manter, através de todas as humilhações, a convicção latente de que o abandono e a indiferença de João, depois do amor que ela sabia que ele sentira, é que eram mentira, ou uma espécie de prova que tinha de atravessar. Por isso não cedera, por isso viera procurá-lo, desafiando convenções, sentindo-se a arriscar tudo. E agora estava tudo explicado, tinha tido razão. Tinha-o recuperado. Nada mais naquele momento lhe importava.

— Mas tu és tão louco, meu amor — continuou, insensível ao retraimento tenso em que ele ficara. — Devias-me ter dito logo. Não vês...? Não sei explicar, mas não vês que és mais verdade, que és mais tu, depois do que disseste? Não sei se percebes...? Eu agora já me sinto capaz de te amar, como se até agora tivesses sido só uma idéia, uma fantasia minha... Estou a dizer disparates, bem sei. Mas tu percebes, não?...

— Percebo, Elvira... Percebo. E tens razão. Até agora eu não existia. — Fez uma longa pausa. — Mas como me podes amar... assim?

— Amando-te.

— Mas eu não te posso amar, tu és que ainda não percebeste! Eu quero amar-te e o meu corpo não é capaz, como se o meu corpo e eu fôssemos duas pessoas diferentes. O meu corpo é o teu inimigo — acrescentou, sombrio.

— Se tu quiseres mesmo — disse Elvira docemente —, se tiveres confiança em mim, se te entregares... Se não pensares muito... Ah, não sei! Não tem importância... — E acrescentou, numa expressão subitamente infantil: — Para ti tem muita?

— Eu sou o meu corpo — disse João. — Sim, para mim tem muita. Mas talvez, talvez tenhas razão. Há milagres que podem acontecer. Se tu... Se tu tiveres paciência para mim... — Cobriu o rosto com as mãos. — Oh, meu Deus, é horrível.

— Paciência? Não fales assim!... — Ficou um momento pensativa, com um vago semi-sorriso abstrato. E depois, timidamente: — Mas ouve... Os médicos...? Não se pode curar? Ah, sou tão inexperiente! Quem me dera saber tudo...

— Isto não tem nada a ver com médicos. Não tem nada de físico. Só tu, talvez... É que, simplesmente, não posso, não consigo... Só pensar nisso me aterra, me torna destrutivo de quem começo por querer amar.

— Já experimentaste... muitas vezes? — A curiosidade de Elvira sobrepôs-se à timidez.

— Sim. Muitas vezes. Durante muitos anos. Depois desisti. Agora finjo, o meu sucesso é enorme, os homens invejam-me, as mulheres adoram-me. Sórdido, não é? Tudo teatro.

— É desnecessário. É triste...

— Não sei — dizia João —, há explicações psicológicas, longas teorias, já li tudo sobre o assunto, explicam tudo, não significam nada. A cura que propõem é ser-se diferente daquilo que se é, ser-se espanhol se se é português, ser-se branco se se é preto, deixar de ser eu para ser eu... Não faz sentido. Sabes o que acontece a alguém quando lhe cortam as pernas?

— O que acontece...?

— Fica também com a alma amputada no lugar das pernas. Não dá para andar, sobretudo com a alma. Não dá para ir ter com os outros, não dá para amar. Fica-se só. Não dá jeito fazer amor sem pernas. Mas até a impossibilidade, até a solidão se pode tornar um motivo de orgulho, se devidamente canalizada. E até uma nova maneira de comunicar, de afinal ir ter com os outros, sem se ter de ir. Numa forma de amor. No meu modo de amar. E assim aprendi a amar tal como sou, tal como sei, com a ausência ativa do meu amor. É o que tenho feito. Com todos. Até contigo. Até, neste momento, contigo. — Interrompeu-se. — Mas não, contigo já é tarde. Já sabes tudo, já não tenho poder sobre ti. És tu, agora, que me poderias fazer mal.

— Mal? Não, meu amor, acredita...

— Sim, eu sei. E quase te odeio por isso. Porque eu agora preciso de ti. — Olhou para Elvira, que não conseguia disfarçar uma sombra de apreensão, na fronteira do medo. João sorriu: — Agora amo-te. Venceste.

— Queria ser capaz de perceber melhor — murmurou Elvira.

— Sabes que a minha mãe morreu quando eu tinha doze anos? — disse João de repente.

— Doze?... — fez Elvira, sem saber qual o tom certo.

— É como se fosse eu que a tivesse matado.

— Porque gostavas muito dela...?

E João de Távora, como se não tivesse ouvido: — Também não denunciei o comandante Salema e ele foi preso. E eu gostava do velho. — Forçou um sorriso. — Sou um rei Midas às avessas...

Elvira olhou o, esforçando-se para entender a relação. — Eu sabia que não podias ter sido tu — disse finalmente.

— Não. Não fui eu. Ou pelo menos não da maneira habitual. Mas é tudo muito divertido, nem fazes idéia. — Pausa. — Bom. Mas a minha mãe. Queres que te conte?

— Não te custa muito falar dela?

— Não, agora tanto faz. A situação clássica: casou muito nova, não devia ser muito feliz com o meu pai, eu era filho único, depositou em mim todo o amor de que era capaz. Estávamos sempre juntos, o meu pai era como se não existisse. Até que foi ela quem deixou de existir. Tinha vinte e nove anos quando morreu. Tumor no cérebro. Meses a morrer lentamente. Não se podia levantar. Dores de enlouquecer. O pai mandou vir a prima Luísa para tomar conta de mim, porque eu não deixava a mãe repousar. A Luísa teria então uns vinte anos. E logo nos tornamos grandes amigos. De resto não me deixavam ir estar com a minha mãe, só por dez minutos, uma vez por dia. Eu não acreditava que ela estivesse realmente assim tão doente, estava mais pálida, mas era tudo. Continuava como sempre fora.

— Era bonita?

— Sim, acho que era muito bonita. Mas já não me lembro bem, só os retratos, que não é a mesma coisa. Eu entrava então na puberdade, a relação com a minha mãe foi ficando para trás, juntamente com a infância. Era como se estar a crescer fosse uma traição contra ela. Mas sentia também que ela me tinha abandonado, como uma punição por eu estar a crescer. Além de que a prima Luísa assistia ao meu crescimento com verdadeira gula. Queria-me ver nu, dava-me banho, notava cada modificação do meu corpo, comentava-me em voz alta, tocava-me, procurava excitar-me, quando conseguia ria muito e dizia que estava à minha espera... Devia querer o meu primeiro orgasmo.

João fez uma pausa e olhou para Elvira, corada e de olhos baixos, sem ousar olhar para ele. — A minha mãe — prosseguiu — começou a queixar-se de que eu já não gostava dela, os dez minutos diários tornaram-se enormes. A Luísa, talvez para me ir preparando, talvez a intenção fosse boa, dizia-me muitas vezes que a mãe ia morrer. E eu várias vezes desejei que então morresse. Uma tarde chamaram-me. Eu estava a brincar no jardim. Pedi à Luísa que viesse comigo. Mas a mãe queria-me ver só. Nem mesmo queria lá o pai. Sentei-me numa cadeira ao lado da cama. A mãe olhava para mim muito fixamente, numa intensidade de amor que eu não podia suportar. Comecei a bater com os pés nas pernas da cadeira, balançando-me para a frente e para trás. As pancadas faziam-lhe dores horríveis. Pediu-me que parasse. Eu queria era ir-me embora para o jardim, para a Luísa. Fiquei quieto, mas tomei um ar contrariado. Ela disse: Já não gostas de estar comigo? E eu não respondi. E recomecei a bater com os pés. Pediu-me de novo que parasse. E eu murmurei: Também nunca mais morre! E ela ouviu. E lançou-me um olhar que... não sei, um olhar que ainda vejo todos os dias, ainda a tentar sorrir para mim, para eu não ficar magoado com o que lhe tinha dito. Morreu nessa tarde.

João fez uma longa pausa, que Elvira não ousou interromper. Não procurava, no entanto, disfarçar a sua comoção, as lágrimas corriam-lhe livremente pelo rosto. João fitava o espaço, com olhos cegos.

— Nunca tinha contado isto a ninguém — murmurou, como se a falar para si próprio. E depois de, por um momento, pousar os olhos em Elvira: — Matei-a.

— Ela ia morrer...

— Sim, mas matei-a — repetiu secamente. — Depois, não me queriam deixar ir ver o corpo dela. Mas fui, aproveitando a confusão das visitas que iam e vinham, querendo abraçar-me como se tivessem alguma coisa a ver comigo e com ela. Tive tempo para levantar o lençol e ver-lhe a cara. Tinham passado poucas horas. Mas lançava um cheiro nauseante. E saía-lhe um líquido espesso do nariz. Tinha o rosto quase negro. Já estava podre por dentro antes de morrer e a podridão começava a sair toda para fora. Quis beijá-la, a tremer de horror. Gritei. Levaram-me para o meu quarto, deixaram-me lá fechado. Foi enterrada na manhã seguinte.

Elvira aproximou-se mais de João, mas sem lhe tocar, ficando só perto, disponível, se ele a quisesse. Deixaram-se estar assim, sem se olhar e sem falar. Depois Elvira disse, num sussurro: — Agora tens-me a mim.

— A ti — disse João num tom absolutamente neutro. Mas logo: — Sabes que és um pouco parecida com ela?

— Sim?... — fez Elvira, sem saber como João gostaria que ela reagisse, sem saber como tinha reagido à sua humilde oferta de si própria.

— Um ano depois casou com o meu pai — murmurou João.

— Quem, a tua prima?

— Sim. Para ficar tudo em família. Vivem agora no Alentejo. A casa que viste ontem era da mãe. E agora é minha. Logo a seguir à morte dela o pai decidiu ir para as terras. A casa da cidade, a casa de ontem, cheirava a morte. Não teria sido o ambiente ideal para uma lua-de-mel.

— É por a tua mãe ter morrido lá que não vives nela?

— Não, é porque não tem vista para o rio. Desculpa. Sim, deve ser. — Tentaram ambos sorrir, registando a mudança da resposta habitual à pergunta tantas vezes feita.

Mas Elvira prosseguiu: — E aquela... aquela festa de ontem? Como é que conseguiste?

— Faz parte, não vês? Vocês tinham razão, tu e os teus novos amigos, quando lá foram para me acusarem de todos os horrores. Só que não é o que eles pensam, o que tu também pensavas. É só que eu já não tenho controle. Não sei o que me vai acontecer. Ainda acabo por... Não, nem para isso tenho já coragem. — E logo num tom seco, factual: — Mas a minha prima. Pelo fato de ter casado com o meu pai não abdicou dos direitos que julgava ter sobre mim. Uma semana depois levou-me para a cama. Uma decepção, coitada, depois de tão longos preparativos. E eu fiquei para sempre... Isto.

— Como é que tu querias...?
— Sim, é tudo muito simples, percebe-se tudo lindamente, o meu caso clínico vem no prefácio dos compêndios. Mas o fato de se perceber não ajuda.
— Ajuda. Se começares a acreditar em ti. E um bocadinho em mim, também...
— Em ti. Só em ti. — Sentou-se ao lado de Elvira, segurou-lhe a mão, manteve-a na sua enquanto continuava: — Depois, durante uns tempos, tentei tudo: médicos, cirurgiões, psiquiatras, poções mágicas, amor bêbado, vestido, dentro de água, com barbas postiças e de pernas para o ar... Passei por todas as humilhações, paguei a dobrar a todas as prostitutas para que não dissessem nada a ninguém... Até que me aceitei como sou. Entrei numa nova era, disciplinei-me, assumi as minhas impossibilidades como uma modesta virtude. O ensaio geral do novo teatro de sombras foi uma visita ao meu pai e à casta esposa. Com a qual não me foi difícil criar uma situação que surgisse como altamente comprometedora. Bastou fechar uma porta à chave e não encontrar a chave quando o meu pai bateu, estranhando que estivesse fechada. Nunca a minha relação com a Luísa tinha sido mais inocente. Depois fui ter com o meu pai, falei-lhe de homem para homem: sim, desde pequenino que ia para a cama com a mulher dele. Não, não tinha perdão. Que lhe perdoasse ele a ela, se podia. Etcetera, etecetera. Foi a última vez que os vi. A Luísa deve depois ter tentado convencê-lo de que era tudo mentira, mas duvido que ele acreditasse. Nunca ninguém acredita. E agora sou um profissional da impotência ativa, é o meu poder sobre os outros.
— Não contes mais — disse Elvira —, faz-me tão triste, tudo isso...
— Foi uma longa doença. Elvira...

— Uma longa e terrível doença — concordou ela, muito séria.
— Mas não queres que te conte agora também do Comandante? — perguntou João, ironizando.
— Não, não quero que me contes nada, quero é que esqueças tudo. Que me deixes... olha, que me deixes fazer o que puder. Mas também já não sei, tenho tanto medo...
— Só tu poderias — disse João. — Só tu podes, se ainda queres — Hesitou. — Ouve, Elvira... eu queria... — Interrompeu-se.
— Diz...
— Eu queria... Deitar-me contigo... Só deitar-me. Se não te importas...
— Eu também quero, João. Eu também quero. Se tu queres mesmo.
— Ouve... Não sei, desculpa... E queria...
— Diz... O que quiseres.
— Eu queria que os nossos corpos estivessem nus. Sinto que talvez...
— Sim — fez Elvira, muito corada —, sim, se tu quiseres.
— Então ouve — disse João num tom de repente prático, decidido —, tu vai-te deitar. Espera por mim. Mas vou primeiro fechar as persianas. Deixa a luz do quarto apagada. — Sorriu, irônico de si próprio: — Desculpa, é estúpido, mas quero que estejamos completamente às escuras. Que não falemos. As palavras estão demasiadamente poluídas, seria profanar tudo. Quero que os nossos corpos possam falar a linguagem que souberem. Deixa-me ficar um pouco sozinho, já vou ter contigo.

Elvira esperou que João fechasse as persianas, corresse as cortinas e voltasse à sala. Depois caminhou gravemente, religiosamente, para o quarto.

[*Cena 3 — Entrada do apartamento de João de Távora* (Lopo Reis e João de Távora).]

Lopo Reis esperava, sentado na escada, quase a dormir de tédio. Levantou-se, num sobressalto. — Ah, até que enfim!
— Chut — fez João —, fala mais baixo. Ouve... — E aí pareceu hesitar.
— Então? — Lopo olhou-o melhor. — O que é que tens?
— Nada — disse João. — É só que estou todo pegajoso, como um jarro de mel entornado. Não foi fácil... Sorriu: — É que sabes, embora a rapariga seja ainda mais parva do que eu julgava, a verdade é que gosto mesmo dela.
— Bom, sendo assim... — começou Lopo, pronto a resignar-se.
— Não, não. É parva porque tu ganhaste. Isto agora é irremediável. É mesmo de ti que ela gosta. — E acrescentou, num tom de nobreza amargurada, mas sempre com o cuidado de não levantar excessivamente a voz: — Separamo-nos como dois bons amigos. Foi melhor assim. A tal ponto que me pediu para ficar a dormir aqui hoje. Enfim, acabou por confessar toda a verdade. É de ti que ela gosta. Sempre gostou de ti.
— Tens a certeza? Eu já sabia que ela simpatizava comigo, mas daí...
— É bem mais do que simpatia, Lopo... Por que é que julgas que me sinto assim tão mal? Eu gostava mesmo daquela miúda.
— Também pela maneira como o mostravas!
— Já te expliquei, tinha ciúmes. Vinguei-me. — Pausa. — Mas não falemos mais nisso, agora deixo-a toda para ti. E olha que só pela grande amizade que te tenho...
— Eu sei, João. Estou-te grato. Palavra! — Lopo reconheceu um daqueles gestos nobres de que o amigo às vezes era capaz e que chegavam para compensar de tudo o resto.

— Agora ouve — continuou João. — Guia-te por mim, que tenho experiência destas coisas. Mas tem de ser é depressa. Vai já lá para dentro. Despe-te na sala ou na cozinha. Apaga todas as luzes...

— Despir-me? Estás maluco?!

— Então como é? A gaja foi-se pôr nua para ir para a cama e tu queres montar-lhe em cima de calças e gravata? Bom, então desisto. De fato és uma besta. — Lopo embatucou. — Ouve — recomeçou João. — Pela última vez. Despe-te na sala. Apaga todas as luzes. É melhor, dá um ar mais misterioso. Não te esqueças de que é uma menina romântica. Depois entra no quarto. Não digas uma palavra. Aproxima-te devagar da cama, deita-te ao lado dela e, sempre no maior silêncio, afinfa-lhe.

— Achas mesmo que sim? — Lopo considerava o plano um pouco abrupto. A sua intenção era talvez ir conversar um pouco com a miúda, no dia seguinte levá-la a um cinema, depois talvez a uma boîte se o João lhe chutasse algum, e se as coisas corressem bem então sugerir-lhe que subisse um pouco ao quarto, a ver como ela reagia. Mas não queria parecer ingênuo aos olhos experientes do amigo. Porque a verdade é que o João, lá com os seus métodos repentinos, conseguia-as todas. Ele, com as suas delicadezas, era só putas e com pagamento adiantado.

Mas João estava de novo impaciente: — Olha, então eu é que já não percebo nada. Há uma mulher que me confessa que gosta de ti. Que sabe que estás aqui, à espera de a ires ver...

— Ah, disseste-lhe que eu estava aqui!

— Pois claro, o que é que julgas que estive a fazer lá dentro? A divertir-me? E essa mulher, sabendo perfeitamente que me estava a dar um desgosto, depois de me dizer que é de ti que gosta e que te quer ver, diz de repente que está cansada e que quer ficar a dormir aqui. Com a casa da prima a dez minutos. Não percebes?

— Bom, realmente parece.
— Qual parece. Não há nada que saber, é só entrar. Mas agora, o conselho que te dou é que não fales. Nem uma palavra, mesmo que a ela lhe dê para as filosofias. Luz apagada e silêncio. O que é preciso é criar tensão. Estás a ver, que coisa linda, entrares assim, em silêncio, como um deus.
— Como tu fizeste com aquela americana?
— A americana...? Ah, sim, claro. Exatamente. Tudo tátil, tudo às escuras. A melhor foda da minha vida.
— Mas tens a certeza, com a Elvira? Ela é do Porto...
— Oh homem!, não achas que também já estás a abusar da minha amizade exigindo-me que te convenças a ires para a cama com uma mulher de quem até gosto?
— Tens razão, estou a ser chato.
— Bom, não se fala mais nisso. Vá, entra. Luz apagada. Bico calado. Depressa, senão ela ainda te adormece. Até logo.

Lopo Reis entrou na sala. Mas voltou logo ao patamar, onde João de Távora continuava, estático.
— João... Tenho de te dizer, pá. És um gajo porreiro!
— Sou teu amigo, Lopo, é tudo... — E empurrou a porta mansamente.

Primeira intervenção do não-autor.

Tencionava não intervir e prometo que farei o possível para reduzir ao mínimo as minhas intervenções no fragmento de romance do meu amigo Luís Garcia de Medeiros. Mas há o mínimo, e o mínimo que imediatamente se impõe, como leitor dele, é tentar partilhar com o leitor meu e dele uma perplexidade que se tem vindo a avolumar com a re-releitura e transcrição do dito.

Na ópera, como sabe quem sabe, Don Giovanni troca a roupa com Leporello, e põe-no a fazer os gestos correspondentes às burlas amorosas que dirige a Donna Elvira, que o não vê mas ouve enquanto vê Leporello, julgando que ele é o Don Giovanni que está a ouvir. Tudo muito simples e mais cômico do que não, assim um pouco como o ponto na peça dos Medeiros, *O Comedor de Fiambre ou O Amor que Mata*. Donna Elvira acredita no arrependimento de Don Giovanni, desce, cai nos braços do pseudo-Don Giovanni, o qual aquece ("la burla mi da gusto!"), e saem abraçados naquele engano d'alma ledo e cego que Leporello irá fazer render enquanto a fortuna o deixar, ao mesmo tempo que deixa o terreno livre para a próxima burla de Don Giovanni. Até aqui não há problema: a transposição do Medeiros é engenhosa, o núcleo dramático da confusão de identidades adquire uma amplificada correspondência novelística. Mas.

Mas o processo de amplificação também traz uma modificação qualitativa, quando João de Távora faz a sua grande confissão de impotência em que Elvira acredita porque é tão inverossímil que só pode ser verdade, além de que lhe convém que o seja. Devia ser sobretudo cômico se bem que não apenas, como na ópera. Mas não é, porque vai daí estamos perante razões supostamente verossímeis para a inverossimilhança: mamã, papá, prima Luísa, tudo muito freudiano, horrores que o são mesmo, sinceridade que parece mesmo sincera, quer seja quer não. E aqui é que, como leitor, e se calhar também como os outros leitores, começo a não achar graça, por me sentir a ser tratado pelo autor como ele pôs a personagem João de Távora a tratar a personagem Elvira. Ou seja: meu caro Logaritmo, se queres a minha cumplicidade legente, não me gozes. Bem sei que estou a ser um leitor difícil, mas tu não me mereces menos e, como já habituei os melhores entre os meus a também sê-lo e os teus acontece que são os meus, vê lá não me lixes este livro até agora tão meticulosamente não-arquitetado em que te meti. A idéia, dizes tu — e julgo que és tu, enquanto autor, que o dizes, e não só a tua personagem que o sugere — é acreditarmos numa espécie de impotência exercida como violação, na carência instituída como Poder. Conceptualmente está bem, estamos de acordo, se calhar até falamos nisso algumas vezes, e como metáfora até me dá jeito para as minhas *Partes de África*, pelo menos até ver. Mas o que está por ver, o que tu, enquanto autor por mim autorizado ainda não nos deste, é a necessária cotovelada metafórica que transforme os alhos chochos da tua personagem Távora nos competentes bugalhos de todos nós, políticos, éticos, metafísicos, em suma, salazaristas. Ou será que nesse tempo era tão assim mesmo que não era possível ou necessário dizer mais ou diferente, e eu é que já não me lembro?

[*Cena 4 — Rua íngreme em frente da casa de Helena; depois casa de Helena* (João de Távora e Helena; depois Zulmira ao telefone; depois Macedo e figurantes).]

João de Távora parou em frente da casa de Helena. Havia uma janela iluminada. A rua estava deserta e não havia o perigo de Elvira aparecer tão cedo. Tudo em ordem. Agora era cantar.

Dedilhou os acordes plangentes do fado menor durante alguns minutos, até a janela se abrir. Helena debruçou-se, com um grande sorriso feliz. E a voz de João, cheia de timbres graves e aveludados, ecoou, quebrada em soluços, na rua silenciosa:

Meu amor vem à janela
vem consolar o meu pranto
se não vens, Helena bela,
será de morte o meu canto.

> Será de morte o meu canto
> que é já morte a minha vida,
> na doçura do teu manto
> recebe esta alma perdida.

Na última reprise, Helena sumiu-se da janela, correu para a porta, que escancarou aberta para mostrar a sua total disponibilidade para receber João, corpo e alma, salva ou de preferência perdida.

— Estou sozinha — anunciou. — A Elvira anda à solta. Entra!

João obedeceu logo. Segurava a guitarra na mão esquerda e a direita ocupou-se em segurar Helena pela nuca, à distância do braço estendido. Ela, fingindo-se hipnotizada, aproximou-se pé ante pé, em passos miudinhos. E ficou de biquinho estendido, à espera, semicerrando os olhos agateados. Trazia um vestido azul à marinheira com uma gola branca de colegial. À primeira vista, era uma adolescente. Mas o seu corpo era de uma experimentada sensualidade em cada movimento. João, com uma pequena vênia, depositou-lhe um beijo casto sobre os lábios. Ela imediatamente se afastou e deu uma volta sobre si mesma, mostrando-se:

— Gostas do meu ar virginal?

— De escaldar!

— Logo calculei que gostasses de lolitas.

— Quando a Lolita és tu não tenho outro remédio. Helena, poupa-me, fazes de mim um depravado!

— Anda — disse ela satisfeita —, vamos cuidar dessa alma. Foi o que pediste, não foi?

— E hoje até preciso, nem fazes idéia.

Estavam na sala. João sentou-se, Helena abriu a frasqueira e foi apontando várias garrafas até João acenar que sim.

— Porto? — fez ela surpreendida.

— Sou muito tradicionalista — desculpou-se João.

Helena passou-lhe um cálice. — Então o mundo anda a tratar-te muito mal — afirmou mais do que perguntou. — Isso, faz-me confidências, conta-me a tua vida desde pequenino. Mas depressa, não há tempo para tudo, com a Elvira nunca se sabe, pode chegar de um momento para o outro.

— Estive com ela há coisa de meia hora.

— Ela disse-me que tinhas telefonado. Fiquei para morrer de ciúmes.

— Mas foi para te poder vir visitar! És uma ingrata.

— Palavra? — disse Helena, juntando as mãos de contente. — Sabes que ela acreditou que te tinhas regenerado?

— E se calhar a esta hora ainda acredita. De resto a vocação dela é acreditar. É por isso que neste preciso momento deve estar a explicar ao Lopo as delícias do amor conjugal.

— Ao Lopo Reis? Que mau gosto!

— Na qualidade de meu bastante procurador, bom entendido...

— Soa-me a perfídia. Conta.

— Tens razão, sou um monstro de perfídia — declarou João, sorrindo. — Foi assim: quando chegou ao apartamento, ainda trazia umas dúvidas. De modo que decidi que a única maneira era uma confissão dramática. Comecei por insinuar-me o mago sem condão... — O telefone tocou. Helena continuou impassível. — Atende.

— Deixe tocar. O mago sem condão. Conta, estou fascinada.

— Não, atende primeiro, pode ter havido algum problema.

Helena atendeu e fez logo sinal a João para que se aproximasse. Ele foi e colou o ouvido ao ouvido livre dela, como se a querer ouvir através dele.

Helena dizia: — Não, a Elvira não está, sou a prima.

— Oh, menina, desculpe incomodar, mas tenho medo que aconteça uma grande desgraça! Sou a Zulmira, não sei se a menina sabe quem sou, a menina Elvira deu-me ontem o número do telefone...

— Sim, sei muito bem, a Zulmira estava ontem bem em evidência em casa do senhor João de Távora. Quer deixar algum recado?

— Oh menina, é que o meu noivo saiu hoje pela noitinha desencabrestado com mais seis homens a dizer que ia matar o senhor João... E eu pensei que a menina Elvira... Mas como a menina também conhece o senhor João...

João tinha-se afastado ao perceber quem era ao telefone. Fez sinal a dizer que não estava.

— Sim, conheço muito bem... Matá-lo? Mas por quê? — Pôs o auscultador ao ouvido de João. Tapou o bocal e disse: — O noivado do sepulcro.

— Bagatelas... — riu João.

Zulmira entretanto explicava que Macedo, louco de ciúmes e de humilhação, passara o dia todo a rezingar até que, de repente, decidiu ir procurar João. Os outros seis eram homens bravos, levavam navalhas. A Zulmira estava cheia de medo, nunca tinha visto o noivo naqueles preparos. Estava a telefonar para pedir à Elvira, e agora à Helena, se ela tivesse como, para avisar o João, para que ele ficasse em casa e não abrisse a porta a ninguém. O Macedo conhecia o carro do João, sabia que ele não morava naquela casa de ontem, também sabia onde é que a menina Elvira morava, não descansaria enquanto não o encontrasse.

— Saberá que estou aqui? — murmurou João, intrigado, quando Helena desligou.

— Joãozinho — disse Helena —, é a tua última noite. Temos de aproveitá-la. A menos que prefiras outra vez ir catar a operária. Ela adora-te, não haja dúvida.

— E não achas que é justo?

— Acho justíssimo! Ouve lá, e ela esfolou-te muito? Era virgem?

— Hum... não, duvido que fosse. De resto li numa revista americana que o hímen não existe.

— Ah, concordo em absoluto! — Mas Helena tinha ficado mais preocupada do que queria mostrar. — O que é que vais fazer?

— Ainda não sei... Mas não te inquietes, não há-de ser nada. Bom, deixa cá ver: ou eu me engano muito ou a Zulmira sabe que eu estou aqui. Deve ter visto o carro, ou coisa que o valha. E o Macedo também acabará por saber. E como está maçado...

— Tens razão — disse Helena, entrando logo no jogo —, é maçudo. Espera por ti, tu desces, e zut — concluiu espetando o dedo no peito de João.

— Se fosse só ele, ainda podia ter graça... Agora sete é demais para um só cristão. Primeiro...

— Já sei — interrompeu Helena com entusiasmo. — Primeiro vamos pra cama!

João sorriu. Mas continuou: — Primeiro é melhor espreitarmos pela vigia para observar as manobras da frota inimiga.

Helena resignou-se: — Às ordens, meu almirante. — Compôs marcialmente o seu trajo marítimo, fez a continência e marchou para a janela. Espreitou, com a mão em pala sobre os olhos: — Nada a bombordo!

— E a estibordo?

— Nada, meu almirante.

João aproximou-se, abraçou Helena pelas costas. — És um amor — disse ele. — Promete que nunca te vais aliar ao inimigo.

— Prometo — respondeu ela sem se voltar, inclinando a cabeça para trás e encostando-se muito ao corpo dele. Acrescentou, com um toque de tristeza: — Não espero nada de ti, João. Não me podes desiludir.

— Nem quero.

— Não queiras!... — Voltou-se, segurou-lhe as mãos: — Não queiras mesmo, não? Seria tanta pena! Sabes...?, a Elvira disse-me...

— A Elvira é parva.

— Ama-te, é tudo.

— E tu?

— Não caio nessa.

— Queres garantias prévias?

— Não.

— Por que não?

— Seria mentira.

— Ouve, por que é que tens medo?

— De ti?

— De tudo.

— Explica-me tu, se sabes...

— Não... Só sei que usas máscaras.

— E tu tentas tirá-las.

— Faz parte do jogo.

— Não. Estraga o jogo. — Helena voltou-se de novo para a janela. — É verdade que denunciaste o pai da Ana Maria?

— Por que perguntas?

— Porque quero saber.

— E acreditas se te disser que não?

— Responde.

— Não, é claro que não.

— Todos julgam que sim.

— Tu também?

— Não sei... Mas acho que não é o teu estilo.

Um grupo de homens subia a rua. Um deles aproximou-se do carro de João, estacionado em frente da casa. — Inimigo à vista! — anunciou Helena, recuando um pouco da janela.
— Os sete?
Debruçou-se de novo. — Os sete. — Voltou-se para dentro: — E já me viram.
— O ideal seria dispersá-los. Gostaria de ficar com o Macedo a sós. Há anos que não faço desporto, qualquer dia começo a engordar.
— Mas como?
— Deixa ver... Olha, chama o Macedo e diz-lhe que a Zulmira telefonou e que sabes de tudo.
— Sim...?
— E explica-lhe que não estou aqui!
— E o carro? Quantos alfas há em Lisboa?
— Foi o Lopo que o trouxe. Isso, diz que estás com o Lopo, que o Lopo é o teu noivo.
— Salvo seja!
— É uma jóia de moço, muito prestável...
— Toma-o tu para noivo. Sua das mãos.
— Bom, então diz que estás a discutir política com o Lopo. Diz o que quiseres. Ah, e que estou no meu apartamento, explica-lhe onde é, caso não saiba. Sim, isso será divertido. E que os outros seis vão andando para lá...
— E nesta altura ele vai mesmo acreditar!...
— Sim, se lhes disseres a ele para entrar...
— Para entrar?
— Quero ter uma pequena conversa com ele.
— Para provares que não tens medo? Hi, como os homens são primitivos!

— Serão, mas não é só por isso. Também não acho muita graça à idéia de me andarem a caçar pelas ruas de Lisboa. Ou resolvo o assunto agora, ou acaba ele por resolvê-lo. Não te quero dar esse desgosto.

— Isso é mais razoável. Mas olha que ele tem uma navalha.

— Mas em compensação tu tens um cavalo.

— Desta vez não entendo — disse Helena.

— E quem tem cavalo tem chicote.

— Ah. — Helena hesitou. — E se ele te mata?

— Serás a única pessoa a acompanhar o meu enterro.

— Eu e o Lopo, vê lá como vai ser divertido.

— E se não me despacho, nem tu. E depois talvez nem o Lopo.

— Por quê? — perguntou Helena um pouco sobressaltada. — Vais-me fazer passar para o inimigo?

— Não, que idéia. Mas, sei lá, casas-te...

— Nunca foi impedimento.

— Mudam-se os tempos, mudam-se as vontades...

— Que conversa estúpida, também! Ouve: aqueles infelizes lá fora têm problemas. Temos de fazer alguma coisa para os resolver.

— Sabes por que te adoro? Porque tens bom coração.

— É tão bom ser apreciada! Portanto: mando os outros para o teu apartamento e digo ao Macedo que suba. Porque a Zulmira me deu um recado para ele. Bom, talvez acredite.

— Acreditará se tu quiseres. Mas antes passa-me o chicote. Vou para a entrada, quando os outros já tiverem andado carregas no botãozinho, a porta abre-se e eu trato do resto.

— Vais mesmo bater-lhe?

— Preferes que me deixe matar?

— Claro que não.

Voltou pouco depois, com dois chicotes. João experimentou-lhes a flexibilidade, escolheu o mais curto, foi para a saleta de entrada. Helena debruçou-se da janela. Chamou Macedo.

João apagou a luz. Esperou alguns minutos, vergando ocasionalmente o chicote, à escuta. O diálogo distante entre Helena e Macedo arrastava-se. Mas os companheiros de Macedo começaram a afastar-se, num compasso pesado de botas cardadas sobre o pavimento. Helena anunciou em voz alta, afastando-se um pouco da janela de modo a que João a ouvisse com clareza: — Vou abrir a porta! — João ficou atento. Zzzzz. A porta estava aberta. João segurou o chicote com mais firmeza. Mas Macedo não parecia entender-se com fechaduras automáticas. Helena gritou-lhe qualquer coisa, talvez que empurrasse a porta. Macedo continuava tímido. João, para o estimular, entreabriu levemente a porta. Macedo farejava, João sentiu-o quase a seu lado.

— Dá licença? — disse Macedo.

João abriu o resto da porta, ficando oculto por ela. A claridade que vinha da rua não era suficiente para iluminar a saleta. Macedo avançou, hesitante. João fechou a porta, com estrondo. Macedo voltou-se, assustado, com os olhos cegos, mal acomodados à escuridão. João desferiu o primeiro golpe. Macedo soltou um urro de surpresa e de dor. Tentou fugir, não sabia por onde, a escuridão para ele era total. Mas João via suficientemente bem para lhe acompanhar os movimentos. O chicote zuniu de novo. Outro berro de Macedo. Estava totalmente desorientado, foi bater contra uma mesa de mogno encostada à parede, debaixo de um espelho barroco. O chicote estalou no ar, desta vez não acertando em Macedo mas batendo no espelho, que caiu com estrondo sobre a mesa e se partiu num estilhaçar de vidros. Macedo, imaginando um outro ataque daquele lado, deu um salto para a frente, tropeçou no tapete, caiu. Ofegava como um animal caçado numa armadilha, ainda incapaz de perceber o que lhe tinha acontecido, não sabendo bem onde estava, não vendo quem o atacava. Gemia. João desferiu mais golpes, friamente. Uns acertavam. Outros batiam no chão, em volta do corpo encolhido que a cada pancada respondia com um longo grito rouco.

Helena, que ficara o tempo todo na sala querendo de início fingir-se indiferente, tinha tapado os ouvidos com as mãos e enroscara-se no sofá. Levantou-se subitamente. Abriu a porta.

— Chega! — gritou quase histérica. — Chega!

João parou. Macedo continuou imóvel, gemendo baixinho. João abriu a porta para a rua.

— Fora!

Macedo fez um movimento para se levantar. Não conseguia. João deu uma chicotada no chão, como um domador incitando um animal. Macedo lançou-se para a porta, de gatas.

João deixou cair o chicote. Fechou a porta. Todo o seu corpo tremia. Helena acendeu a luz. João tapou com as mãos os olhos feridos pela claridade. Tinha a cara coberta de suor. — Detesto violência — disse ele.

A frase soou tão convicta que, nas circunstâncias, teve um efeito cômico. Mas nem ele nem Helena foram além de esboçar um sorriso.

— Vem repousar um pouco — disse ela.

[*Cena 5 — Corte e cena correspondente na ópera* (Masetto solo; poi Zerlina con lanterna; Macedo e Zulmira).]

    [MASETTO (gridando forte): Ahi! ahi! la testa mia!
                                            Ahi! ahi! le spalle... e il petto!

ZERLINA (entrando):	Di sentire mi parve La voce di Masetto.
MASETTO:	Oh Dio! Zerlina... Zerlina mia, soccorso!
ZERLINA:	Cosa è stato?
MASETTO:	L'iniquo, il scellerato Mi ruppe l'ossa e i nervi.
ZERLINA:	Oh, poveretta me! Chi?
MASETTO:	Leporello! O qualche diavolo che somiglia a lui.
ZERLINA:	Crudel! Non tel diss'io Que con questa tua pazza gelosia Ti ridurresti a qualche brutto passo? Dove ti duole?
MASETTO:	Qui.
ZERLINA:	E poi?
MASETTO:	Duolmi un poco Questo piè, questo braccio e questa mano.

ZERLINA: Via, via: non è gran mal, se il
                            resto è sano.
                            Vientene meco a casa:
                            Purché tu mi prometta
                            D'essere men geloso,
                            Io... io ti guarirò, caro il mio
                            sposo.

....]
Zulmira acariciou a mão de Macedo, levou-a ao peito, encostou-a sobre o lado esquerdo.
— Sentes? E vais ver como ficas logo bom...
— Sim... — Ele contraiu os dedos sobre o pulsar ritmado do seio dúctil e firme de Zulmira.
— É teu. Nunca foi de mais ninguém.
— Vamos — disse Macedo —, vamos para casa. A gente não está aqui a fazer nada.

[*Cena 6 — Apartamento de João de Távora* (Lopo Reis e Elvira).]

Tudo às escuras. Agora é só abrir a porta do quarto e caminhar lentamente para a cama. Sem uma palavra. Como com a americana. Romântico à brava. A respiração dela enche o quarto. E ele sente as pancadas nervosas do seu coração. Mas o que é preciso é calma.
Ele aproxima-se. Ela quer sentir o corpo dele junto ao seu, quer envolvê-lo nos seus braços, fazer-lhe esquecer o medo e a humilhação. Quer ser a sua enfermeira e a sua amante. Se ao menos conhecesse as carícias necessárias! Não consegue ver-lhe o rosto.

Mas o vulto parece mais baixo, deve ter os ombros curvados, caminha pesadamente. Não pode ser fácil, para ele...

Ela abriu a roupa da cama para o receber. Os lençóis, roçando um contra o outro, fizeram um ruído de cobra, que o excitou. Já estará nua? Bom, calminha. Fazer tudo lentamente e sem palavras, é o que se quer. Também que gente difícil! Um tipo já não pode obedecer aos seus instintos naturais, com estas manias da foda científica. Parou junto à cama. A idéia agora seria olhá-la longamente nos olhos. Mas devia estar dispensado, assim às escuras. Ela murmurou: — Vem. — Contra as regras. Mas ele, moita. Criar tensão. Criar tensão nela, porque ele já estava ali com uma que mal se agüentava! Tomar nota do trocadilho.

Ele deitou-se. O corpo dele estremecia. Sentiu o seu envolvido por uma grande calma, como se tivesse deixado de ser corpo ou só o fosse para além de si. Mas as suas mãos tremiam um pouco quando pegaram na mão dele e a guiaram até aos seios.

Esta sabe-a toda! Mas que rico par de mamas! Pena que não pudesse acender a luz, senti-las às escuras até era um desperdício, nunca na vida tivera nas mãos uma coisa assim. Pareciam ter vida própria, inchavam e desinchavam, eram macias mas não eram moles, eram firmes, mas não eram duras, mal cabiam na mão, transbordavam entre os dedos... Ui, mas que grande mulher! E para tensão já chegava, agora era entrar o mais depressa possível, basta de romantismos e de civilizações, já começava a sentir um formigueiro na barriga, que fiasco se entornasse nos lençóis!

O milagre aconteceu. — Sim — diz ela —, sim... — Mas o seu sexo contrai-se, o seu ventre fecha-se, num pavor atávico. E no entanto ela quer recebê-lo, quer tê-lo dentro de si...

Safa que custa a entrar! Mas está úmida, o que é bom sinal. Se calhar está habituada a umas lambidelas primeiro, mas ele lá coisas dessas não fazia, só pensar lhe fazia nojo, cada coisa tem o seu lugar, era o mesmo que ir a um restaurante, mandar vir um bife e começar a comê-lo com a pixa. Entrou um pouco. Isso. Não vai mais. Tem de ser à bruta. Boa!, até ao fundo.

Ela gemeu, molemente.

Ele não parava. Até que, de súbito, todo o seu corpo se contraiu, sacudido, e distendeu-se num longo espasmo.

Ela recebeu-lhe a cabeça inerte no seu ombro.

— O milagre aconteceu — disse Elvira.

— Hum... — fez Lopo, imóvel sobre o corpo dela.

— É como se os dois tivéssemos acabado de nascer.

Lopo achou que era um incitamento para recomeçar. Ainda não estava satisfeito, o corpo de Elvira, quente debaixo do seu, excitava-o cada vez mais.

— Não... — fez ela, contraindo-se.

Bom, sendo assim, era melhor desmontar e esperar mais uns minutos. Pois é, se calhar tinha-se precipitado, entrado depressa demais, tinha-a aleijado. Chato.

— Eu agora sou a tua mulher, João — disse Elvira.

João? Tinha-lhe ficado o hábito? Mas não tinha graça. Não tinha graça e ofendia. E o que era isso de estar ali a falar logo em casamento? Nem lhe dizia ainda o nome certo, lá no subsconsciente ainda julgava que estava com o João, e vai de dizer assim sem mais nem menos eu agora sou a tua mulher! Aquilo tirou-lhe toda a vontade para mais. Deveria chamar-lhe a atenção para o engano? Talvez fosse boa idéia. Mostrar logo de início que se estava com ele era com ele que estava, que não era nenhum substituto para o João. Porque essa história de ela ter estado sempre apaixonada por ele ainda lhe custava um pouco a acreditar, se calhar queria mas é os dois, que há pessoas que nunca ficam satisfeitas com o que têm. Bom, mas desta vez ainda não diria nada, dava-lhe uma oportunidade para se reabilitar. E como agora o voto de silêncio já não era mais necessário, ia mas é perguntar-lhe se a tinha aleijado mesmo, que isso também o estava a chatear. Mas foi ela quem falou:

— João, não estás feliz?

Agora é que era caso para dizer: mas qual João? Estaria realmente convencida de que estava na cama com o João? Ele parece que há uns casos psicológicos assim, até tinha ouvido falar dum livro em que a mulher, quando ia para a cama com o marido, julgava que estava com o amante, que já morrera. E ela no fim matou-se, ou ficou maluquinha, se calhar porque o marido a sacudiu para a chamar à razão quando ela toda influenciada começou a dizer em voz alta o nome do outro. Era o que ele estava a querer fazer, uma boa sacudidela para lhe dar uma lição! Não, que também ainda dava uma coisa a esta e ele é que ficava com a responsabilidade. Era melhor fingir que estava a dormir, até ela recuperar a razão. Mas que destino o seu! A primeira vez que ia para a cama com uma mulher séria, e logo lhe havia de sair a Maluquinha de Arroios.

Elvira debruçou-se sobre o corpo ao lado, que respirava compassadamente. Estaria a dormir? Tateou ao de leve sobre a almofada, encontrou o rosto, passou a ponta dos dedos sobre os olhos. Estavam fechados. Mas queria tanto dizer-lhe que o amava, como se sentia feliz... Só que se era felicidade era muito diferente do que julgara que seria, sentia também uma profunda tristeza, um grande cansaço, uma estranha inquietação, uma exausta angústia física. Sim, era porque tinha deixado de ser uma rapariga para se tornar numa mulher. A mulher de João. Que pena que tudo tivesse de ser tão difícil! Mas logo se quis redimir dos seus maus pensamentos:

— O meu destino é amar-te, João. É como se o tivesse sabido desde que nasci. — Era o que desejava estar a sentir.

Perante essas palavras, que Elvira pronunciara com religiosa gravidade, Lopo Reis percebeu finalmente o que se estava a passar. Aquilo não era problema psicológico. Aquela mulher julgava mesmo que estava ali com o João, que era o João quem se tinha posto nela. O grandessíssimo filho da puta! Ficou aterrado. E quando ela descobrisse tudo? Por exemplo, se ela de repente acendesse a luz? Felizmente que o interruptor ficava do seu lado da cama, se ela se levantasse às escuras ainda teria tempo para se esconder. Esconder aonde? Debaixo da cama a dizer que era penico? Aquele João era mesmo o fim, que cérebro diabólico. Toca de fingir que continuava a dormir, a ver até onde ia a credulidade dela. E planear o mais depressa possível uma maneira de sair dali. Isso. Bom, se corresse para a sala, ela podia ir atrás e daria de caras com ele com uma perna nas calças e outra ao léu, tinha de se vestir, não podia ir nu para o olho da rua. Ir à casa de banho? Isso era fácil, mas não podia ficar lá o resto da vida. A única safa era ir ela. Claro. Esperar que ela fosse ao xixi. Acabaria por ter de ir, segundo as leis da natureza e, mal ela fosse, raspava-se. Que raio de situação! Também só o João se lembraria de uma daquelas. Toda a conversa de luzes apagadas, de amor romântico e silencioso, como um deus... Já estaria a planear a coisa quando lhe ofereceu a loção para depois da barba? Capaz disso. Às escuras não se vê, mas cheira-se. Golpe de mestre. E tinha graça, lá isso não podia negar. Mas só não gostava é que o João o tivesse enganado a si também. Tudo para ir estar em paz com a prima da Elvira. Para ir estar com Helena e, em parte, sim, talvez em parte também porque percebeu que ele sempre tinha tido um fraco pela Elvira. Deu-lhe uma oportunidade de dormir com ela. Que o João podia ter muitos defeitos, mas amigo era. Queria-as primeiro, mas depois não se importava de as passar. Escusava era de ter inventado essa de a miúda gostar dele, de sempre ter gostado. Chegou a acreditar. Enfim, paciência... E a verdade, também, é que se o João tivesse dito a verdade, nunca teria concordado em pôr-se nela. Como é que poderia! Ir para a cama com uma mulher que julgava que ele era outra pessoa. Assim, ao menos, a responsabilidade não era sua. A única responsabilidade que tinha era safar-se, mas aí o problema é que não havia maneira de aquela o largar e ir mijar. A ver se a transmissão de pensamentos funcionava. Xixi, xixi, a menina quer xixi... Mas o que era aquilo? Tocaram à porta? Mas é que tocaram mesmo!

— João — disse Elvira, sacudindo-o levemente —, estão a tocar à porta.

— Hum — fez Lopo. Era necessário uma decisão rápida. Se corresse para a sala, desta vez é que nem nu podia sair. Da casa de banho também não, mas ao menos ninguém lá podia entrar enquanto mantivesse a porta fechada à chave. Casa de banho. Até porque a transmissão de pensamentos tinha funcionado ao contrário e ele é que estava com uma vontade enorme de ir mijar.

Levantou-se de um salto.

— Vais abrir? — perguntou Elvira.

Lopo não disse nada. Felizmente que conhecia aquele apartamento de cor e salteado. Correu para a casa de banho e fechou-se lá dentro. Só depois de ter dado duas voltas à chave é que acendeu a luz.

Elvira ficou perplexa com aquele súbito desaparecimento. Onde seria o interruptor? Tateou, não encontrou, levantou-se, foi tateando pela parede. Encontrou a janela. Puxou as cortinas e abriu as persianas. O quarto ficou inundado pela luz branca e macia da Lua cheia. Acendeu a luz. Se ele se levantara é porque quereria saber quem estava a tocar, àquela hora. Bateu à porta da casa de banho.

— Queres que veja quem é?

Lopo hesitou por um momento entre se devia dizer sim ou não. Mas como falar sem se denunciar pela voz? Meteu três dedos na boca, premiu a língua para baixo.

— Estou a lavar os dentes!
— Queres que vá abrir?
Boa! Não reconheceu a voz. Era melhor dizer que sim, quem estava à porta não parecia disposto a desistir, tinha tocado outra vez. Dedos na boca:
— Imm! — guturou.
Ouviu os passos de Elvira afastando-se. Quem quer que fosse, que a levasse.

[Cena 7 — *Entrada do apartamento de João de Távora* (Ana Maria, Octávio e capitão Mendes Ribeiro); *depois apartamento de João de Távora* (os mesmos, Elvira e Lopo Reis).]

Perante as acusações de Ana Maria, Octávio decidira relutantemente ir falar com o General que, ainda mais relutantemente — "o senhor veja lá, não me comprometa!" —, já que se tratava do seu velho amigo Diogo Salema, concordara em falar ele próprio com João de Távora. Que fosse buscá-lo, com o seu ajudante-de-ordens.
— Toque outra vez — disse Ana Maria.
— Não vale a pena — argumentou Octávio —, é óbvio que não está.
Ana Maria limitou-se a encolher os ombros e tocou ela própria, com impaciência. O ajudante-de-ordens já tinha começado a descer as escadas. Parou uns degraus abaixo, a ver ainda se as campainhadas de Ana Maria obtinham melhores resultados do que as dele e de Octávio. Este, aproveitando o afastamento do oficial, disse em voz baixa para a noiva:
— Tem de se controlar, Anita. No estado em que você anda ainda pode fazer qualquer coisa que em vez de ajudar prejudica o

seu pai. Continuo a achar que não devia ter vindo. Bastava que eu tivesse vindo com o Capitão. A sua presença dá um tom pessoal que esta visita não devia ter.

— Trata-se do meu pai — disse ela, em voz alta, recusando a cumplicidade ciciada em que ele lhe falara. — Não é a altura de ceder à sua paixão pelas boas maneiras.

— Mas não é isso.. — voltou ele a murmurar.

Ela interrompeu-o, erguendo a voz ainda mais:

— Foi o meu pai que o João de Távora denunciou. Vá-se você embora, se quiser!

— Ana Maria, por amor de Deus, não me fale nesse tom.

Como única resposta, ela tocou de novo à porta.

— Acho que é inútil — disse o Capitão, que se mantivera discretamente abstrato. — Vocês é que sabem — acrescentou polidamente —, mas eu, por mim, vou descendo.

— Espere — disse Ana Maria. — Vem aí alguém.

Na verdade, ouviram-se passos dentro do apartamento, aproximando-se da porta. Elvira, que levara algum tempo a vestir-se, abriu finalmente.

— Elvira! — exclamou Ana Maria.

— Oh, Elvira... — fez Octávio.

Só o Capitão achou natural a sua presença. Começou, determinado a cumprir a missão de que vinha incumbido: — Eu sou o capitão Mendes Ribeiro...

— Mas o que é que você está a fazer aqui? — interrompeu Ana Maria, eriçada contra Elvira.

— Vim visitar o João — respondeu esta, com uma naturalidade forçada.

— A que propósito? — O tom de Ana Maria foi desabrido.

— Ana Maria! — repreendeu Octávio.

O Capitão tossiu, desconfortavelmente à espera de nova deixa para se anunciar. As duas mulheres tinham-se tornado rivais. Elvira disse com frieza, olhando Ana Maria nos olhos:
— O João é o meu noivo, não sabia?
Ana Maria teve um pequeno riso desdenhoso. Apontou para o Capitão como para um trunfo: — Este é o capitão...
— Mendes Ribeiro — concluiu Elvira. — Muito prazer.
— O prazer é todo meu, minha senhora — declarou o militar, estendendo a mão. Mas ficou sem jeito, como se tivesse cometido uma imprudência. Olhou para Ana Maria, a pedir conselho.
— Diga-lhe ao que vem — ordenou Ana Maria.
— Estou incumbido de vir buscar o senhor João de Távora...
— Para que ele confesse que denunciou o meu pai! — interrompeu Ana Maria.
— Anita, deixe o Mendes Ribeiro falar — interveio Octávio.
— Para... — continuou o Capitão —, para uma entrevista com o meu General. — E sorriu satisfeito com a palavra diplomática que tinha encontrado.
— Estamos a perder tempo — disse de novo Ana Maria. — Onde está ele?
— O João está lá dentro — disse Elvira friamente. — Queiram entrar.
Desta vez Lopo não podia fingir que continuava a lavar os dentes. Nem que os lavasse um a um e depois os polisse levaria tanto tempo. Fingir que estava a tomar um chuveiro? Que se saiba a água não modifica a voz das pessoas. Que estava a cagar? Pouco fino.
— João! — chamou Elvira pela terceira vez, já alarmada. — Está ali a Ana Maria Salema com o noivo e um capitão Ribeiro! João, responde! Sentes-te mal?

Lopo respondeu: — Hum —, que ao menos era um som impessoal.
— João!
— Hum!
Isto soou sinistro a Elvira. Tentou abrir a porta. Estava trancada.
— Sentes-te mal? Por amor de Deus, responde, diz qualquer coisa! — Podia ter cortado as veias, podia ter aberto o gás do esquentador, aquele "Hum" talvez fosse o seu último sinal de vida.
— João!
— Hum!
— Socorro! — Elvira tentou arrombar a porta. Não tinha força. Correu espavorida para a sala: — Ele matou-se!
Levantaram-se os três, num salto. Ana Maria ficara de uma palidez completa.
— Onde está ele? ... — perguntou Octávio.
— Na casa de banho! Por aqui! A porta está fechada! Ele não responde!
— Não será medo? ... — Ana Maria forçou-se a dizer.
Entretanto Octávio já estava no quarto. — É esta a porta?
— Sim, depressa, por favor, por favor — ia suplicando Elvira.
Octávio tentou arrombar a porta com o ombro. Apesar do seu considerável peso não conseguiu. Caíram-lhe os óculos. Agachou-se para os procurar, desastrado, tateando.
— Com licença — disse o Capitão. Tomou balanço, bateu com a sola do sapato junto ao fecho. A porta estalou e ficou aberta.
Lopo Reis tinha vestido o roupão de João e estava sentado no tampo da retrete. Precipitaram-se todos para dentro.
— Lopo Reis! — disse Ana Maria.
— Lopo? — fez Octávio.

— Está vivo! — exclamou o capitão Mendes Ribeiro, que ainda não notara a diferença.

Só Elvira não disse nada. Correra porta dentro e estacara, transida, diante de Lopo Reis. Olhava-o fixamente, com grandes olhos de espanto e de terror. Abriu a boca, ia dizer qualquer coisa mas, como independente de si, um som rouco subiu-lhe da garganta, um som que foi crescendo de intensidade até se tornar num longo gemido infantil que ameaçava sufocá-la, quebrava num soluço e logo recomeçava no mesmo tom monótono e contínuo. Levou as mãos ao ventre, foi recuando pouco a pouco, olhava sempre para Lopo, abanava a cabeça, saiu, voltou-se de repente, correu para a sala e da sala para as escadas, que desceu, numa urgência de pânico.

Ana Maria entretanto aproximara-se da cama desfeita, levantara bruscamente os lençóis, analisando-os. — Vá atrás dela — disse para Mendes Ribeiro. Percebera que qualquer coisa de monstruoso se havia passado. — Leva-a a casa, não a deixe só até ela ter entrado.

— Mas acha que... — começou o Capitão.

— Vá imediatamente! — ordenou Ana Maria.

E desta vez o Capitão limitou-se a bater os calcanhares, e marchou.

Lopo levantara-se e procurava uma pose adequada às circunstâncias. Aquela gente estava com o ar de quem esperava uma explicação. E o pior é que estavam a barrar a porta, não podia simplesmente dar uma corrida e desaparecer.

— Onde está o João de Távora? — perguntou Octávio.

Lopo tinha a garganta seca, há gerações que não proferia uma palavra completa, já nem se lembrava como era. Tossiu para aclarar a voz.

— Não sei — disse.

— Por que é que a Elvira ficou naquele estado quando o viu? — perguntou ainda Octávio.

— Ora... — fez Lopo. O que é que esperavam? E querendo sair: — Com licença, deixem-me passar.

— Ouça — interveio Ana Maria numa ameaça gélida. — Você não sai daqui sem se explicar. Por que é que não respondeu quando a Elvira bateu à porta?

Ah, mas ainda não sabiam? — Porque ela julgava que eu era o João! — E percebeu que se calhar tinha sido gafe.

— Ela tinha estado deitada consigo? — perguntou Ana Maria.

— E julgava que estava com o João? — insistiu Octávio.

— O quarto estava às escuras... — desculpou-se Lopo.

Octávio ainda não conseguia entender. Voltou-se para Ana Maria: — Mas o que foi?...

— Octávio — gritou-lhe ela. — Bata-lhe! Bata-lhe! Bata-lhe! — E ela própria cresceu para Lopo com uma cólera tão descontrolada que este, automaticamente, recuou dois passos. Mas não tão depressa que evitasse uma saraivada de murros e de bofetões.

— O que é isso, Ana Maria! — exclamou Octávio, segurando-a. — Enlouqueceu?

— És um gordo capado! — disse-lhe ela, acentuando a grosseria na forma de tratamento.

— Oh! — fez Octávio.

Lopo, com o braço ainda a proteger a cara, procurava justificar-se: — Eu também não sabia! O João disse-me que ela estava à minha espera. Quando entrei estava tudo às escuras, não falei porque o João me tinha dito que era melhor assim, eu não sabia que ela julgava que eu era ele, quem é que podia imaginar!, é aquele cérebro diabólico dele, a responsabilidade não é minha... — Parou. A explicação soava a falso. — Não me acreditam... — concluiu tristemente.

Octávio percebera por fim o que se tinha passado. Tirou os óculos, a expressão suplicante de Lopo Reis esfumou-se, ainda assim desviou os olhos. Saiu sem uma palavra. Ana Maria foi atrás dele.

[*Cena 8 — Jardim em frente da casa de Ana Maria* (Octávio e Ana Maria); depois miradouro (Octávio só).]

— Ana Maria. — Estavam à porta da casa dela, ela metera a chave na fechadura, ficou quieta, sem se voltar. Octávio tinha-se atrasado uns passos. Aproximou-se. — Suba você — continuou —, e se puder telefone a saber da Elvira. Eu quero estar sozinho.

Ana Maria ficou surpreendida e magoada com as palavras do noivo. Mas continuou a não dizer nada. Limitou-se a premir os lábios um contra o outro e a fazer um gesto de assentimento.

Octávio atravessou lentamente o jardim da grande casa apalaçada. Fazia um luar branco, friamente elétrico, um luar de inverno naquela noite quente e opressivamente tropical. Zuniam insetos. O ar pegava-se, úmido. O céu pesava. As folhas aguçadas das palmeiras hirtas projetavam reflexos refratados nos canteiros.

Saiu do jardim, cruzou a rua para o miradouro público, do outro lado. A estátua grotesca do Adamastor velava a pequena cidade ondulante que, num vago ruído disperso de automóveis, começava a recolher para dormir. O Tejo, ao fundo, engolia os prédios soturnamente crescidos das ruas mal iluminadas e devolvia os barcos rarefeitos no reflexo extenso do luar. Sentou-se num banco virado para o rio. Aquela noite marcava o fim da sua juventude.

Não tinha agora dúvida de que o João de Távora denunciara, violara, não tinha dúvida de nada que lhe pudessem dizer que ele tinha feito. Alguém que conhecia. Um amigo. Crimes fora de tudo quanto até então pudera conceber como parte de uma realidade plausível. Meros exercícios abstratos nas aulas de Direito. Desatentos deveres de ofício no tribunal da Boa Hora. Títulos de jornais. Violou a filha e esfaqueou o pai. Violou a filha e denunciou o pai. Mas agora, já nem a denúncia, já nem essa violação, se fora violação o que ele fizera a Ana Maria... já não eram esses os seus piores crimes. E este, ao desta noite, sabia que ainda não tinha conseguido começar a entender todo o horror. Era decerto à lembrança de tais coisas que a sua velha criada, nos longos serões de infância, parava tremendo ao meio duma história para dizer: "E quem isto ouvir e for contar, em pedra mármore se há-de tornar."

Levantou-se, caminhou à deriva, tentava organizar a sua mente, sistematizando, em ordem cronológica. Denunciar — considerou primeiro. Denunciar, conscientemente, a frio. Não era coisa que se pudesse explicar por um impulso, havia gestos concretos a fazer, passos a dar, palavras a articular, nomes, guiar o carro até à porta da Pide ou, pior ainda, deixar o carro à esquina. Sair, caminhar para o prédio, cumprimentar o guarda, ou o porteiro, ou lá quem está à entrada, dizer que quer falar com o inspetor de serviço, esperar, olhar em volta, saber que talvez naquele mesmo momento, na sala ao lado, estão a torturar alguém. Ou enfim, nada de tão melodramático. Mas, depois, ser levado ao gabinete do inspetor, articular as palavras: venho denunciar o senhor fulano de tal, apresentar razões, dar provas, ser interrogado sobre pormenores, sabendo o tempo todo que o homem que se está a denunciar vai ser preso daí a poucas horas, no dia seguinte talvez torturado, ao fim de alguns dias talvez morto, porque é um velho, não agüenta a humilhação dos insultos recebidos de mãos atadas atrás das costas nem a dor física dos espancamentos, um homem que teve poder e o desdenhou, um velho que não podia, que não sabia como ser humilhado. E que não morresse, que não fosse torturado, que não fosse mesmo espancado: um amigo, um jovem em quem acreditara, tinha-o traído.

Se ao menos tivesse sido um crime passional! Se, por exemplo, João tivesse perdido a cabeça ao ser confrontado pelo Comandante e o agredisse, o matasse. Um homem mata outro num acesso de cólera. É a natureza humana. Na sua forma mais brutal e mais primitiva, mas é a natureza. É um crime natural. E quem somos nós, em toda a consciência, para condenar um crime que também nos pertence? Lembrou-se, no Joyce, do solilóquio em que Leopold Bloom torna irrisória a infidelidade da mulher ao comparar-lhe a gravidade com a de crimes que realmente o fossem. Como era? Não tão grave como o homicídio voluntário... Mas o crime do delator era pior. O assassino enfrenta a vítima, desfere o golpe pessoalmente, o seu crime ao menos não tem a covardia burocrática da denúncia. Tentou lembrar-se do resto da lista. Parou. Roubo, crueldade para com as crianças e os animais... Blasfêmia. Bom, esse, hoje em dia... Amotinação no alto-mar, conivência com os inimigos do rei... Sim, mas para isso era preciso primeiro respeitar o rei, acreditar no Estado, aceitar a legitimidade da Pide. Ainda havia mais... Como era?

Alguém, passando, deu-lhe um pequeno encontrão.

— Desculpe — murmurou Octávio automaticamente.

— Anda a dormir? — foi a resposta.

E Octávio veio a si. Não andava a dormir. Andava a tentar lembrar-se duma passagem dum livro, parado no meio dum miradouro público, a olhar para as estrelas, a catalogar em ordem de preferência os crimes de alguém de quem tinha sido amigo. Mas o que nos está a acontecer, a todos nós? Será que ainda acreditamos nalguma coisa? Que ainda somos capazes de sentir? E então lembrou-se da notícia que tinha recebido essa manhã, e que deixara ficar submersa no mais urgente mundo dos outros.

Lembrou-se de que iria para Angola dentro de um mês. Ou talvez três semanas. A data não era certa, mas era certo que ia ser incorporado. O pai informara-se. Tinha-lhe dito nessa manhã. No Ministério não podiam fazer nada, a informação da polícia era negativa. A carreira diplomática terminara antes de ter começado.

A Ana Maria mal o tinha ouvido, quando tentou prepará-la, antes de ir ver o General. Enfim, fora inoportuno, ela tinha preocupações mais urgentes. O que iria ser dela? Mas também que futuro poderiam ter, os dois? Ela tinha-lhe mentido, não duvidava agora de que a noiva e João de Távora tinham sido amantes. E nunca lhe poderia dizer que sabia. Que ficara profundamente magoado mas que aceitava, que compreendia. Para ela seria uma fraqueza, mais uma fraqueza. Por que é que ela não era capaz de entender que ninguém é dono de ninguém? Mas era inútil, ela não o respeitava. E a verdade é que nunca o tinha amado. Sim, infelizmente não podia fazer muito por Ana Maria. O pouco que podia era estar presente, enquanto ela deixasse, se ainda deixasse. Ela e a guerra em Angola, acabou por pensar, finalmente consentindo-se sentir alguma pena de si próprio.

Segunda intervenção do não-autor.

"Amplificação", acho que foi a palavra que usei para caracterizar o modo como o equívoco de identidades na ópera foi transposto para a faena que João de Távora fez a Elvira ao passá-la para Lopo Reis no romance do Medeiros. Pelo que se seguiu, monstrificação seria a palavra mais adequada. Mas a minha perplexidade permanece, porque o autor só me deixou saber isto com a cabeça.

A cena de Elvira na cama com Lopo Reis é potencialmente — sublinho potencialmente, porque a escrita é aquilo que se viu — das mais grotescamente horrendas que alguma vez li. Mas o que é que o autor está a fazer com ela, qual é o tom, o que é que está a querer significar? Intenções autorais não contam, dirá logo alguém espevitado a querer desconstruir-me. Ai não que não contam, o que é que julga que é o estilo? Volto à minha: essa cena é para ser assim mesmo? É de propósito? É só para se pensar o potencial sem se sentir, para o sentir inadequadamente porque a passar-se ao nível de personagens só potencialmente trágicas, como Elvira, ou só potencialmente cômicas, como Lopo, ou só potencialmente as duas coisas, como João de Távora? E o Macedo? Apanha chibatadas, apalpa as mamas da noiva, vão para a cama, e tudo bem?

São de novo as metáforas que me escapam. É que o Medeiros não era como o meu pai, sempre foi tão dado a metáforas como eu, ou ainda mais. Sim, sôtor, informação exterior ao texto e passe muito bem. Porque é o saber isso que talvez me esteja a começar a fazer ver a enorme partida ética e literária que ele nos está a querer pregar, sonegando-as, para que cada um de nós as coloque lá segundo o amor tivermos, não nos querendo deixar sentir, tornando-nos inseguros cúmplices da própria expectativa de sermos cúmplices. Se assim é, a idéia seria notável se funcionasse. Mas só quase funciona. Ah, se este romance fosse meu, que grande volta que eu lhe daria! Como seu mero executor circunstancial, é claro que não posso, tenho de limitar-me a transcrevê-lo, numa de ponto ainda mais tartarugado do que o propriamente dito, exceto no que também aproveitei para lhe ir corrigindo uma batelada de erros ortográficos. O que, afinal, talvez do mal o menos porque o melhor deste romance talvez seja o seu pior.

É que ainda há esse outro elemento, a tal expectativa da cumplicidade, a tomar em conta: na ópera, como na vida real e no romance, o leitor está à partida mais do que disposto a aderir ao herói libertino, o herói libertário que, em princípio, o João de Távora seria. Mas que com ele não dá jeito. E também a achar uma certa graça ao Lopo; a ter alguma pena da Elvira, concordando embora que o melhor é que ela volte lá para o Porto e se queixe mas é d'As Escravas; a talvez concordar com o Hoffmann das histórias fantásticas que a única mulher que estaria ao nível do herói, que o desta história de quases não chega a ser, é Donna Anna, e que por aí é que o herói propriamente dito se teria lixado, já que a punitiva mão fálica do papá não seria mais do que uma transpostamente gélida consumição uterina. E certamente a não pensar duas vezes no sacrificial Don Octavio. Pois eu, no romance do Medeiros, encontro-me mas é a concordar com o Octávio, a pensar como ele, correto, gordo, perplexo e com óculos, como o autor.

[*Cena 9 — Rua íngreme em frente da casa de Helena* (João de Távora e Helena; depois João de Távora e Bernardo).]

João e Helena formavam um par sinistro, levando o espelho quebrado para o carro. João insistira, queria mandar arrranjá-lo no dia seguinte. Cada um segurava uma das extremidades, João ia de costas. Os passos cautelosos de ambos, as indicações breves que Helena dava, a meia voz, sobre o caminho, mesmo as suas respirações oprimidas pelo peso do fardo pareciam ampliar-se dissonantemente na estreita rua deserta e mal iluminada. A Lua estava oculta por detrás das casas, mas a sua mole claridade era bastante para reduzir as pequenas luzes dos candeeiros públicos à tarefa de apenas marcarem presença, como na noite dos cenários de teatro, quando se sabe que é noite porque as lâmpadas se acenderam mas é um foco invisível que de fato ilumina a cena.

João tinha posto a guitarra sobre a grande moldura barroca, Helena cobriu tudo com um lençol para se protegerem dos estilhaços, era um ventre bojudo que pareciam transportar sobre uma padiola.

— Faz lembrar aquele quadro romântico que vem nos livros — disse Helena —, *O Enterro do Anjinho*.

— E como estamos na era da mecanização, o meu carro é o elevador que vai levar o caixão para o fundo da terra.

— E o fundo da terra é esta rua — continuou Helena.

— Não, esta rua é a passagem para o fundo da terra. Não vês como é íngreme e estreita? Porque o fundo da terra é esta cidade, e nós somos os dois únicos sobreviventes.

— Qual de nós irá a seguir?

— Sim, e quem fará o enterro do último...?

— Tenho medo! — disse de repente Helena, sem querer arrepiada.

João riu, acordando ecos abafados na noite quente. Estavam já ao lado do carro e João, entoando em latim, depositou o fardo sobre o banco de trás. Recuou três passos e benzeu-se: — *Requiescat in pace*.

— Pára com isso — pediu Helena. — Palavra, estou cheia de medo!

— Anda cá... — disse João suavemente, estendendo-lhe os braços.

— Não, vais-me levar contigo para o Inferno. Já descobri quem tu és: és o Diabo! — E riu nervosamente, como se estivesse a acreditar no que tinha dito.

— Não... — fez João num grande sorriso triste —, sou uma alma penada. Não foi o que te disse na serenata?

— Não. Disseste que eras uma alma perdida. Faz alguma diferença.

— E pedi-te que me recebesses...

— E eu recebi-te, mas tu estavas muito ocupado com a questão operária.

— Mas agora já não estou e já não podes fugir de mim. Vem cá... — João estendeu-lhe de novo os braços.

Helena foi, numa excitação cheia de nervosismo. Tremia um pouco quando João a abraçou e a beijou. Soltou-se, num suspiro. Apertou com força o braço de João. — Amanhã — disse. — Hoje já não. — Correu para casa, à entrada parou, olhou para trás por um momento e viu que João continuava a olhá-la. Sorriu, num gesto de desculpa. Fechou a porta.

João ia entrar no carro quando lhe pareceu ouvir passos, muito perto. Ficou em guarda, prevendo algum ataque. Não viu ninguém.

— O meu amigo diverte-se! — disse uma voz de homem, clara e bem timbrada, vinda do recesso escuro da entrada dum prédio.

— Quem está aí?

— E não parece ter a consciência muito tranquila! — continuou a voz, agora num tom sarcástico e divertido.

— Quem está aí?

Mas o vulto começava a sair da escuridão.

— Um amigo... — Era Bernardo.

— Oh homem, você assustou-me!

— E é só o que tem a dizer a uma pessoa que arrisca a vida para vir falar consigo?

— Para vir falar comigo... Grande honra, não haja dúvida! — sorriu João, já recuperado. — E como soube você que eu estava aqui?

— Isso agora... — fez Bernardo, num dos seus gestos automáticos de conspirador profissional.

— Está aqui há muito tempo?

— Desde que aqueles outros seus amigos chegaram...

— O Macedo?

— Escolheram má noite. Ainda os tomam por conspiradores...

— É, coitados... — disse João, sem saber quanto é que Bernardo tinha visto.

— O que no caso dum deles não teria sido necessariamente pior... Enfim. Mas como vê, você é uma pessoa muito requestada. E nem sempre por mulheres ou por causa de mulheres.

— A variedade é o sal da vida... Vamos para o carro?

— E o defunto? Não acha que podemos incomodar...

— O anjinho terá muito gosto em que você participe na vigília.

— Estranha maneira de excitar uma mulher, nunca pensaria nessa. Esta vida de clandestinidade desatualiza... Posso ver-lhe a carita?

— Faça o favor... — Entraram. João dobrou-se para trás e levantou o lençol.

— Oh, que comovente! — fez Bernardo —, *o fado Malhoa*: uma guitarra e um quadro.

— Não é tão comovente como isso — desculpou-se João —, é um espelho. Um espelho partido.

— É supersticioso?

— Aconselha-me a ser?

— Nunca se sabe, nos tempos que vão correndo...

João ligou o motor. — Uma volta pela cidade?

— Não, a baixa está patrulhada.

— Este carro é caro demais para ser suspeito, não seja tímido.

— Sim, meu filho, mas se por algum azar me apanham, a mim nem mesmo me levam dentro ou perdem tempo com medidas de segurança, é a tiro como ao Dias Coelho. Vire só aí, na primeira esquina, ande lá.

João obedeceu. E quando estacionou de novo o carro:

— Então conte lá.

— Tem um cigarro que me dê?

— Claro. — João passou-lhe a caixa.

— Abdullas turcos número onze — leu Bernardo. — Não acha que são mal empregados?

— Para o Partido tudo é pouco.

— Ainda bem que acha isso... — Aceitou o isqueiro, que João lhe passara. — Então você lá denunciou o Comandante? — disse Bernardo, casualmente, enquanto acendia o cigarro.

João respondeu lentamente, com um desdém calculado:

— O quê? O seu partido agora adota os métodos de interrogatório da Pide?

— Não, meu caro, os métodos da Pide não são estes. Por exemplo: o Comandante está a fazer estátua há vinte e quatro horas. As pernas já devem ter começado a inchar. E como parece que é dos que não falam.... E como é um velho...

— Sempre teve a vocação do heroísmo — interrompeu João.

— Pelo que a Pide lhe realizou a vocação e comemorou-a com uma estátua. Está pois tudo certo, não é verdade?

— Claro que não — murmurou João entre dentes, com raiva. — Mas o que é isso agora de você me vir acusar de o ter denunciado?

— É o que consta. E quem o diz são os seus amigos, não são os meus...

— Mas você que anda sempre tão bem informado que até sabe o que neste momento se está a passar dentro da Pide... — começou João.

— Devia saber que não é verdade?
— Evidentemente!
— Só Deus o pode saber ao certo — disse Bernardo numa voz caricaturalmente untuosa. — Deus e os seus santíssimos agentes e inspetores. Ora Deus é mudo, e a Pide até agora guardou segredo.
— De modo que você vem por aí aos trambolhões como a espada do Arcanjo com o fantasma do Comandante na ponta.
— Não, que idéia! Nada de tão bíblico. Venho apenas lembrar-lhe a promessa que você me fez. O dinheiro é urgente.
— De um delator?
— Deus escreve direito...
— Você andou num seminário?
— Não... — fez Bernardo tristemente —, perdi a fé aos quinze anos e licenciei-me em Direito, como toda a gente...
— Quanto quer você?
— Você é que sabe. Enfim, o máximo possível... O Partido decidiu intervir, a greve deve ir avante, o povo...
— Estou-me nas tintas para o povo! — A interrupção fora desabrida.
Bernardo hesitou se devia responder. — Não tão nas tintas que se limite a deixar as coisas correr... — acabou por comentar com um sorriso.
— Um psiquiatra explicou-me que é para me vingar do meu pai.
— Haveria outras maneiras...
— Pôr-me na mulher dele? Também já fiz.
— Na sua mãe? — Bernardo não era fácil de escandalizar.
João respondeu, como a desculpar-se: — Não, era novo demais quando ela morreu. — Silêncio. — Faço o cheque para o Partido Comunista?
— Endossado ao Comitê Central. Mas a sério, você não me vai dar um cheque!

— Você nem me deu tempo de ir ao banco, estou quase teso. E talvez não haja outra oportunidade tão cedo. Mas com um cheque ao portador não deve haver azar. — Começou a preenchê-lo.

— É melhor levantá-lo logo, não vá eu arrepender-me dos meus bons sentimentos.

— Bom... — teve Bernardo de concordar.

O guarda-noturno atravessou a rua, tilintando o chaveiro preguiçosamente.

— É extraordinário — disse Bernardo —, isto aqui é tão sossegado que ninguém diria que metade da tropa está de prevenção. Paz na rua e tranqüilidade nos espíritos... Não convém assustar o tipo de gente que mora aqui.

João entregou-lhe o cheque. Bernardo assobiou de espanto ao ver a quantia.

— Tem a certeza?

— Por que não? — E depois dum silêncio: — Ouça lá, poderia fazer-se alguma coisa para safar o Comandante?

— Duvido. Só talvez o vosso amigo General pudesse, se tiver tomates para negociar as condições da entrega das armas...

— E você acha certo que vai entregá-las.

— E você não? Alguma vez acreditou mesmo nessa revoltazinha de fardas malcriadas?

— Já nem sei — disse João. — Acha que lhe vá eu falar sobre o Comandante?

— Você? — Bernardo agitou-se um pouco no assento do carro, incomodadamente. — Ouça, meu velho: segundo o General foi você quem denunciou o Comandante. Ainda não percebeu isso?

— Mas não é verdade!

— Você é um tipo muito estranho, não há dúvida... O ponto não é esse. Ouça: toda a cidade de Lisboa sabe, com ou sem fundamento, não importa, mas sabe, sabe que foi você quem denunciou o

Comandante. Eu próprio, para lhe dizer a verdade, embora... sei lá... porque simpatizo consigo, ou porque quero o seu dinheiro, ou por qualquer razão igualmente bucólica deseje acreditar na sua inocência, eu próprio não posso deixar de considerar a hipótese. Mesmo agora. Tudo aponta contra si. É só que não chego a entender... Mas confesso-lhe que foi com relutância que o vim procurar. Confesso-lhe também que já risquei da lista aquele pouso clandestino onde você foi estar comigo. Bom, mas isso é rotina normal...

— Obrigado por ter vindo — murmurou João, sem ironia. Mas logo: — Cuidado que ainda ganha o reino dos céus!

— Ora, vá-se lixar! — respondeu Bernardo, sem paciência. — Vou-lhe explicar pela última vez: você é um homem inteiramente liquidado politicamente. E moralmente. Ou você se suicidou denunciando o Comandante, ou então é que o suicidaram, o que para todos os efeitos é o mesmo. Muitas vezes aquilo que parece é mais importante do que aquilo que de fato é.

— A quem o diz! — exclamou João, tentando ironizar. — D. João de Távora, *o mártir*. Fica-me bem o cognome? Vai-me bem ao perfil de vice-rei sebastiânico?

— Oh homem, vá fazer pose para o raio que o parta! Não sou mulher nem panasca, as suas poses não me excitam. Mas ainda sou seu amigo, sei lá por que cargas-d'água...

— Conhecemo-nos há muitos anos...

— Uma razão a menos. — Bernardo fingiu não notar a mudança de tom. — Mas ainda bem que a conversa tomou este rumo, eu não sabia como dizer-lhe. Ouça, não foi só pela massa que eu vim vê-lo. Sobretudo numa noite destas, com Lua cheia e metralhadoras. Vim também para lhe dizer o seguinte: vá-se embora, desapareça por uns tempos, morra por uns tempos. Talvez depois a gente consiga reabilitá-lo. Se for o caso. Mas mesmo que seja, isso ia levar o seu tempo. E entretanto tudo o que você fizer só o pode prejudicar. Aquilo que foi a sua utilidade política, a improbabilidade de um tipo como você andar nestas coisas, vai ser agora mais uma agravante, uma confirmação de suspeitas. O que, convenhamos, não deixa de ter a sua lógica. Além de que um tipo na situação em que você está acaba sempre por degenerar. Você está inteiramente só e, o que é pior, a ser lixado de todos os lados. Mesmo eu, desde já o aviso, é a última vez que estou consigo. — Mas disse ainda, menos duro: — Até ver, é claro...

— Compreendo... — disse João. — Só o Comandante poderia esclarecer...

— Tem a certeza? Não será precisamente o contrário? Acha que a Pide lhe vai dizer quem foi? Tem a certeza de que quando ele sair, no estado em que sair, vai logo a correr à Emissora comunicar à Nação que o menino João de Távora afinal é um gajo porreiro?

— Tem razão... E ainda por cima houve umas chatices com a filha.

— Histórias de cama, não?

— Uma coisa desse gênero.

— Pois é, essas misturas burguesas. Bom, já lhe disse o que tinha a dizer. É muito tarde, agora raspo-me.

— Por que não fica mais um pouco?

Bernardo hesitou, perante a veemência que sentiu por detrás do tom casual do pedido.

— Só se me der mais um desses seus cigarros capitalistas.

— Com o maior prazer.

Acenderam os cigarros. Ouviu-se o eco abafado do que pareceu um tiro, ao longe.

— Atenção.

Seguiu-se o que era mais nitidamente a rajada espasmódica duma metralhadora.

— De que lado vem? — perguntou João.

— Difícil dizer. Deixe ouvir.
Mas tudo ficou de novo calmo e silencioso.
— A coisa que menos tolero — disse João depois de um momento — é não ser eu o causador daquilo que me acontece.
— Todos nós... — disse Bernardo.
— E, é bizarro, mas à força de me dizerem que fui eu quem denunciou o velho, começo a sentir-me responsável.
— Sentimo-nos todos — tornou Bernardo. Viu as horas. Atirou o cigarro fora. — Desculpe, tenho mesmo de ir. Até qualquer dia.

[*Cena 10 — Corte e sumário da passagem cortada. Imediações do apartamento de João de Távora* (Lopo Reis só e depois figurantes).]

[Lopo Reis desceu do apartamento de João de Távora meditando sobre a injustiça do mundo, depois do modo como fora tratado por Ana Maria e por Octávio devido ao equívoco com Elvira: a responsabilidade não era sua e ninguém se importava com os seus próprios sentimentos; a primeira mulher que tinha ido para a cama com ele por amor, tinha ido por amor de outro. À saída é confrontado pelos amigos de Macedo, mas consegue fugir.
....]
Já ia quase no fim da rua, correndo esbaforido, quando um jipe da polícia militar surgiu da rua à esquerda, com os faróis acesos no máximo.
— Alto!
Lopo ouviu um estampido e uma bala zuniu na sua direção. Tentou voltar atrás. Dois amigos de Macedo vinham a persegui-lo. O jipe tinha travado e saltaram dele vários policiais. Uma rajada de metralhadora. Mas não na direção de Lopo, que se

agachara e, com mãos e pés, conseguira enfiar-se para a rua da direita. Aí escondeu-se num portal e ficou à escuta. Pareceu-lhe ouvir gemidos, ouviu passos e, depois, mais nitidamente, ouviu uma voz, que dizia:
— Estes já não correm mais.
Mais uns passos. Outra voz:
— Levem-nos para o carro.
Mais passos.
— E o outro?
— Deixa-o ir.
O jipe partiu.

[*Cena 11 — Quarto de Ana Maria* (Ana Maria só).]

Era evidente que Octávio já não vinha. Esperara-o primeiro ressentida pela secura da sua despedida. Esperou-o depois com alguma inquietação e mesmo com alvoroço, se ouvia passos na rua ou um automóvel parava perto. Depois não esperou mais. Deitou-se, sem sono.

Sentiu que estava totalmente só. Sem sentimentalismo. Só apenas, como um fato, como se é mulher, como se está mais alta, se é casada ou solteira, viúva, órfã. A casa velha, grande e sombria, ampliava o silêncio da noite num estalido ocasional das madeiras ressequidas. Havia ratos no telhado. Via-se pela janela uma lua excessivamente branca e inchada, o luar banhava metade do quarto numa luz mortuária, obsessiva. No tempo das bruxas, as bruxas dançavam por baixo daquela lua.

E Ana Maria quis, por um momento, brincar de assustar-se, ser ela a própria bruxa que a assustaria, dançando debaixo da lua. Levantar-se sem ruído, caminhar sem ruído, sair para a noite sem ruído, sem ninguém notar... Sem ninguém notar. Ninguém notaria. Cobriu-se mais com o lençol e cruzou os braços sobre o peito, segurando os ombros.

Ficara também sem pai, quando a mãe os deixou. E o pai ficou sem nada, com uma filha pequena, excessivamente parecida com a mulher que amara, uma criança triste a quem não sabia o que fazer. A quem mandou que o amasse por não saber que mais fazer com ela, por mandar ser o seu modo de se proteger dos sentimentos, mesmo se o que mandava fosse amor. Ele envelheceu, ela foi crescendo, partilharam solidões. Nunca falaram dessa tarde em que a mãe partiu para sempre, e de que Ana Maria lembrava o véu que lhe roçou na testa quando a mãe se curvou para a beijar, o cheiro a pó-de-arroz no rosto da mãe, os lábios vermelhos tremendo um pouco e a querer sorrir, e depois, quando correu à janela, o carro à porta, as criadas com as malas, a mãe enxugando os olhos com um lenço cor-de-rosa, um homem que nunca vira abrindo a porta do carro.

E agora o pai estava preso. Tinha lutado toda a vida. Primeiro para construir o país que desejava, depois para destruir o embuste que tinha ajudado a construir. Uma luta agora sem esperança, em que não havia esperança de qualquer futuro que pudesse partilhar. E Ana Maria sentia que tinha a culpa. Da prisão, do partilhado desamor, de tudo. Porque tudo o que conseguia sentir pelo pai era culpa.

[*Cena 12 — Outro corte e sumário com uma breve intervenção do não-autor. Imediações da casa de Helena* (João de Távora e Lopo Reis).]

Lopo Reis foi encontrar João de Távora perto da casa de Helena. Contaram-se as suas respectivas aventuras desde que se tinham separado. Lopo percebeu que o aparecimento dos amigos de Macedo havia sido, como lhe chamou, "mais uma brincadeira" do amigo. Mas desta vez achou que não tinha graça. Acusou-o de o ter querido matar. Embalado, aproveitou também para o acusar de ter denunciado o comandante Diogo Salema à Pide. João de Távora disse-lhe que, já que era assim, iria também denunciar a ele. E quando Lopo julgou perceber que o amigo continuava com as suas brincadeiras de mau gosto, João afirmou-lhe muito sério que estava tanto a brincar que o ia fazer na presença do próprio Comandante, num banquete comemorativo em que os outros convidados iam ser nada menos do que todos os pides que o tinham torturado, para o Lopo começar logo a ver como era. E queria que fosse o próprio Lopo a escrever o convite ao Comandante para o encontrar em casa logo que fosse solto pela Pide, imediatamente, sem mais conversa, senão a denúncia nem daria direito a refeição, seria já para essa noite, e como comunista. E concluiu:

— Ora tu sabes o que a Pide faz aos comunistas: mata-os. Mas primeiro esfola-os. Literalmente. — Mas o modo como João de Távora se riu foi o que mais assustou Lopo Reis.

A cena correspondente na ópera é a do cemitério, com a seguinte indicação no libreto: "Cimitero circondato da un muro; diversi monumenti equestri, fra cui quello del Commendatore. Chiaro di luna."

O Medeiros engenhosamente transpôs a cena para a rua íngreme em frente à casa da aliás eqüestre Helena; desdobrou-a nas seqüências convergentes que são "o enterro do anjinho", com a sua latente premonição de morte, e a conversa com Bernardo, que efetivamente marca a morte civil de João de Távora ao mesmo tempo que associa a tortura do Comandante pela Pide à imagem da estátua; e finalmente regressou à matriz operática para o fatal desafio ao "convidado de pedra".

Na ópera, a zombeteira ameaça que Don Giovanni faz a Leporello para o forçar a dirigir o convite à estátua do Commendatore, é "O qui t'ammazzo e poi ti seppelisco". As palavras no romance são portanto virtualmente as mesmas, só que na ordem de precedência policialmente inversa: esfolar primeiro, matar depois. Desperdiçada sutileza, sem esta nota, se o autor pretendia caracterizar assim o tempo e o país em que estava a viver.

[*Cena 13 — Quarto de Helena* (Helena só; figurantes; voz de Elvira).]

Helena não conseguia dormir. Estava sobressaltada por causa do chicoteamento de Macedo que, na altura, se forçara para aceitar com uma indiferença coerente com o retrato de si que procurava construir para João. Percebia que se agisse por impulsos, ela própria era incapaz de agir doutra maneira. Mas não era capaz de perceber um ato deliberadamente cruel. A crueldade apavorava-a, sobretudo vinda de alguém de quem gostasse. Foi assim que percebeu, numa funda comoção ansiosa, até que ponto estava presa a João. Não se tratava já de uma brincadeira de cumplicidades mais ou menos eróticas. Era amor, o primeiro que alguma vez sentira, total, avassalador, cheio de inquietação, servido pela força do entusiasmo excessivo e febril que sempre dispersara em atos inconseqüentes e que se havia agora cristalizado numa urgência tão insuportável que todo o corpo lhe tremia, e que afundou a cara nas almofadas e as mordeu fundo, triturando os lábios, até magoar.

E ficou mais calma. Voltou-se, deitou-se de costas, ouvindo, num abandono atento e muito voluptuoso, o bater do seu próprio coração e os breves ruídos abafados que chegavam da cidade adormecida, envolvidos num silêncio morno a que se seguia um silêncio mais expectante: o crepitar monocórdico dum grilho... Os passos lentos e o tinir solitário do chaveiro do guarda-noturno... Um automóvel quase parando e afastando-se depois para parar de novo mais longe... Um matraquear longínquo, como um trovão ainda rarefeito pela distância... E também, tão baixo que só mais tarde começou a notar, o que parecia um gemido longo ou o choro manso duma criança que chora a dormir.

Foi à janela. A noite continuava quente, carregada, com um luar branco e metálico transfigurando a longa calçada íngreme, com casas baixas e estreitas alinhadas sobre o passeio. Uma brisa morna e úmida invadiu-lhe gradualmente o corpo quase nu que ela, cheia de langor, distendeu esticando os braços. Mas o choro contínuo pareceu avolumar-se por um momento. Não havia ninguém em volta. Debruçou-se da janela. Só dois vultos, ainda mal definidos ao fundo da calçada, que subiam lentamente. Quase três da manhã. Quem andasse na rua àquela hora devia sentir-se o dono da cidade. E Helena quis também sair para a noite, caminhar pelas ruas vazias, sentar-se junto ao rio no cais deserto, pisar com os pés descalços a areia duma praia, entrar nua no mar quando o sol nascesse. Mas aquele choro que não parava, cortado de soluços cada vez mais longos e mais cansados? Os dois retardatários estavam agora quase diante da janela. Conversavam em voz baixa. Helena afastou-se um pouco, endireitando-se. Mas um deles viu-a, chamou a atenção do companheiro, apontou-a com o queixo. Pararam. O que a viu primeiro disse para o outro, numa voz que fez eco:

— Fala tu.

O outro avançou uns passos, olhando para a janela.

— Podemos subir, ó maravilha?

Helena fechou a janela e correu as cortinas. Deitou-se. Mas passado um momento levantou-se de novo, abruptamente. Abriu a janela. Os dois amigos seguiam rindo, já longe. Helena despiu-se e apertou contra o peito o pijama ainda quente do seu próprio corpo. Voltou a deitar-se, nua, sobre a coberta, incapaz de repousar, consciente do seu corpo, contraindo lentamente cada músculo para o sentir, alongando-se depois, flexível, entregue ao tato leve dos seus dedos. Uma súbita interrupção do choro ou desolado gemido que até então ouvira, e que já se incorporara na quietude tensa que a própria noite parecia disseminar, trouxe um peso de solidão e de abandono ao silêncio expectante que se seguiu. Quando, minutos depois, o choro recomeçou, Helena percebeu que vinha do quarto ao lado, do quarto de Elvira. O que logo o tornou dominante e, depois, insuportável. A sua morna vigília sensual estava transformada em insônia. Várias vezes se levantou para ir perguntar à prima a causa do seu choro. Qualquer coisa a travou de cada vez. Tapou as orelhas com as almofadas. Acendeu a luz. Folheou revistas. Fumou cigarros.

Era quase dia quando conseguiu adormecer, pouco tempo depois de Elvira, pareceu-lhe, ter também adormecido ou, pelo menos, parado de chorar.

[*Cena 14 — Apartamento de João de Távora* (João de Távora só).]

Quase madrugada. João de Távora não se deitara.

A lua empalidecia, espraiada difusamente sobre a massa irregular dos prédios adormecidos. Só o rio, ao fundo, brilhava ainda, mas num brilho espesso, vegetal.

Os candeeiros da rua apagaram-se todos, de repente. O sol mal era ainda uma promessa, e no entanto o céu já começava a abaular-se num azul quase negro só perceptível pelo contraste com a escuridão em que a cidade mergulhara e que a textura rarefeita do luar não chegava para esbater. A Sé emergia de entre os prédios sem luz, impondo a sua precária majestade.

O primeiro galo cantou, numa voz rala de galo mantido em gaiola sobre as telhas, logo respondido por outro mais ao longe, pelos latidos esparsos de cães sem dono, e logo pelo súbito alvoroço dos melros e dos pardais. Uma vaga fosforescência rosada infiltrou-se no azul-negro do céu.

E a cidade começou a mover-se pouco a pouco. Acenderam-se luzes nalgumas janelas, de espaço em espaço, a primeira noutra colina, e depois várias, mais próximas, até que se disseminaram por toda a parte. Vultos brancos e apressados avançaram pela rua, distribuindo o pão e o leite pelas casas. Um elétrico vazio cruzou, estridente, ao fundo, num estirar de luz.

Passaram os operários, em silêncio, de lancheiras na mão. Uma patrulha de cavalaria troou os cascos no empedrado. Ouviram-se à distância os ardinas que anunciavam as primeiras edições. Um cauteleiro, ainda pouco convicto, ensaiou um número. E logo uma vendedeira subiu a rua, lançando o seu pregão agudo. Abriram-se algumas janelas, donde corpos friorentos de mulher se debruçaram. Um cego foi colocar-se, tateando com a bengala, a uma esquina.

João de Távora saía de casa pouco depois.

[*Cena 15 — Quarto de Elvira na casa de Helena* (Elvira só).]

Elvira acordou de repente, com um sol brilhante a bater-lhe de chapa sobre o rosto. Soltou um pequeno gemido, voltou-se para o outro lado da cama. Mas abriu de repente os olhos, pesados e fixos. Doía-lhe o corpo. O peito oprimia-se quando respirava. Não conseguiu lembrar-se logo da razão da angústia funda que latejava em si, como uma ferida.

Levantou-se. Mas logo foi sacudida, corpo e memória, por uma dor aguda no baixo-ventre, ou que aí parecia concentrar-se, alastrando. Vestiu, num calafrio, o roupão, como querendo esconder o corpo da memória. Pegou na escova do cabelo, escovou-o maquinalmente, até aos ombros. Foi ao espelho. E olhou com uma indiferença amarga o rosto desfigurado que o espelho reflectiu, com rugas longas e inchadas, como pápulas, impondo-lhe uma insólita velhice infantilmente espantada.

Mas era velha que se sentia. Velha de repente há muitos anos. Atirou-se de novo sobre a cama, sem lágrimas, encolhida sobre si própria, a um canto. Por que, por que, por quê? Por que ela? Estava-lhe a ser pedido tanto, tão demais! Porque ela percebia, porque ela percebia sempre, porque nascera velha e aceitava sempre tudo. E porque ainda era tão nova e acreditava sempre em tudo por nunca conseguir imaginar que lhe pudessem querer mal.

Sabia, sentia como uma verdade evidente que muito do que João lhe dissera na véspera era mentira. Mas também que nem tudo era mentira. Só a sua ingenuidade, só o seu desejo de acreditar, o seu querer servi-lo a não deixaram entender logo a impossibilidade da sua grotesca confissão. E no entanto... Por quê? Para quê? E o que lhe dissera sobre a mãe, seria também mentira? O resto talvez, mas o que disse da mãe só podia ser verdade. Então para que, para que contar-lhe coisas que só amando alguém se lhe pode contar, e depois, e depois aquilo? Mas era a si próprio, mais do que a ela, que ele estava a destruir, destruindo tudo no caminho. Como um corpo cego. Como um corpo em fogo.

Como um corpo em fogo. E Elvira lembrou-se, quando era pequena, de um gato que teve. Os rapazes da rua um dia pegaram no gato, deitaram-lhe petróleo em cima e acenderam um fósforo. Depois atiraram o gato em chamas para ela, e ela conseguiu apanhá-lo, e quis apagar-lhe o fogo. Queimou-se. O gato arranhou-a. Soltou-se. Ela não pôde mais do que ficar a vê-lo a correr, louco, chiando de dor, entre a gritaria dos rapazes, até parar de repente, já sem pêlo, morto. Durante dias só falara no gato. Durante meses só pensou no gato. Durante anos teve pesadelos em que acordava a gritar. Depois esqueceu tudo. E, agora, sentiu um terror supersticioso a crescer dentro de si.

[*Cena 16 — Imediações do Mercado da Ribeira, Chiado, etc.* (João de Távora, prostituta, Octávio, figurantes).]

João de Távora estava sentado na extremidade do magro pontão de pedra que avança pelo rio junto ao mercado da Ribeira e curva como um cotovelo para formar uma pequena doca de pescadores. O sol explodira a aglomeração vermelha de nuvens que pareciam tê-lo gerado e começava a ascender. Eram seis horas.

Às seis e meia foi ao mercado. Tomou uma bica ao balcão da cafeteria, entre os trabalhadores que iniciavam o seu dia e os notívagos que terminavam o deles, acabados de sair dos bares da vizinhança. Uma prostituta entrou, acompanhada por um homem. Pediu-lhe licença, aproximou-se de João.

— Já sabes da Clotilde?

— Não... Senta-te — apontou-lhe o banco ao lado.

— Não posso, estou com ele. Não vieste do Texas?

— Não. Mas houve algum azar com a Clotilde?
— Ah, então é que não sabes. Matou-se.
— O quê!
— É.
— Mas ainda no sábado... Por quê?
— Ninguém sabe. Tomou veneno de ratazanas. O enterro é amanhã. Se calhar vais querer ir, como vocês eram muito juntos...

Às sete horas João guiava pela estrada marginal para o Estoril. A praia estava deserta. Nadou e deitou-se sobre a areia até chegarem os primeiros turistas.

Às nove e meia regressou a Lisboa.

Às dez entrava na Brasileira. Octávio estava a uma mesa com o poeta Antonio de Navarro e dois alunos de Belas-Artes. O poeta, que fora colega do pai de João nos tempos de Coimbra, acenou vigorosamente, chamando-o. Octávio fazia tempo para uma entrevista com o General, que tinha notícias sobre o pai de Ana Maria.

— Eu vou andando — disse quando João se aproximou.

— Você não vai nem fica — lançou João sem o olhar, frase que provocou uma risada admirativa de um dos jovens plásticos e, quando Octávio saiu, o protesto benevolente do poeta.

— A frase é boa, oh João de Távora, quem não vai nem fica é porque não está mesmo que esteja, mas é muito cruel, sabe!, e o rapaz não merece!

A partir das onze o Chiado começou a encher-se: grupos de homens, encostados aos muros, seguiam as mulheres com coletivos olhos grossos; jovens em mangas de camisa acenavam-se de passeio para passeio; um senhor importante mandava parar táxis ocupados, ofendidíssimo; uma senhora roliça saltitava rua abaixo com uma caixinha de bolos da Bénard; um descapotável zunia virilmente nas mudanças; um cego tocava trombone; dois polícias; um pintor chegado de Paris; um ardina correndo, parando de repente ao lado de um obeso em cima duma balança avariada com o ponteiro no zero para gritar "o gajo é oco!" antes de continuar a correr; mais mulheres; um mendigo mostrando a perna que já teve; mais dois polícias; um democrata exilado no estrangeiro mas com conhecimentos no Governo; escrito numa parede, a pez, "Angola é nossa" e ao lado, a giz, "Pão"; dois guardas republicanos a cavalo; um casal solene, ela de olhos baixos, ele de mão proprietária no braço dela enquanto passeava o olhar mortiço pelo mundo em redor; caixeirinhas apressadas fazendo recados; homens seguindo-as até o esforço ser excessivo; vozearia, pregões, automóveis, estridências, mais polícias, colegiais, varinas, senhoras de preto com e sem cãezinhos, meninas de família, muitas, às compras, ao sol, à solta, cabelo ao ar e peitos aguçados por soutiens americanos para saudar a chegada do Verão.

Às onze e trinta João folheava as últimas novidades na Bertrand. Um intelectual das esquerdas provocou-lhe acintosamente um cumprimento para lhe voltar a cara.

Ao meio-dia foi ao barbeiro, onde se comentava o estado de alerta e a greve que não arrancava. A cadeira ao lado achava que era um disparate, que só servia para tirar o pão a quem já pouco tinha.

Às treze horas estava a almoçar sozinho no Gambrinus, lagostins e meia garrafa de bucellas.

Foi depois aos telefones do Rossio, ligou para Helena. Tinha saído. — Mas se é o senhor, a menina deixou recado para o senhor, que telefonou de manhã e que ninguém respondeu e que se o senhor telefonasse que estava na praia no Estoril, para o senhor ir lá.

Espreitou no Café Gelo, onde conhecia os pintores e os poetas de aceno de mão, já lá estavam três, acenou e seguiu.

Subiu de novo o Chiado, rumo à Brasileira, mas não chegou a entrar. Uma voz, cautelosa mas audível, disse ao fundo:

— Traidor!

Foi ao Martins & Costa. Fez compras para o jantar. Parou numa esplanada, mandou vir uma taça de vinho branco, um prato, uma colher e uma faca. Tirou um pêssego do saco das compras, descascou-o, cortou-o em segmentos, bebeu um pouco do vinho, embebeu no resto alguns dos segmentos. Mas desistiu a meio.

Meteu-se no carro. Passou pelo quarto de Lopo Reis, que não estava. Deixou um bilhete. Foi para casa.

[Cena 17 — *Casa de Ana Maria*
(Octávio e Ana Maria).]

O sol oblíquo do entardecer começava a espraiar-se sobre a massa irregular das casas, trazendo brilhos mais pálidos aos azulejos e às telhas, definindo contornos, libertando as cores até então obliteradas numa só estridência de reflexos brancos, traçando linhas de sombra em volta dos barcos fundeados no vasto rio de escamas reluzentes.

Ana Maria não mandara Octávio subir para o primeiro andar, onde delimitara um enclave seu na grande casa alheia onde vivera toda a vida. A criada conduziu-o, murmurando desculpas, para a sala de recepções mantida como a mãe de Ana Maria a tinha deixado e, desde que partira, nunca usada. A sala estava fresca, a semi-obscuridade das cortinas corridas seria bem-vinda se não fora o cheiro a umidade que emanava das paredes forradas num brocado já envelhecido. Octávio sentia a roupa colada ao corpo, o seu largo rosto brilhava de suor. Tirou os óculos embaciados e limpou-os, passando depois o lenço sobre a testa. Sentou-se na borda duma chaise longue de moldura lavrada em pau-brasil, estofo de veludo vermelho-escuro, duas pequeninas almofadas de seda cor-de-rosa suavizando o ângulo entre o assento e o bojo. A parede em frente, por cima dum piano de cauda parcialmente coberto por uma brilhante colcha da Índia, era dominada pelo retrato duma mulher ainda jovem, numa ampla moldura com recortes dourados. Era Dona Ana de Castro, a mãe de Ana Maria. Octávio olhou o retrato com minuciosa atenção, perscrutando semelhanças: os mesmos olhos alongados em forma de amêndoa, que o pintor exagerara sombreando pálpebras pesadas sobre o seu castanho-claro; os malares bem definidos; o nariz alto e fino, os lábios cheios alongados num sorriso. Mas onde havia severidade na expressão de Ana Maria, no seu modo afirmativo de mover-se, nas suas saias direitas e blusas de cores neutras, havia no retrato uma doçura mimada que o pintor parecia ter hesitado se devia ser mais dominante do que o toque de atrevida galanteria que vivamente captara dos tardios charlestons lisboetas dos anos 30.

Quando ouviu os passos de Ana Maria a aproximarem-se, Octávio levantou-se logo, como se apanhado em falta. Mas ficou ainda mais confuso pelo insólito da aparição que viu à porta. Ana Maria trazia um vestido de seda vermelha, de cintura descaída, bainha desigual, painéis de chiffon bordados a lantejoulas. Tinha os lábios pintados, os olhos sombreados, o cabelo preso por uma *barrete* de tartaruga sobre o lado esquerdo da cabeça. Era a mãe que tinha entrado. Octávio desviou os olhos, como de uma obscenidade. Depois olhou de novo o retrato, disfarçadamente, e depois de novo Ana Maria. Forçou-se a dizer, sem jeito — Ia sair...? —, como a desculpar-se da intromissão que genuinamente sentia que a sua presença ali constituía, mas sabendo também que Ana Maria nunca teria saído vestida daquele modo, que tinha desastradamente tropeçado em qualquer coisa de muito secreto, que o excluía, e que não sabia como interpretar por não saber que papel lhe tinha sido atribuído naquele cenário, contracenando com aquela personagem que pertencia àquele cenário, sem saber qual era a peça em que estava a figurar.

— Ia sair? — repetiu.

Ana Maria respondeu, num tom neutro: — Não... — E sem mais do que sugerir uma explicação ao justificar-se de o receber ali: — Estive a mexer numas velharias. Desculpe não o ter mandado subir, está tudo numa grande desarrumação lá em cima. — Claramente nada mais iria dizer sobre a sua aparência, nem consentir a Octávio que dissesse. — Está muito calor, lá fora?

— Sim, muito. Mas aqui dentro está fresco.

Ela sorriu um breve sorriso pelo irrisório do diálogo e foi o bastante para Octávio sorrir também, num vago gesto de desculpa. — Sente-se — convidou Ana Maria, sentando-se ela própria na chaise longue e deixando lugar para Octávio. Mas Octávio sentou-se numa poltrona, ao lado.

— Tenho boas notícias — disse ele, evitando olhá-la. — Enfim... se tudo correr como se espera.

Tinha visto o General de manhã e voltara à tarde para o Mendes Ribeiro lhe confirmar os resultados das démarches, que depois fora fazer junto ao Ministro. As quais, em resumo, levaram a que o General aceitasse uma discreta passagem à reserva, a ser seguida de algumas demissões de oficiais subalternos e o envio de outros para Angola. Julgava em todo o caso que tinha conseguido assegurar a libertação do Comandante como parte da barganha. Aliás o Ministro até achava que o Comandante nunca deveria ter sido preso, o próprio Presidente do Conselho teria sugerido que a polícia se precipitou, que agiu sem o seu conhecimento, dramatizando as coisas mais do que teria sido desejável. Mas ainda havia problemas de jurisdição a resolver: se o Comandante caía sob a alçada civil, como ex-oficial, que era a interpretação da Pide; ou se como ex-oficial continuava sob a alçada militar, que era a posição do Ministro. A Pide, é claro, faria o que o Presidente do Conselho determinasse, mas insistia na sua posição legal para justificar a ação que tomou. E que dizia ter sido forçada a tomar por causa dos contatos do Comandante com o Partido Comunista.

— Com o Partido?

— Parece que sim. — E a agravante era que alguns operários pareciam estar a obedecer à ordem de greve do Partido. O General sentia que os comunistas estavam a querer tirar-lhe o controle das operações, a levarem as coisas para um lado que ele próprio não desejava. Dizia aliás que fora por isso que tinha decidido desistir de tudo.

— Acusa o seu pai de o ter enganado.

Ana Maria não sabia de nenhuns contatos com o Partido Comunista e recusava-se a acreditar que o pai os tivesse.

— O General não tem dúvidas...

— Mas se o acusam de comunista não o vão libertar!

A acusação não era tão grave, era de ter permitido contatos com os comunistas. Mera sutileza técnica que, neste caso, deveria dar à polícia o pretexto para ceder, sem perder a face.

— Sobretudo porque embora o seu pai se tenha portado com imensa coragem e não tenha falado, a Pide já sabe tudo quanto queria saber. Nomes, quartéis envolvidos, todos os planos. Alguém a manteve informada, possivelmente desde o início.
— João de Távora — limitou-se Ana Maria a murmurar.
— Parece que não é certo. O Mendes Ribeiro, muito relutantemente e todo torcido de esprit de corps, deu a entender que também poderia ter sido um dos militares.
— Ouça, Octávio — respondeu Ana Maria friamente —, se é verdade que o pai estava em contato com os comunistas, há só duas pessoas no mundo a quem o diria: a mim e ao João de Távora. E a mim não me disse — acrescentou com uma sombra de mágoa na voz.
— Como é que você sabe? — disse Octávio querendo argumentar logicamente —, como é que sabe que o não disse ainda a outra pessoa? Ou cometido qualquer outra imprudência? Todos nós agora concordamos que foi um erro de julgamento confiar no João de Távora. Aliás eu nunca entendi muito bem como é que alguma vez vocês o puderam levar a sério como revolucionário, mas enfim. Bem sei, você já me explicou, disfarces... Bom, mas você não acha também que o seu pai poderia ter feito outros erros de julgamento?
— E como Ana Maria, já exaltada, se preparasse para responder:
— Ouça, Anita — continuou Octávio cansadamente —, não estou a tentar defender o João de Távora. Não duvido de que pudesse ter denunciado o seu pai, já não duvido de nada, acho até que é o que estaria mais de acordo com todo o resto. Mas não é isso o que importa. O que importa é que possivelmente o seu pai vai ser libertado ainda hoje.
— Então já hoje ele confirmará que foi o João — foi tudo o que Ana Maria disse.

Octávio limitou-se a abanar a cabeça tristemente. Mas depois de um silêncio voltou a falar, com dificuldade, ao mesmo tempo sentindo-se ainda mais perturbado pela bizarra beleza que emanava de Ana Maria.

— Há só mais uma coisa. Tem de estar preparada. O seu pai... — Parou.

Ana Maria ficou muito rígida: — Diga.

— Trataram-no mal, fizeram-lhe uma espécie de interrogatório em que obrigam as pessoas a ficar de pé várias horas no mesmo sítio...

— Sim, bem sei, a tortura da estátua. Diz! — quase gritou Ana Maria, usando a agressividade contra o noivo como um travão ao pavor que a invadira.

— Fisicamente suportou tudo... — continuou Octávio, sem a olhar. — As dores, o inchaço das pernas... Mas parece que mentalmente não está muito bem. Uma das coisas que essa tortura provoca, ao fim do segundo dia, são alucinações. Pelo menos foi o que me disse o Mendes Ribeiro...

— Eu sei. — O tom de Ana Maria agora era gélido.

Octávio hesitou se devia continuar. Respirou muito fundo. Continuou: — É natural que o seu pai tenha começado a tê-las. O General vai insistir em que o libertem imediatamente, mas considera imprescindível que ele seja posto sob vigilância médica. Seria bom que você...

— Eu sei como tratar do meu pai — interrompeu Ana Maria, abruptamente. — Obrigada.

— Muito bem — disse Octávio levantando-se.

Ana Maria levantou-se também. Octávio olhou-a, para se despedir, sentindo de novo a perturbadora incongruência do seu trajo de flapper. Mas agora sentiu também, com uma sombra de piedade, que havia naquilo tudo qualquer coisa de grotesco. Desviou de novo os olhos. Ana Maria acompanhou-o até à porta da sala.

— Ah, é verdade — disse ele numa voz forçadamente casual —, quem é natural que vá comigo para Angola é o Mendes Ribeiro. No mesmo regimento.

— Angola...? — fez Ana Maria como a querer recordar-se. — Você? E o Ministério? Quando?

— Já lhe disse, Anita. Disse-lhe ontem. Não me vão aceitar. Talvez parta daqui a um mês, talvez um pouco antes, enfim, não sei...

— Mas por quê?

— Ana Maria, já lhe expliquei. Onde é que você tem estado? Ou agora já nem ouve, quando lhe falo?

— Com isto tudo do pai... — começou ela, humildemente. Mas logo se interrompeu. — Foi por minha culpa — disse sombriamente. E como Octávio esboçasse um gesto de discordância: — Foi por minha culpa e você sabe perfeitamente que foi. E está a querer acusar-me de lhe ter estragado a vida. E nem ao menos tem a coragem de o dizer abertamente! — Ana Maria estava quase em lágrimas.

— Não, Anita — disse Octávio. — A menina está enganada a meu respeito. Acredite ou não, há coisas neste mundo que não têm nada a ver consigo. — Octávio falara secamente, mais do que com ironia. As suas palavras tiveram o efeito imediato de acalmar Ana Maria.

— Como você está longe de mim!... — disse ela, numa voz magoada.

— Eu?

— Sim, você. Só isso pode explicar que não perceba nada... Não era você quem me dizia, que me disse tantas vezes que consigo eu podia ser eu inteiramente, sem máscaras nem disfarces?

— Sem máscaras nem disfarces, Ana Maria?
— Por que me pergunta assim? — Baixou os olhos sobre o vestido, num gesto de mãos como a querer escondê-lo, como se fosse a ele que Octávio se estava a referir, como se só então tivesse notado que o trazia.
— Porque quero que pense no que está a dizer — continuou Octávio.
— Eu pensei no que disse.
— E é só o que tem a dizer? Não me quereria por exemplo contar outra vez o que se passou entre si e o João de Távora? Olhe que talvez não fosse um mau começo...
— O que é que me está a querer fazer? — disse ela, retraindo-se. — O que é que está a querer conseguir? — Mas subitamente a sua expressão mudou, a rigidez dos seus movimentos transformou-se.
Octávio sentiu a mudança, olhou-a perplexo, sem entender. — Anita... — Nunca a tinha visto tão bela, tão interiormente iluminada, tão sensual.
E as palavras de Ana Maria saíram num jorro fácil, sossegadamente alegre, num radiante sorriso de lábios vermelhos e olhos sedutores: — Finalmente o que eu sempre quis, finalmente não preciso de si, não preciso de ninguém, é como ter acordado dum pesadelo...
E Octávio, perdido entre o que as palavras diziam e o calmo esplendor de como ela as dizia. — Anita... — murmurou de novo.
— Que se vão todos — dizia ela. — Estava tão cansada de todos, de si, do pai, da puta da mãe a acordar-me de noite como uma bruxa... — parou, exibindo-se, puxando um pouco a saia sobre o joelho, mostrando-se como se ao corpo da mãe —, ... e quando eu estiver só, finalmente só sem ter de fingir que não, livre do vosso amor, da tanta pena que todos têm de mim, o pai

finalmente morto, se Deus quiser você também morto, o João...
— Não concluiu o que iria dizer. Disse, em vez: — Ah, adeus.
Agora já pode ir. Vá lá para Angola. — E levantando a bainha
do vestido num gesto grácil, como para ir dançar, subiu rapidamente as escadas enquanto Octávio a seguia com os olhos, deslumbrado.

15

O FIM DO DRAMA JOCOSO
E O LITERALISMO DA IMAGINAÇÃO

Deixemos ficar assim o fragmento do Drama Jocoso do meu velho amigo Luís Garcia de Medeiros. Para o resto, vá o leitor ver a ópera se ainda a não viu, que só lucra com isso, ou ouça os discos, ou pelo menos leia o libreto. E depois faça de autor, que há outros com menos jeito que se fazem, e transponha metafísica e política, a estátua vingadora Comendador na obscenidade grotesca do Comandante que fez estátua, a mão de gelo num revólver a disparar um tambor de balas.

O autor propriamente dito, prudente navegador de improbabilidades, não deixou muito claro se Lopo Reis levou mesmo à casa do Comandante o convite que João de Távora o obrigara a escrever para se divertir a assustá-lo, como teria sido a intenção, ou se o Comandante apareceu lá por iniciativa privada na altura em que João de Távora ia a meio do seu farnel do Martins & Costa com o Lopo Reis a ver, salivando gulas, porque caíra na asneira de dizer que só tinha lido o bilhete do amigo a exigir visita depois de ter jantado um excelente bife com ovo a cavalo. Mas como sofria de digestões rápidas — ou DR, na graça mais uma vez repetida — ainda ajudou com um peitinho clandestino de perdiz. Elvira também lá apareceu, ainda a querer perceber e, se possível, perdoar, mas foi de novo maltratada, como na ópera. E a morte de João de Távora? Suicídio por interposta pessoa, como o estupro (que é a palavra justa) de Elvira? Acidente de trabalho? "Mistério", como diria Mário de Sá-Carneiro, duplo sem óculos do autor disfarçado de Octávio com óculos e guerras de África, "perturbador mistério". Mas para quem considere possível ou desejável atar os destinos até ao fim, o autor tirou da sua caixa dos laçarotes os seguintes, de várias cores:

Elvira regressou ao Porto desinformada. Helena tinha passado o dia na praia à espera de João e a noite em casa, à espera dum telefonema dele; decidira ela telefonar, Lopo atendeu, contou-lhe o que se tinha passado; ela comentou, na volta do cemitério, que só os dois deveriam ter acompanhado o enterro; mas o pai de João também lá estava, com a mulher. Lopo não soube como entender a frase de Helena e acabou por considerar, depois de alguns minutos de meditação, que a resposta adequada seria convidá-la para irem jantar juntos, depois um cinema, talvez um passeio ao longo do rio e, se tudo corresse bem, um copo no quarto dele; mas não tinha dinheiro nem a quem o pedisse; além de que decidira passar a ter muita cautela com as companhias. Zulmira e Macedo souberam da morte de João de Távora por Bernardo, numa das suas rápidas passagens clandestinas. Bernardo recrutou Macedo para o Partido; Zulmira estava com medo de estar grávida. O funeral do comandante Diogo Salema, que morreu cerca de uma semana depois de João de Távora, deu causa a uma entusiástica manifestação democrática, que a polícia dispersou sem grande dificuldade. Disse-se depois que tinha havido muitos feridos, constando também mais tarde que mortos. Octávio sugeriu a Ana Maria que se casassem antes de ir para Angola, mas ela achou melhor esperarem até ele voltar.

P.S. Perguntará agora o descontente leitor desta prosa sem rima: mas o que é que o drama salazarista do tal Medeiros ausente que nem D. Sebastião em parte incerta e que, pela amostra, de jocoso não tem muito nem pouco, vem a fazer neste livro como uma das partes de África prometidas na capa? E já que o pseudo-autor creditado na capa tem vindo a fazer render o seu peixe sabático com ensaios para a *Colóquio/Letras*, relatórios burocráticos do senhor seu pai, se é que o transcrito é mesmo dele, e agora até um romance reciclado doutra mão, por que é que não usa o resto do papel que trouxe de Londres para copiar a lista telefônica regional de Sintra, que o seu amigo Bartolomeu Cid deve ter para aí? Ao que eu responderei, com a cansada paciência das salas de aula, depois de, como mandam as boas regras pedagógicas, lhe repetir no tom adequado a sua descabida pergunta, de modo a fazê-lo sentir-se tanto um réptil quanto o chulo porteiro do Texas Bar no tempo da educação de adultos: o que vem o romance de Luís Garcia de Medeiros fazer neste livro? O que tem a ver com as minhas partes de África? Mas tudo, contenha um pouco essa sua tão desarrazoada indignação e pense só mais um bocadinho, mas tudo. O que é que o senhor esteve a fazer, enquanto fingia que estava a ler? Bem ou mal explicado no contemporâneo logaritmo, foi esse o torpe casulo de que saímos todos, o senhor e eu, negros e brancos, machos e fêmeas, gatos e cães, que é como quem diz, ficamos todos às riscas. E pense sobretudo também que vice-versa, como nos espelhos. Quanto ao resto, quanto ao chão do mosaico entre os espelhos, que lhe bastem os fragmentos incrustados de outros espelhos a refletirem uns nos outros as ficções verossímeis, as verossimilhanças fictícias, e as meras factualidades correlacionadas do fragmentado mundo circundante onde tudo e nada disto aconteceu. Mas como, feitas as contas, ainda assim parece preferir o literalismo da imaginação à imaginação do literalismo, muito bem, eu por mim não tenho nada contra, voltemos à África propriamente dita. É só virar a página para começar a ouvir de novo os selváticos tambores.

16

A RETÓRICA DA IMPOSSIBILIDADE
E A DERIVA DA ESPERANÇA

Imagine-se agora um pequeno deserto cercado de água por todos os lados. Como é que se chamaria em retórica? Oximóron? Não, oximóron é quando o deserto é fértil, a secura molhada, o sol negro, a claridade escura. O oximóron é dinâmico, traz consigo a possibilidade de mudança, há sempre alguma esperança num oximóron. Não é como o quiasmo, que só finge mudança para manter tudo na mesma, para restaurar o passado no futuro, como na *Mensagem* do Pessoa, que achava bem, e os fantasmas sebastiânicos do Garrett, que achava mal. Julgo que é apenas um paradoxo. E o paradoxo em questão é a Ilha do Sal. Já lá chegamos.

Entretanto, não sei se cheguei a contar que numa das minhas encarnações londrinas fui funcionário do Consulado do Brasil. Acho que não, porque este livro não é sobre mim mas a partir de mim, condutor biograficamente qualificado das suas factuais ficções. Até porque isso de narradores impessoais e objetivos é chão fictício que já deu uvas, e até agora não tinha sido necessário para a história. Nos tais romances já vindimados os autores disfarçam-se até quando se não disfarçam. Neste, que nunca se sabe quando é romance e quando não é, o meu disfarce é não me disfarçar, como fez o Bernardim antes de o Pessoa vir explicar como era. E já agora note-se que isto é um exemplo de quiasmo complicado. No Consulado do Brasil tive bons e maus patrões e patroas, com a maior parte assim-assim. O emprego foi-me dado por uma excelente e generosa senhora que era cônsul-geral e também gostava de ópera. Encontramo-nos no intervalo do *Don Giovanni* (sim, bem sei, efeito literário repetido, mas acontece que é verdade), levou-nos depois a cear, o jejum necessitado pelo preço dos bilhetes era de dois dias, o gevrey-chambertin animou-me, veio a propósito falar dum romance que eu estava então a querer escrever, perguntou-me se para um escritor que tinha de ganhar a vida doutro modo não seria melhor um emprego regular do que os programas ocasionais da BBC. Comecei na semana seguinte, na recém-criada seção de informação, encarregado de elucidar os hipotéticos visitantes a um país onde eu nunca tinha ido sobre o que deviam ver e deviam fazer no Rio e em São Paulo, que era o mais fácil porque ele há livros, mas também em Recife, Salvador, São Luís do Maranhão. Falei-lhes, com esses nomes, de Quelimane, Braga, Barcelos, Madragoa, Luanda, São Tomé, Ilha de Moçambique, e depois reconheci pedaços de tudo isso quando finalmente lá fui também, passado o tempo dos coronéis. E assim o meu emprego foi andando, pior do que eu queria mas melhor do que poderia ser, até que chegou, dois cônsules-gerais mais adiante, um louco que obrigava os funcionários, entre os quais sobretudo eu, a explicar a qualquer senhora que viesse pedir visto que o Brasil não precisava lá de mais putas. "Mas o senhor não diga putas, diga rameiras ou, quando muito, meretrizes." Também quando queria insultar alguém chamava-lhe "novelista", o que me parecia de mau agouro para as minhas, aliás entretanto algo esmorecidas, ambições literárias. De modo que o meu melhor patrão foi o último, e precisamente porque quis ser o último. Não entendia o que eu estava a fazer ali, expliquei-lhe, e ele disse simplesmente: "Eu quero ajudar você." Foi graças a ele que pude regressar à universidade. Chama-se Ovídio de Andrade Mello e foi o primeiro embaixador do Brasil em Angola. Só não entendo por que ainda o não fizeram cidadão honorário, ou deram o seu nome a uma rua de Luanda, porque se algum não-angolano contribuiu pessoalmente para haver a Angola que apesar de tudo ainda há e pode vir a haver para além de todas as ideologias, foi o embaixador Ovídio. Os portugueses tinham acabado de fazer aquela vergonha do Acordo de Alvor, em que implicitamente aceitavam (desejavam?) que a sua principal ex-colônia fosse transformada numa manta de retalhos tribal e neocolonizada por outros. E não, não foram só os militares, nem sequer foram principalmente os militares para quem os civis que lhes devem o poder agora atiram todas as culpas. Foram os mesmos de sempre, nas suas novas reptilíneas metamorfoses. E do mesmo modo que os africanos colonizados e colonizadores sempre haviam conseguido construir nas suas angolas e moçambiques à revelia de uns, é à revelia dos mesmos outros que nessas e mais algumas partes de África se continua a falar o português como língua soberana das novas nações.

O embaixador Ovídio chegou, viu, percebeu qual dos partidos em luta parecia mais empenhado em fazer de Angola uma nação, e o Brasil foi o primeiro país a reconhecer esse partido como Governo legítimo. Não sei que consultas fez ou que persuasões argumentou, mas sei que o regime brasileiro era então a extrema direita militar, que os outros dois países que imediatamente reconheceram Angola foram Cuba e a União Soviética, que a confusão ideológica foi enorme, que a invasão foi adiada o tempo suficiente para já não ser tão fácil como teria sido; e que depois, entre guerras e sustos, mesmo os países que continuaram a tentar uma eventual partilha entre o Zaire e a África do Sul acabaram por reconhecer essa Angola; e que Portugal foi um dos últimos. Ovídio de Andrade Mello acabou a sua vida profissional entre olhadelas disfarçadas, vive agora no Rio, estou com ele sempre que lá vou: almoçamos, conversamos, tomamos chopes nas esplanadas de Copacabana, rimos muito com a grande partida que ele pregou ao mundo. Já pintava quando estava em Londres, faz uma pintura naïf cheia de requintes, cada vez mais parecida consigo próprio, cada vez mais de acordo com a complexa simplicidade com que soube mexer no curso da História.

A minha visita ao paradoxo da Ilha do Sal e a mais duas ou três do arquipélago de Cabo Verde foi porque não pude ir ver o Ovídio a Luanda quando ele lá estava como embaixador. Era a guerra civil no seu mais aceso, o aeroporto estava fechado e, mesmo antes de estar, os poucos aviões que entravam e saíam tinham de se agachar por causa das balas. Mas antes de não chegar a Luanda e de chegar em vez ao Sal convém fazer uma breve recapitulação cronológica.

Na manhã de 25 de Abril de 1974, a S. tinha-se levantado mais cedo do que eu e ligara a telefonia. Acordou-me: "Revolução em Portugal!" E eu, estremunhado: "A favor ou contra?" A pergunta continua a ser pertinente, porque ele há quiasmos. O João Vieira tinha vindo passar férias conosco, meteu-se logo no avião e chegou a Lisboa ao mesmo tempo que o Álvaro Cunhal. Viu os abraços com o Dr. Mário Soares no aeroporto, a pose dos dois em cima dum carro do MFA, e recuperou logo uma namorada que andava a querer propagar a revolução sexual oferecendo-se aos velhos, aos tristes, aos desprovidos. Eu estava sem passaporte, de modo que fiquei em Londres para ver o Dr. Mário Soares na Embaixada a falar aos emigrantes em cima dum piano. Mas também vi na televisão inglesa a saída dos prisioneiros de Caxias e o sorriso maior do universo na cara maravilhada do Cardoso Pires. Acreditei em tudo quanto sempre desejei acreditar e fiz preleções aos ingleses que não acreditavam. Na noite do 1º de Maio, um comunista que andava há anos a querer controlar-me, telefonou-me de Lisboa (devia ser eu a única pessoa que lá não estava e ele a única que estando lá ainda desejava controlar) anunciando cripticamente, com hábitos de clandestinidade congênita, que "amigo, isto não é 1820, é 1383!". Devia ter em mente o ensaio do Cunhal a pôr os pontos ideológicos nos is do Fernão Lopes. Tendo perdido o melhor da festa, defendi a minha tese de doutoramento e fui em Julho, em plena crise Palma Carlos. Que para mim ainda era festa. O meu irmão também tinha vindo de Lourenço Marques (já Maputo?) para ver como era, e encontramo-nos todos em casa dos nossos pais. Falou-me em "vocês" e em "nós": eu era Portugal e ele Moçambique, nunca o vi tão patriótico. O que deve ter contribuído para que dessa vez, na nossa habitual discussão, o meu pai e eu quase concordássemos, reconciliando embora na linguagem da reiterada discordância o Drama Jocoso do Medeiros (ou o que dele vim a transformar em matáfora minha) e as teorias sobre governo à revelia do governador Ferreira Pinto (ou o que delas o meu pai havia transformado em programa seu).

Feitas as contas — proclamei com a dúbia moralidade da provocação — o Salazar tinha ido para o Inferno da História não tanto pelas torturas, prisões e assassinatos, não pelos excessos que cometeu mas pelas carências que impôs como a norma dos seus excessos. O marquês de Pombal tinha cometido crimes ainda mais excessivos e algumas gerações mais tarde mereceu um monumento no topo duma avenida chamada da liberdade. O erro maior, o crime irremediável do salazarismo fora não ter sabido, ou querido, ou deixado chular as colônias. E, assim, conseguira o mais difícil: que um pequeno país não mais populoso do que uma cidade como Londres e com a colônia mais rica de África, mesmo esquecendo que tinha outras além de Angola, permanecesse um dos mais pobres da Europa. O meu pai discordou, para concordar:

"Não, estás enganado. O mal foi precisamente chular, como tu dizes nessa tua linguagem de carroceiro. Em vez de desenvolver ou, pelo menos, não obstruir." E num movimento de ombros ainda assim mais irônico do que melancólico, olhando primeiro para o meu irmão e depois para mim: "Mas isso agora já... Isso agora é convosco."

Comigo? Onde, em Londres? De modo que até aceitei ir para o Porto, que ao tempo estava a querer atrair os universitários portugueses da diáspora. Fui desviado pelo 11 de Março. O Jorge Correia Jesuíno tinha regressado de Angola, virou ministro da Comunicação Social, ouviu as críticas que calhou eu ter-lhe feito às no entanto bem-intencionadas campanhas de dinamização e, antes de se ter lixado por ser mais filósofo do que militar ou político, o que só lhe fica bem, apalavrou-me para ir trabalhar com ele e com o João de Freitas Branco no incipiente Ministério da Cultura. Mas não antes de me ter dado algumas apresentações para uso do Ovídio de Andrade Mello em Angola, que talvez o tenham ajudado a entender mais depressa o que era o quê e quem era quem. Enquanto aguardava se Porto ou Cultura, convenci a Universidade de Londres a mandar-me visitar os novos países africanos de língua portuguesa, começando por Angola e Moçambique. Acabou por ser Cultura, desde logo com várias polícias africanas militantemente à minha procura com o recado para que seguisse no primeiro avião por julgarem que era para ser preso, uma semana antes de o Governo cair e de não ter havido governo durante várias semanas, em pleno Verão Quente, o Eduardo Prado Coelho e eu, de diretores-gerais não empossados e supergonçalvistas, formando um par incongruente que nem o Stan Laurel e o Oliver Hardy a gerir um ministério sem ministro, que não conhecíamos nem de vista, e que quem conhecia tinha sido saneado ou andava em comícios. Foi divertido, mas não deu para grandes reformas. Pelo que decidi fazer em vez com o João Vieira e a Lisa (então Chaves e agora pintora parisiense dum grotesco que é a vingança narcísia da sua intangível beleza) umas notas sobre as reformas que poderiam ser feitas e que o Ernesto de Melo e Castro publicou no *Diário de Notícias* do José Saramago, sendo portanto também culpa deles se quatro anos mais tarde a Maria de Lourdes Pintasilgo achou que valia a pena tentar e me convidou para um Governo que tentou fazer demais e que por isso o pouco que de fato conseguiu deixar feito ficou com o nome de outros. Mas desses outros também não se podia esperar mais nem melhor e, em todo o caso, histórias de adiante, porque para já o aeroporto de Luanda estava fechado e à última da hora tive de decidir em vez ir à Guiné e a Cabo Verde, donde seguiria diretamente para Moçambique.

Em Bissau fazia o calor de que só me lembrei que era possível quando saí do avião e o meu corpo me explodiu num banho de dentro para fora. Totalmente desnecessário, porque de fora para dentro também chovia tanto que era tudo um lamaçal, o que me fez notar que a vegetação pletórica que tinha havido no caminho do aeroporto tinha sumido. "Foi a guerra", explicou-me o irmão da minha namorada cor de cobre, que era ministro com direito a volvo preto (os menos importantes só tinham direito a branco) e foi um daqueles a quem mais tarde dei suspeitos abraços pacifistas durante o trânsito presidencial a seguir ao enterro do Agostinho Neto. A minha namorada? Faltava-lhe um dente da frente, estava gorda, cozinhou uma festa de azeite dendê e camarões, tinha cabelos brancos, mostrou-me a fotografia duma neta recém-nascida. Como nem sequer tenho filhos (sarampo tardio) e a passagem do tempo consiste apenas em que todas as pessoas com mais de vinte e cinco anos passem a ter a minha idade e eu a deles, fez-me imensa impressão. Só não andei léguas a pé pensando nisso porque o calor e a chuva não permitiam.

Regressei em vez no volvo ao Hotel Pijiguiti, no que era a antiga caserna da Marinha portuguesa e agora pertencia a uma sinuosa e caríssima irmã do Presidente. A qual fui encontrar em decotado desespero porque todos os sistemas tinham colapsado: nem eletricidade, nem água, nem ar condicionado, descargas sem funcionar, comida a apodrecer, moscas, fedor, desespero partilhado por todos. Donde chamaram um russo, que tentou e não conseguiu revolver o problema. Depois um já não sei se búlgaro, mas com certeza ideologicamente afim, que também nada. Ora acontece que havia permanentemente sentado ao bar do hotel desde que eu chegara cinco dias antes um português hiperalcoolizado que fizera a guerra e devia estar naquela contemplativa militância desde a independência, só conseguindo levar a mão ao copo que lhe iam enchendo e o copo à boca, num arrepio de sobreposse. Eu tinha tentado falar com ele no primeiro ou segundo dia e, como todo o resto da população já desistira, ele tinha feito um esforço engrolado para me declarar que eu ficasse sabendo que só porque estava bêbado não era ele em vez do Otelo "o glorioso libertador da pátria". Era para ter regressado a Portugal ao mesmo tempo que o Otelo, "mas já disse, estava bêbado, perdi o barco, ou era avião, se era barco fui para o avião, se era avião fui para o barco, foram-se embora sem mim mas eu fiquei firme aqui no meu posto, só não gosto é que ainda por cima digam que eu é que sou o desertor". Dado o fracasso ideológico da esquerda no processo reparatório em curso, a irmã do Presidente decidiu ir pragmaticamente ter com o persistente português a saber se não se lembraria de como funcionavam os sistemas no tempo em que o hotel era caserna: "Bô, tu lembra. Ou beber cá tem mais." Perante a terrível ameaça, pediu logo um duplo para ajudar a lembrar-se, o reiterado "cá tem" significava mesmo que não iam dar, começou a talvez lembrar-se. E lá foi, apoiado por um à frente, um atrás e dois de cada lado, à sala das máquinas, espreitou num recesso que ninguém tinha notado, deu umas marteladas, enroscou umas roscas e desenroscou outras, e pronto, ficou tudo a funcionar que era uma maravilha. Clamor geral de entusiasmo, fizeram-lhe uma guarda de honra quando saiu, e cantaram o hino nacional português. Endireitou-se, ensaiou fazer a continência, mas o esforço tinha sido excessivo e de repente curvou-se, a vomitar.

No dia seguinte a chuva tinha abrandado um pouco e eu fui passear sozinho no cais do Pijiguiti, dei uma volta a pé pela cidade, não consegui identificar a casa da Raquel, saí de Bissau com a cabeça cheia de fantasmas.

No vôo para Cabo Verde calhou estar sentado ao meu lado um funcionário cingalês das Nações Unidas, especialista em águas e em dessalinização das ditas. Cabo Verde sofria uma nova crise de seca, desta vez não chovia há mais de sete anos. O cingalês tinha obtido bons resultados nas Canárias e ia a Cabo Verde fazer uma inspeção preliminar. Ora, além de ser um paradoxo, que foi o que decidimos há pouco, a Ilha do Sal é uma plataforma lunar que só serve para se entrar e sair dos aviões. E como o da TAP tinha chegado ainda mais atrasado do que o costume, já não havia avião para onde entrar que nos levasse a Santiago, nem quarto na pousada que estava cheia com a South African Airways, nem acomodação alternativa, nem esperança de qualquer outra solução. Exceto que para os cabo-verdianos há sempre esperança, mesmo quando transformada pela improbabilidade numa espécie de nostalgia irônica do futuro. Ao fim de sete anos, a palavra chuva — "tchuba" — tinha-se tornado num sinônimo de "esperança": "eu tchubo de te ver amanhã". "Se tchuber" era o mesmo que "se Deus quiser". Tchubado no prestígio potencial do cingalês, que lingüisticamente não dava uma para a caixa relevante, fui eu falar com o diretor do aeroporto e expliquei-lhe a situação. Ironizou, muito amável: "Ah, se os senhores trazem chuva, arranja-se já uma avioneta." E não foi que arranjou mesmo, duas horas depois?

Fomos de ilha em ilha, Boa Vista, Maio, finalmente Santiago, porque já agora para adiantar serviço o cingalês queria que eu perguntasse ao velho mais velho que aparecesse para verificar a inesperada aparição da avioneta se não se lembraria de o avô dele falar nalgum poço de água em que o avô desse avô lhe tivesse falado. Talvez assim se conseguisse localizar alguma fonte subterrânea. Na cidade da Praia o cingalês foi para a pousada e eu, cheio de inveja, para uma pensão que mesmo assim só consegui graças à intervenção do reitor do liceu, um goês muito cerimonioso e com sustos étnicos, que amavelmente me acompanhou de porta em porta porque a cidade já estava cheia de boas vontades internacionais a ocuparem tudo que era quarto. Conseguido finalmente um para mim, passou-me logo à janela, que dava diretamente para a rua, uma tartaruga gigante com a cabeça falicamente de fora a badalar impotências, suspensa de dois paus aos ombros de quatro homens, a caminho do sacrifício.

Saí e voltei tarde, mas apesar dos bons copos hospitaleiros de alguns escritores que aproveitaram para ralhar comigo como se o colonialismo fosse só meu e a descolonização só deles, não consegui pregar olho porque o quarto estava cheio do que primeiro julguei serem gafanhotos e depois percebi que eram enormes baratas com cara de lagostim. Centenas. Não, está bem, dúzias. O problema, quando me deitei, era decidir se me devia tapar, o que poderia parecer um convite a intimidades debaixo dos lençóis, ou se me devia deixar ficar descoberto e de corpo ao léu, para facilitar o trânsito. Optei por uma cadeira e um livro. Ao nascer do sol pousei o livro, escorreguei no que sobrava de algumas baratas que volta e meia ia caçar, fui à janela ver o que eram aqueles grandes brados que vinham da rua. E, fosse por magia cingalesa ou porque a esperança sempre vale a pena, estava a chover torrencialmente. Repare-se: quando não chove durante mais de sete anos, isso significa que toda a população com menos de dez anos de idade, em Cabo Verde claramente a maioria, nunca apanhou chuva ou não se lembra se apanhou; que os cães, mesmo os mais velhos e experientes, desatam a ganir de susto por lhes estar a cair água em cima sem ninguém a deitá-la e a querer dar pontapés; e neste caso significou também que a metáfora se tinha tornado realidade, como nas religiões messiânicas. Eu estava ainda com os ossos úmidos da Guiné, mas fui também para a rua como toda a gente a gritar tchuba!, tchuba!, chapinhando com todos na mesma esperança. As enxurradas começaram essa noite, não havia diques que travassem a água, a terra ressequida foi sendo arrastada para o mar, ia afastar o peixe, ia haver mais fome. Foi o que me explicou o mais militante dos escritores, à despedida. No Sal não chovera, porque lá nunca chove mesmo quando chove. Mas já se sabia da chuva nas outras ilhas, o universo tinha-se reconstruído em esperança e, quando o fui cumprimentar, o diretor do aeroporto sorriu.

    Cheguei a Maputo (ou ainda era Lourenço Marques?) ansioso por contar esta história, mas o meu irmão moçambicano tinha acabado de sair, na véspera, levando as filhas. Havia um desgraçado que por sinal tinha sido meu colega de carteira no primeiro ano do liceu devido à proximidade dos nomes e que era o ministro da Saúde. Mandara fechar todos os consultórios, com guardas de metralhadora à porta. Tinha adquirido uma sólida formação ideológica no estrangeiro e achava que era assim que se nacionalizava a medicina. Enfim, desperdícios de país pobre. Mas já tinha havido outros e ia haver ainda mais. Até o José Craveirinha, apesar de toda a sua sabedoria milenária, parecia inquieto. O Eugenio

Lisboa ainda lá estava e convidou-me a ir à universidade fazer um seminário sobre já não sei o que, mas que sempre deu para dizermos que Camões não era fascista não senhor. Também ainda estava o Adrião Rodrigues, que depois foi meu chefe de gabinete nas culturas. E estava sobretudo o meu tio Antonio, o Dr. Pacheco, que iria continuar a estar enquanto pudesser ser útil e enquanto o quisessem, não importava como. Quiseram-no até aos oitenta anos. Também tinha guarda à porta, mas de casa, o consultório em todo o caso já quase não usava, e tinha guarda por motivos diferentes dos outros médicos. Uma criatura que ele tinha visto nascer, que alimentara, vestira, educara, que trouxera para sua casa quando os pais morreram, para mostrar militância tinha-o denunciado à FRELIMO de não se sabe que inverossímeis intenções subversivas. O presidente Samora Machel mandou a guarda para o proteger da militância e discretamente o acompanhar, sem que ele notasse, na sua ronda diária aos doentes dos bairros pobres. Haja tchuba!

17

RECONHECER O DESCONHECIDO

Há coisas que ganham em ser ditas mais de uma vez. Têm é de ser ditas de maneira diferente. Aliás todas as coisas são ditas mais de uma vez, embora só com muito trabalho ou quando se não dá por isso de maneira diferente.

Voltei a Londres, voltei a Sintra, a vida meteu-se de permeio, voltei a Londres. O tempo mudou. As serras desapareceram e o mar esfumou-se nas brumas do Norte. O tom também tem de mudar. As férias sabáticas chegaram ao fim, entreguei as chaves da casa do meu amigo Bartolomeu à vizinha, deixei muitas flores em todas as jarras sabendo embora que já estariam secas quando ele voltasse de novo a Sintra. Mas pelo menos Yorick continua a sorrir o seu sorriso de gato de Alice, porque mesmo a sem-razão tem um modo perverso de se instituir como razão, o inconseqüente de se regulamentar como propósito. Ao sorriso de gato sem gato julgo que os estóicos chamariam um incorpóreo. Deve ter sido à busca de incorpóreos que o Xavier de Maistre completou a sua volta ao quarto em optalidon e que o Garrett foi de táxi até ao fundo do quintal. Mas em compensação o Machado de Assis, que joga na mesma equipe, escreveu uma história sobre um homem que queria compor sinfonias e só lhe saíam polcas. Eu acabei o papel embora não tenha acabado o corredor e as fotografias. A galeria de sombras na casa dos meus pais ficará para sempre por completar. Antes assim, como também já disse da casa-cinema do meu avô republicano. Mas sempre deu para meio século de romances históricos minimalistas. Em Londres recomecei a dar aulas e, como hoje em dia posso escolher, falei aos alunos dos meus amigos preferidos. O Medeiros e eu gostávamos de jogar um jogo meio estúpido e por isso indubitavelmente pedagógico em que dividíamos os autores em três categorias fundamentais: os amigos, os conhecidos e os outros, o que nem sempre tinha a ver com o gênio ou o talento embora ajudasse, porque sempre ajuda. Os amigos eram aqueles com quem se podia ir para toda a parte, como o Camões ou o Cesário ou o Teixeira-Gomes, ou o Jorge de Sena quando mordia o sabor a destino na boca da vida; os conhecidos eram por exemplo o Sá de Miranda, leitura atenta, grandes barretadas respeitosas, visitas formais para o chá das cinco e nada de abusos; os outros eram os outros, mistura entre os logo se vê e os já se viu e até logo. Pensei nisto quando a Menez, para ter a companhia dos amigos, me sugeriu que escrevesse um pequeno texto para o catálogo da sua intemporal retrospectiva na Gulbenkian, onde o Fernando Gil publicaria também um outro, maior e analítico. De modo que em vez de falar pintura, que como o amor é melhor experimentá-la que julgá-la, falei da amizade e das infâncias partilhadas mesmo quando não foram. Falei dos incorpóreos, dos sentimentos que se bastam a si próprios. E mencionei também alguns amigos comuns: Bernardim, Cesário, Camilo Pessanha e até o Antonio Nobre, que é mais dela do que meu.

 Estava eu assim de novo nestas cumplicidades estóicas quando o Fernando Gil me veio desencaminhar com um projeto para repensarmos juntos as percepções do real e do imaginário na literatura quinhentista portuguesa, as relações entre a verdade que se dá como ficção e a ficção que se dá como verdade. Fiquei devidamente em pânico, até que percebi que se calhar a proposta dele era relacionarmos alhos com bugalhos, o que me deixou logo muito mais descansado porque afinal para isso até me estive aqui a treinar sem o saber. E como por essa altura também chegasse um convite para ir a um congresso no Rio de Janeiro falar dos chamados Descobrimentos, eu gosto sempre de lá ir e o convite era da Cleonice e portanto irrecusável, aproveitei para completar o treino com uma comunicação em forma de fivela, atando aquilo que já disse nestas minhas já quase concluídas partes de África àquilo que talvez de novo irei dizer diferentemente na história quinhentista do porvir, para reconhecer o desconhecido.

Comunicação

O título da minha comunicação — "Reconhecer o Desconhecido" — pressupõe um paradoxo: pois como reconhecer o que se desconhece? Mas esse, julgo eu, foi um paradoxo freqüentemente manifestado nos primeiros encontros entre povos de civilizações diferentes, a razão dos ilusórios entendimentos e dos equivocados desentendimentos que estiveram na origem da construção dos impérios. De modo que, para falar dos Descobrimentos — que é o tema desta sessão plenária — vou procurar ilustrar, através de três ou quatro exemplos, a maneira como os pioneiros da aventura imperial européia reconheceram o que não conheciam, projetando nas coisas e nos povos que foram encontrando os seus próprios desejos, medos, ideais, fantasmas, superstições — em suma, o seu imaginário. A palavra latina "invenire", que significa "encontrar" ou "descobrir", é também a raiz da palavra "inventar".

Na *Alice no País das Maravilhas* — não menos uma crônica de descobrimentos do que a *Peregrinação* de Fernão Mendes Pinto — há um magnífico silogismo que irrefutavelmente demonstra que os gatos são loucos porque, como toda a gente sabe, os cães não são loucos e os gatos não são cães. O silogismo também permite, não menos irrefutavelmente, uma segunda conclusão: se os cães fossem gatos seriam loucos. E sugere ainda uma terceira, que é a que prefiro: os gatos são o imaginário dos cães.

Os pioneiros europeus levaram consigo a sua língua e, dentro dela, os seus conhecimentos, as suas metáforas, as suas crenças. Quando o que se lhes deparava excedia os limites dos conhecimentos, recorriam às metáforas; quando estas ameaçavam subverter a ordem da razão estabelecida, sempre havia a fé para bloquear os abismos do ininteligível. É Camões quem o diz, na mais ambígua das profissões de fé:

> Cousas há 'í que passam sem ser cridas
> e cousas cridas há sem ser passadas.
> Mas o melhor de tudo é crer em Cristo.

Mas até para Camões, até também para Mendes Pinto que, de par com Camões, foi o mais universalista dos portugueses da primeira diáspora imperial, a percepção do desconhecido acaba sempre por voltar a ser um reflexo do conhecido. Camões trouxe para o espaço dignificado da humanidade inteligível a sua escura "bárbara", dando-lhe como nome legítimo essa não-palavra, essa onomatopéia que visava a significar a incompreensibilidade da diferença e que na língua diferenciada nada significava. Mas, ao trazer a diferença para dentro da norma literária que era o neoplatonismo, é ainda com os olhos do Petrarca que levou em si que Camões consegue descrever essa bela "cativa que o tem cativo": virou o Petrarca do avesso para o poder reinstituir como capaz de lidar com uma "pretidão de amor" que "bem parece estranha, mas bárbara não". E Mendes Pinto, na sua prodigiosa reconstrução imaginada da China que observou, sobrepôs aos mapas concretos da diferença a projeção de uma utopia que é a imagem crítica da semelhança. Ambos chegaram ao ponto da rotura, o que já foi ir mais longe do que podia ser.

As fronteiras entre o observado e o imaginado são sempre muito tênues, e mais ainda o teriam sido para aqueles que pela primeira vez se confrontaram com coisas que havia e em que não se acreditava, e coisas que não havia e nas quais se acreditava. A iconografia do tempo é reveladora: entre as representações das novas espécies marítimas que foram encontradas, há uma do "bispo do mar" — um grande peixe vertical com a cabeça em forma de mitra — que nunca existiu; de par com o inverossímil mas real rinoceronte de Dürer, há um mais plausível mas irreal unicórnio a ser içado para a nau de Vasco da Gama numa tapeçaria celebratória da Índia descoberta. E se havia sereias — como não haveria? — por que não Caliban, também com algo de peixe na sua irreconhecida humanidade, "cauda como pernas de homem, barbatanas como braços"? E homens que em vez de terem a cabeça sobre os ombros a traziam debaixo do braço? E não poucos são os mapas que registam ilhas imaginárias com a legenda debaixo do nome: "imaginária". O que era imaginável, era melhor registar, assim colocando tanto o que havia quanto o que não havia no mesmo plano da imaginação em que a expectativa precede o conhecimento, a interpretação se sobrepõe à observação e a analogia neutraliza a diferença. Pois não é verdade que ainda hoje chamamos "índios" aos originais habitantes destas américas onde agora estamos, mesmo quando não? Negada a expectativa, o nome continuou a registá-la, como nos mapas com ilhas imaginárias.

Mas logo essa falsa expectativa, étnica e geográfica, de num Oriente ocidental se encontrarem os índios da Índia demandada, foi substituída por outra, fabulosa e intemporal. Na "Carta a

El-Rei Dom Manuel sobre o Achamento das Terras de Vera Cruz", Pero Vaz de Caminha reage como se tivesse encontrado face a face os equivalentes humanos do unicórnio. E, tal como Américo Vespúcio na carta a Lorenzo Pier Francesco de Medici, a sua mente recorre à tradição mítica européia sobre a Idade de Ouro ou o Jardim do Paraíso para poder lidar com a visão que se apresentou aos seus olhos deslumbrados. As metáforas literárias de Vespúcio são porventura mais explícitas, mas a prosa funcional de Caminha eloqüentemente sugere uma perplexidade moral mais profunda: como reconciliar a sua visão do mundo baseada na idéia do pecado com o que julga ser a evidência de que havia nesse mundo uma inocência anterior ao pecado. O tempo mítico em que a terra paria sem dor tinha-se ali tornado espaço. "Eles não lavram, nem criam, nem há aqui boi, nem vaca, nem ovelha nem galinha, nem outra nenhuma alimária que costumada seja ao viver dos homens; nem comem senão desse inhame que aqui há muito e dessa semente e fruitos que a terra e as árvores de si lançam. E com isto andam tais e tão rijos e tão nédios, que não o somos nós tanto com quanto trigo e legumes comemos." Os corpos que atentamente descreve são todos belos e saudáveis, como se a doença e a fealdade não coubessem ali mais do que teriam cabido no Jardim do Paraíso. Mas o que veementemente, o que reiteradamente acentua é a inocência daquela gente, "que a de Adão não seria mais". Os homens, diz Caminha, "andam nus, sem nenhuma cobertura, nem estimam nenhuma cousa cobrir nem mostrar suas vergonhas. E estão acerca disso com tanta inocência como têm em mostrar o rosto". E mais adiante, num apelo ao rei que ao menos visualizasse na imaginação o que ele ali tinha visto e não podia imaginar: "Ali veríeis galantes, pintados de preto e vermelho e quartejados assim pelos corpos como pelas pernas, que, certo, pareciam assim bem. Também andavam entre eles quatro ou cinco mulheres moças, assim nuas, que não pareciam mal, entre as quais andava uma com uma coxa, do joelho até o quadril e a nádega, toda tinta daquela tintura preta e o resto todo da sua própria cor. Outra trazia ambos os joelhos com as curvas assim tintas e também os colos dos pés. E suas vergonhas tão nuas e com tanta inocência descobertas que não havia aí nenhuma vergonha." Que as tinturas com que se pintavam pudessem ter uma função equivalente à de vestimentos, naturalmente, não lhe ocorreu. Só via, só conseguia ver a nudez e, para poder lidar com o que via, teve de projetar uma idéia de inocência tirada do seu próprio imaginário. Ao procurar pensar o impensável, reconheceu o desconhecido.

O texto de Pero Vaz de Caminha pode ser esclarecedoramente relacionado com outro, que descreve acontecimentos passados noutro continente — em partes de África — cinqüenta e dois anos depois. Refiro-me à narrativa do "Naufrágio do galeão grande São João", o chamado naufrágio de Sepúlveda da *História Trágico-Marítima*, esse não sei se mais infeliz e certamente não menor equívoco cultural, além de pernicioso exemplo de modéstia feminina para donzelas obtusas.

Esquematicamente, como talvez todos se recordem, a história é a seguinte: o galeão em que viajava Manuel de Sousa Sepúlveda com a mulher, Dona Leonor, naufragou não longe do Cabo, na viagem de regresso a Lisboa. O casal e os filhos, acompanhados pelos outros sobreviventes e um séquito de escravos, caminham durante seis meses pela selva, em demanda de outros portugueses que os ajudassem nas terras moçambicanas recentemente encontradas por Lourenço Marques. Vão sendo de fato ajudados, mas por sucessivas populações africanas, de quem no entanto sempre desconfiam. Insensatamente — sugere o narrador que já como um sintoma da loucura que teria acabado por dominá-lo — D. Manuel ameaça com espingardas o último grupo de africanos que estava a querer ajudá-los. E, sem que o entendesse, passou a estar em pé de guerra com eles. Os portugueses foram habilmente neutralizados e desarmados — traídos, diz o narrador — pelos africanos que fingiram continuar a querer ajudá-los, e finalmente roubados de todos os seus haveres, até das roupas que traziam sobre os corpos. Assim despidos, os portugueses — cito a frase mais significativa do texto — "como já não levavam figura de homens", desordenadamente se desagregaram e perderam-se no mato. Quanto a Dona Leonor, "vendo-se despida, lançou-se logo no chão e cobriu-se toda com os seus cabelos, que eram muito compridos, fazendo uma cova na areia, onde se meteu até à cintura sem mais se erguer dali". E, de fato, assim se deixou morrer, preferindo a morte à nudez. O texto não diz como os africanos estariam vestidos ou, mais provavelmente, não estariam. Uma reveladora omissão.

Regressando agora desta aproximação comparativa à *Carta* sobre o achamento do Brasil poderemos talvez entender melhor a natureza potencialmente subversiva do dilema cultural confrontado por Pero Vaz de Caminha. Transformado esse dilema num silogismo equivalente ao de Lewis Carroll sobre a normalidade dos cães e a loucura dos gatos, os termos em confrontação seriam os seguintes: a nudez é inocente; mas a nudez não é humana. Conclusão? A inocência não é humana? A conclusão de Pero Vaz de Caminha foi a seguinte: vestir a inocência, distribuir camisas aos homens e panos às mulheres; salvar a inocência, ensinar a esses homens e mulheres os rudimentos da fé cristã. E declara: "a esta gente não lhes falece outra cousa para ser toda cristã que entenderem-nos". De modo que, desde logo, dois degredados — dois criminosos — foram incumbidos de iniciar essa piedosa tarefa, para o "acrescentamento de nossa santa fé".

Mas nem sempre a matéria-prima para o acrescentamento da nossa fé foi assim tão propícia. Houve por exemplo também os jagas. Tal como os ameríndios de Caminha, que não lavravam nem criavam alimária que acostumada fosse ao viver do homem, os jagas não praticavam a agricultura nem a pecuária. Mas nunca ninguém reconheceu na sua morada o Jardim do Paraíso, seria em vez a Selva do Diabo, já que pareciam viver exclusivamente da pilhagem e da carne dos inimigos aprisionados. Tal comportamento prejudicava a política de cristianização do Reino do Congo, e uma expedição enviada por Dom Sebastião em 1570 expulsou muitos deles para Angola, onde se radicaram no que veio a ser o Distrito do Congo. Mudaram de nome consoante a fronteira, são os atuais Bacongos e Ibangolas, mas a sua reputação de ferocidade ainda perdura, bem como a de continuarem a ser propensos a recrudescências canibalísticas, de ambos os lados da fronteira. São, no entanto, rigorosamente disciplinados, fazem bons soldados e bons polícias. Conta-se que houve um, não há muitos anos, em serviço de sentinela numa circunscrição do Distrito do Congo, que até deixou que lhe cortassem a cabeça para o administrador a enviar à Sociedade de Geografia de Lisboa, em resposta a uma consulta sobre as bossas frenológicas dos canibais. E no século XVI, depois de relaxados pelos inquietos missionários ao braço militar, tornaram-se um prestimoso incentivo ao tráfego de escravos, não sendo poucas as populações que preferiram entregar-se voluntariamente à servidão perpétua a encontrarem em ventres jagas as suas últimas moradas.

Entretanto, do outro lado da fronteira, missionários já não portugueses insistiam na salvação dos jagas, procurando observar-lhes os costumes para melhor os poderem corrigir. Mas um deles, um inglês, concluiu que os jagas com quem tinha vivido durante quase dois anos afinal não existiam. Seguiram-se-lhe, já no século XVII, um holandês e um italiano que, salvo nalguns pormenores, corroboraram a conclusão: não só não existiam mas existiam em não existir. Isto porque tinham por hábito sistematicamente matar todos os seus filhos e, havendo assim assegurado a sua própria aniquilação biológica, asseguravam depois a sua sobrevivência cívica escolhendo os mais fortes de entre os jovens inimigos aprisionados e adotando-os no lugar dos filhos que oportunamente haviam enterrado vivos, ou estrangulado, ou lançado aos rios, ou abandonado às feras no meio da selva. Quanto aos outros prisioneiros, comiam-nos. Este procedimento eugênico sem precedentes em nenhuma outra espécie animal ou vegetal, incluindo o louva-a-deus, tornaria portanto os jagas numa espécie de sorriso de gato de Alice, só sorriso sem gato, mas de dentes canibais ferozmente afilados em pontas vorazes. Tratava-se, no entanto, de fatos observados e, como tal, entraram nos manuais de História sem grandes sobressaltos, até aos nossos dias. Só que mais uma vez — parece — quem tinha razão era Camões, e esses fatos observados sobre os jagas pertencem à categoria das cousas cridas que há sem ser passadas. Com efeito, investigações antropológicas recentes — entre as quais um estudo, que julgo ainda inédito, do meu velho amigo Professor Alfredo Margarido — permitem concluir que os infanticídios sistemáticos atribuídos aos jagas eram afinal uma elaborada encenação simbólica, do mesmo modo que o seu canibalismo, se bem que porventura real, teria uma equivalente função mágica ritualizada. As crianças simbolicamente mortas, como se enterradas, ou estranguladas, ou atiradas aos rios, ou abandonadas às feras, permaneciam escondidas e invisíveis, como se de fato mortas, durante um período de metamorfose que durava cerca de três anos. Estavam então prontas para regressar com outro nome, outra identidade e, tendo entretanto perdido a sua aparência infantil, com outro corpo. Regressavam como estranhos, representando o poder do inimigo a ser iniciaticamente absorvido na comunidade e magicamente neutralizado no ritual do regresso.

Quero crer que esta versão das coisas, que esta nova maneira de reconhecer o desconhecido, é a mais verdadeira. Pelo menos é aquela que menos necessita de o ser.

O meu último exemplo não lida com a inocência nem com a modéstia, ou com metamorfoses das almas e dos corpos, mas continua a lidar, em coisas mais mundanas como a arte da guerra, com leituras erradas de sinais corretos. E leva-nos do Brasil e da África — onde já vimos como um grupo de portugueses pôde estar em guerra sem o saber — para a Índia. Quando os portugueses lá chegaram, apresentaram-se como grandes e poderosos senhores enviados por um grande e poderoso rei. Da perspectiva indiana, nada mais improvável. Vinham do mar, moravam em barcos, e na Índia só quem era tão pobre que nem tinha um pedaço de terra onde pousar os pés ia para o mar e habitava em barcos. Mas, como se sabe, os portugueses insistiram e houve guerras. A guerra, naquelas paragens, era uma arte ainda mais ritualizada do que havia sido na Europa feudal, um imenso xadrez em que enormes exércitos se movimentavam evitando de início confrontar-se, tomando posições estratégicas de outeiro em outeiro, verificando-as de parte a parte. Quanto melhor era um general, mais lenta e elaborada era a sua estratégia. Até que, semanas quando não meses depois, um dos generais chamava o outro e o aconselhava a admitir que, dadas as excelentes posições que o seu exército tinha tomado, a batalha estava ganha, só faltava um último pormenor: atacar. O outro argumentaria ou não a favor das posições tomadas pelo seu exército, retribuindo o conselho. Mas só quando as linhas de guerra haviam sido firmemente definidas se consideravam ambos prontos a dar batalha. E então atacavam, salvaguardada a sua honra militar independentemente da fatalidade da conclusão. Ao pôr-do-sol suspendiam os ataques, recolhiam os mortos, tratavam dos feridos, e iam todos dormir. Ao amanhecer recomeçavam. Ora, quanto aos portugueses, numa proporção numérica ínfima, sabemos pelas crônicas que a surpresa era a sua força principal, muitas vezes interpretando a sólida e lenta organização das forças do inimigo como sintoma de indecisão e de covardia. Atacavam quando os outros não estavam prontos e até à noite, enquanto eles dormiam. Transformaram assim inevitáveis derrotas em implausíveis vitórias, fazendo os inimigos imaginar, por detrás das poucas dezenas de homens que corriam para eles brandindo armas, reservas militares de fato inexistentes. E que a sua estratégia não era das mais elaboradas pode-se depreender desta citação compósita de várias possíveis: "E com muitas gritas dos nossos, e muitas Ave Marias e brados a Santiago, nos fomos a eles, que ficaram tão assombrados que as carnes lhes tremiam de medo, e rijo se lançaram daqueles oiteiros e caíram no mar, e os nossos acabaram ali de matar a todos às zargunchadas, sem um só ficar vivo." De mal-entendidos são os impérios feitos.

Quando os mal-entendidos começaram a esclarecer-se, quando o desconhecido deixa finalmente de ser reconhecido por aquilo que não é, e a norma da diferença se integra na norma que diferencia, então é porque já chegou o tempo do fim dos impérios, quando o pós-imperialismo se pode tornar na conseqüência positiva de ter havido impérios. E a verdade é que esse fim já estava contido no princípio. João de Barros, o cronista da fundação do império português, já o previa quando, em 1539, escreveu como justificação da sua *Gramática* que as armas e os padrões que Portugal disseminou por todos os continentes eram coisas materiais, que o tempo poderia destruir, mas que a língua portuguesa não seria tão facilmente destruída pelo tempo. É certo que, para tal acontecer, outras línguas, outras civilizações se foram perdendo no caminho. Mas pelo menos, agora, o poeta moçambicano José Craveirinha já pôde publicamente reivindicar Camões como parte da sua literatura; no Brasil é mesmo a língua portuguesa que se fala, por muito que doa a quem ache que deve doer; e os portugueses já começaram a descobrir que a sua língua não é apenas aquela que julgam reconhecer.

18

EM QUE O AUTOR SE DESPEDE DE SI PRÓPRIO E REAFIRMA O NÃO-PROPÓSITO DO SEU LIVRO

Parece que todo o começo é involuntário. Será, mas o fim ainda é mais, mesmo quando voluntariamente antecipado, porque aquilo que se antecipa iria em todo o caso acontecer involuntariamente. Acho que já disse qualquer coisa nesse gênero quando recordei as minhas notívagas conversas lisboetas com o João Rodrigues e o Luís Garcia de Medeiros sobre a figura jurídica da Ausência. Foi por isso que concluí, com as devidas desculpas ao meu amigo Bernardim, que o melhor é nunca gastar o tempo naquilo para que no-lo deram, a todos nós. Quanto ao resto, quanto a tudo que é mais que vida e morte, o máximo que se pode fazer é ir de táxi. Mas nem sempre se consegue ou se chega a tempo, mesmo de táxi.

Havia um comediante que terminava a sua rotina de imitações e de anedotas parando de repente a meio de uma frase, olhando em volta como quem escuta, e dizendo num grande susto para o público: "Vem aí a polícia!" E depois saía pela esquerda baixa. Era uma forma de livre-arbítrio, o seu modo de subverter a autoridade, de tornar um fim inevitável na aparência de uma escolha que fingia não o ser. Porque a polícia, mais tarde ou mais cedo, acaba sempre por vir.

No romance que eu estava a tencionar escrever no tempo em que trabalhei no Consulado do Brasil — e que, feitas as contas, seria também o tempo em que o agora meu personagem Medeiros estava a escrever o seu Drama Jocoso — o meu projeto era contar não aquilo que tivesse acontecido às personagens, porque isso em todo o caso elas já sabiam, mas o que não lhes tinha acontecido, as múltiplas vias alternativas que teriam tomado se, em vez de cada escolha e de cada acaso, tivessem feito outra escolha, ou outro acaso lhes tivesse acontecido. Mas depois percebi que todos os romances são mais ou menos assim, exceto que no meu o autor, em vez da sua habitual função de tartarugado ponto, como nos teatros, teria a função menos habitual de não dizer como verdadeiros os enredos fingidos. O que me levou mais tempo a perceber é que isso de romances, poemas, pinturas, só tem mesmo graça quando se não consegue distinguir o que é fingimento e o que apenas parece ou não parece fingimento. E vice-versa, em todas as possíveis permutações da imaginação e da memória. Acho que já o disse: espelhos paralelos num mosaico incrustado de espelhos.

Por exemplo, nesta altura deste livro já nada nos garante — a vós leitores e a mim autor mesmo quando não — que a rarefeita Raquel incorporeamente suspensa sobre os flácidos calores de Bissau não seria uma reimaginada jovem senhora que lá conhecesse, estranhamente etérea, sim, e na memória de fato muito bela, mas nem judia nem fugida da Alemanha (talvez mãe francesa), meticulosamente fodelhona com todo o funcionalismo e eu, adolescente, a rondar, cheio de inveja. Ou que a minha namorada cor de cobre que agora passou a ter havido, de cor de cobre afinal nada teria, porque a namorada que em vez dela houvesse — e, como disse da outra, se calhar a essa é que eu não sabia o que fazer mesmo quando alguns anos depois nos reencontramos em Lisboa — era a, ponhamos, M. E., para quem aqui vai este aceno apesar de tudo nostálgico, cuja cor seria antes de um branco-mate, e que por ser alta parecia magra, peito enxuto, pernas sólidas, buçozinho de hussard, cabelo em rabo-de-cavalo, se bem que não filha de veterinário como a assim descrita esposa torturadora do emblemático inspetor da Pide de entre São Tomé e Angola. E a minha mãe? Beatriz? Ah, os símbolos!, como gostava de dizer o congênito poeta plural que também sabia muito bem que na infância de toda a gente houve um jardim, particular ou público ou do vizinho. A questão é que não basta tornar a verdade inverossímil, como fez o Medeiros, ou transformar uma inverossimilhança noutra, como eu teria tentado fazer no romance que não escrevi. O que é preciso é misturar tudo ou, pelo menos, como eu aqui, fazer o que se pode. Porque conseguir, em português, só o Camões e o Machado de Assis. O Garrett, é claro, como sempre, demonstrou como podia ser feito, mas sofria de múltiplo emprego além de ter aquela vida sentimental complicadíssima que também lhe deixava pouco tempo. O plural Pessoa teria lá chegado mais à vontade se não fosse a sua mania de transformar tudo num exercício de escola inglesa como lhe ensinaram na África do Sul, cheio de esquemas e a dividir tudo por três. Além de que tinha tanto aquela fome de usurpação de que falava o senhor Rola Pereira que até nem queria deixar espaço para que também houvesse o Camões. E acho que foi mesmo por isso que não chegou mais lá, ficou-se por baixo a puxar-lhe pelas pernas. Mas era aquele mau feitio dele, histórias mal resolvidas de papás e de mamãs, o Pessoa era assim com toda a gente mesmo quando julgava que estava a dizer bem, como do Junqueiro, reciclava-se em todos, e até quando se trata de bons rapazes que nunca lhe poderiam fazer sombra, como na muita poesia que continua a escrever de alguns que nasceram já depois de ele ter morrido. E isto para nem mencionar as dúzias de pintores que pôs ali de serviço a fazerem-lhe o retrato de frente, de perfil, de caneta, de chapéu, de óculos, de outro, de trotineta. Pois se até a mim, que nem polcas tenho escrito ultimamente, pois não vão lá ver que me quis abarbatar o meu involuntário começo morrendo exatamente na mesma hora do mesmo dia e do mesmo ano em que nasci? Só me safei porque nessa ocasião do meu nascimento ele estava em Lisboa e quem estava na África do Sul era eu, e embora os relógios dissessem a mesma hora, havia de fato uma diferença de duas. Mas o susto foi grande.

A minha mãe, como sempre gostou de poesia e acha que o Pessoa tem um ar muito triste de filho mais velho costumado a ser único nos retratos de quando menino, talvez não se importasse assim tanto como quer fazer crer, pelo menos não teria tido nada contra partilharmos. Olha, paciência, não se pode ter tudo, embora se entenda que continue a apetecer. Já não me conta as histórias de como éramos dantes, a minha mãe, agora sou eu quem de vez em quando lhe lembro as que ela nos contava. Ficou assim desde que o meu pai morreu.

Nesse dia eu nem sequer estava em Londres, tinha ido passar o fim de semana ao campo com a S., ninguém sabia onde estávamos, o meu irmão tinha tentado telefonar-me várias vezes e, em desespero, pediu ao Rui Knopfli que continuasse a tentar, de meia hora em meia hora. O Rui tinha conhecido bem o meu pai, sabia que ia ser tudo muito difícil. O telefone tocou logo que entramos em casa, domingo à noite, e o Rui julgou que do mal o menos ter sido a S. quem atendeu. O que não tinha previsto é que a reação inicial dela ia ser muito pior do que a minha. A minha foi chamar um táxi e, sem bilhetes, sem malas, sem ter verificado horários, irmos de corrida para o aeroporto. É claro que não havia avião, só pudemos seguir no dia seguinte. Mas ao menos tentei logo ir de táxi, como cumpria a um amigo que até tinha conseguido ser pai.

E sim, bem sei que nunca ninguém voltou a existir por escrever nem por ser escrito, e que sobram só os mapas onde todas as ilhas são imaginárias.

O funeral não deu para qualquer espécie de manifestações, como o do comandante Diogo Salema. Mas estavam lá alguns amigos, alguns parentes, algumas sombras do tempo antigo: um tio, que fora um dos filhos que sobraram ao meu avô republicano, apareceu sem que ninguém soubesse dele há muitos anos, chorou convulsivamente, desapareceu de novo e não o voltamos a ver; um primo, filho do tio Pedro; mais duas primas, que eu não conhecia, bonitas, da nova geração; o médico das enxaquecas, muito velhinho, a tremer todo apoiado numa neta; um antigo funcionário de São Tomé que tinha sabido por acaso e, já agora, levava uma toalha para depois ir dar um mergulho à praia; a minha sobrinha mais nova como sempre a registar tudo; a mais velha como sempre a fingir que não dava por nada; a minha cunhada latejando uma nova gravidez. Não mais do que trinta pessoas. E havia também uma senhora gentilíssima da vizinhança, uma jovem mãe que no meio da confusão geral tomara conta de tudo, lavara o corpo, vestira-o, colara um penso na fonte, do lado esquerdo da testa, que o meu pai tinha cortado quando caiu. Há alturas em que as mães deviam ter sido sempre mais novas do que os filhos.

O padre de serviço — parece que com padre era mais fácil conseguir lugar no cemitério — enganava-se sistematicamente no nome do meu pai, olhava para um papelinho com que também sacudia as moscas e corrigia, errando de novo. E ao fundo, por detrás das campas, havia uma rapariga que ninguém sabia quem era, não teria mais do que treze anos, que metia e tirava da boca um chupa-chupa para dizer "amém" ao compasso do padre. Gostava de enterros.

Eu tinha acabado poucos dias antes de escrever o texto da minha lição inaugural da Cátedra Camões para a sessão solene no início do ano letivo. Nela procurava demonstrar que, de par com a *Eneida*, a fonte mais importante d'*Os Lusíadas* é a Écloga IV de Virgílio, a do governador Ferreira Pinto da Zambézia, a écloga profética. E que Camões havia transformado a celebração épica do Império numa visão da harmonia do mundo no fim dos impérios. Tinha antecipado com prazer a reação certamente discordante do meu pai à cumplicidade do subdiscurso que ninguém mais poderia entender neste retomar público e supostamente magistral das nossas irresolvidas discussões privadas de antigamente. Tinha-lhe mandado uma cópia pelo correio, estava em cima da secretária no envelope por abrir.

Mas de tudo isto não sei já hoje inteiramente mais que por um cantar romance que desse tempo ficou, e que diz assim:

>Fiquei com a vida
>que sobrou de ti
>
>o penso colado
>na fonte estancada
>a carne já fria
>a custo enfiada
>na incongruência
>da roupa e sapatos
>camisa e gravata
>a barba insistente
>do dia seguinte
>que ainda crescia
>no rosto vidrado
>o padre engrolado

que errava no nome
o calor as moscas
a criança núbil
que no cemitério
ninguém conhecia
e dizia ámen
lambendo e chupando
um doce amarelo
espetado num pau
uns tios e primos
memórias difusas
da vida dispersa
num mapa mudado
a pá de calcário
os gonzos as cordas

e a terra apressada
sobre ti e mim.

Depois, por anos, como nenhuma coisa é encoberta ao longo tempo, se soube melhor a história dele e juntamente a minha. E foi desta maneira:

....

Este livro foi composto na tipologia Caslon
Old Face, em corpo 12/15, e impresso em papel
Chamois Bulk 70g/m² no Sistema Cameron da
Divisão Gráfica da Distribuidora Record.

Seja um Leitor Preferencial Record
e receba informações sobre nossos lançamentos.
Escreva para
RP Record
Caixa Postal 23.052
Rio de Janeiro, RJ – CEP 20922-970
dando seu nome e endereço
e tenha acesso a nossas ofertas especiais.

Válido somente no Brasil.

Ou visite a nossa *home page*:
http://www.record.com.br